Adam Roberts écrit des romans de SF encensés par la critique et des parodies hilarantes adorées par le public. C'est la vie. À propos de son chef-d'œuvre, la très appréciée saga de Bingo le posstit et de son voyage épique pour aller confronter Snob le Puissant Dragon, il est établi que Roberts a déclaré : « Combien ? D'ac'. OK, OK, d'ac'. Il le faut pour quand ? Ouais, ouais, ça m'a l'air faisable. »

Du même auteur, aux éditions Bragelonne :

Va Dinci Coddah

Sous le nom de A3R Roberts :
La Der des étoiles

Sous le nom de Adam Roberts :
Gradisil

www.milady.fr

Bingo le posstit

ET BEN NON !

Ceci n'est pas l'adaptation des premières minutes du prologue d'une

GRANDE ÉPOPÉE CINÉMATOGRAPHIQUE DE NEUF HEURES !!!

Milady est un label des éditions Bragelonne

Cet ouvrage a été originellement publié en France par Bragelonne

Titre original : *The Soddit or, let's cash in again*

Originellement publié par Victor Gollancz,
une maison d'édition de Orion Books Ltd.

ISBN : 978-2-8112-0863-9

Bragelonne – Milady
60-62, rue d'Hauteville – 75010 Paris

E-mail : info@milady.fr
Site Internet : www.milady.fr

A.R.R.R. Roberts

BINGO LE POSSTIT

ou,

PAR ICI LA MONNAIE

ou,

J'Y suis allé, j'En suis revenu, putain, qu'est-ce que j'en ai fait, où est passé ce truc, j'y crois pas, je dois l'avoir laissé Là-Bas, **Faut que j'Y retourne**, oh, nondidjû, il est pas là non plus, **Et c'est reparti**, ça y est j'ai les abeilles, oh le voilà, il était devant la porte de devant depuis le début.

Traduit de l'anglais (Grande-Bretagne)
par Karim Chergui, lala, barbe.

Bragelonne

Les Dunes Seulmin
Où?
Ici
Mont Grogadin
Mont Grocalin
Mts
Pinardie
Le Fleuve Kro
Hutchinson
Comtés des Petits
Brie
Près-d'la-kro
Fleuve Tims
Bois de Contreplaque
Tiger Woods
Bois du Gentil Elfe
Clopin-Clopa!
Cerronne
Cremone
Bois des Arbres en Bois
Monts Runeux
Lac Clac
Barrage d'Euflikh
Fleuve M
La Cavité
Porte des Gloublins
Fleuve Flemme
Verticales
Les Lettres
Vallee des Huguette
Björn
Le Glamrock
Le Fleuve Fildenteir
Rororo Hihan
La Trouee d'Après
Empanville
Stivostinn, Front de Mer
Jakas Mirith
Monts Tout Pointus
Bboush
Collines Toutes Mal Foutues
Zéh Ro
Jenroukas Mirith
Un Pont Trop Loin
Mont Kuh
Un Arbre Tout Seul
Golfe de la Bonde
La Mer en Coin
Mont Neuilh
Deux Arbres de Plus

Jenjakgold
Kelesubjonktifswa
Mt Tladsutuveramonmarthr
Vigor
Lesoleyarendey
La Seule
Montagne
Smig
le Dragon
Abrégés
Collines Pôh Weÿhl
Vouaveklalühn
Punkrock
Brasserie
Prûhn
Lampion
de Harvard
Lacbourg
Grand Parc d'Ing
Deux Cailloux
Forêt Boire
Mélalühnépala
Les Pointillés
Puits
Skifoyaléfoyalé
Russeau Magique
Mer
en forme
d'Australie
Fleuve N
Oasis
Blur
Mer en
forme de
Nouvelle-
Zélande
Collines de Fer
Landes
Minkishanth
Mer en forme
d'Île de Jersey
Mer Pourpre
de Prûhn
Bois
Jtedisafermh
Jimisommerville
Bblaire
Station balnéaire
des Trolls
Côtes D'Uröhn
Heu
Hein
Golfe de Golp
Golfe de Gloug
Hum
Des vagues
Encore des vagues
DS '03

Bingo

1

Un chapitre inattendu

Dans un trou, dans une portion de terrain hautement désirable et recherchée (porte à porte, le trou faisait dans les trois cent mille le mois dernier, à peu près, même s'il fallait reconnaître qu'il avait double exposition et que les tuiles venaient d'être refaites), vivait un posstit, le héros de notre histoire. Son nom était Bingo « Sac » Pacquet. Ce n'était pas le nom qu'il s'était choisi, bien entendu, mais celui que sa mère avait décidé de lui donner. Ç'avait été facile pour elle, bien entendu ; elle n'avait pas eu à vivre avec pendant toute sa scolarité et sa vie d'adulte. Ah, les parents.

Où en étais-je ? Ah oui.

Dans un trou, donc, vivait Bingo. C'était un trou pas mal, avec une porte circulaire peinte en turquoise, où une moisissure bleu d'Auvergne poussait sur les carreaux de la salle de bains, un trou infesté de lucanes, de lépismes et de vers argentés, envahi par l'humidité et doté d'un coin cuisine dans lequel il était presque impossible de discerner les odeurs de nourriture. Néanmoins, selon les critères posstits, c'était une résidence raisonnablement désirable. La tante de Bingo, la sévère Vita « Sac » Saleveste, avait des vues sur ce trou-là, même si Bingo n'était pas d'humeur à céder aux pressions de cette branche-là de sa famille. C'était un posstit de quarante ans, ce qui, en années posstits, ne représentait presque rien, une simple bagatelle, moins qu'une bagatelle, en fait ; bon, techniquement, environ quatre cinquièmes de bagatelle, mais encore jeune, c'est là où je veux en venir.

Les posstits sont une race de petits individus qui vivent *dans le compost*, et c'est de là que vient leur nom (vous en apprendrez des tonnes sur les noms et leur origine si vous faites attention à ce que vous lisez, croyez-moi). Les érudits et les philosophes ont établi une dérivation de ce nom, mise en évidence par cet antique poème :

Creuse le compost avec ta fidèle pelle
Bâtis un foyer beau comme une tombe
Et si ta voisine veut faire la bombe
Creuse-lui le compost avec ta fidèle pelle

En fait, il est intéressant de voir que les posstits n'ont pas tendance à se désigner eux-mêmes comme des « posstits », pour des raisons que je vais détailler dans un instant. Mais « posstit » est le terme généralement accepté. Il fut une fois où un voyageur venu des terres des grandes personnes écumait le pays des petites, passant par la Comté des Bossus, Chétifville, Minniput, le Pays des Pôvrarpions [1], Jockeyton, et jusqu'à Clopin-Clopa !, la ville natale de Bingo, le héros de notre conte. À son retour dans la ville humaine de Brie, ce beau et grand voyageur se trouva une

1. Une brave petite peuplade, affligée des maladies de pieds les plus répugnantes et les plus contagieuses. Les maladies de pieds sont, il faut le dire, un thème plutôt récurrent dans les Comtés des Petits.

taverne et s'y installa pour méditer sur ses aventures ; ses beaux et grands congénères se pressèrent autour de lui, curieux de savoir ce qu'il avait vu. « Qu'as-tu découvert ? », insistèrent-ils. « Qui as-tu rencontré ? » « J'ai rencontré un… » commença-t-il à répondre. Puis, il prit une grande inspiration frémissante, avant de conclure d'une voix de basse : « Un posstit », et de s'emparer de sa chope de bière. Le nom du posstit qu'il avait rencontré n'a pas été transmis, mais il était manifeste qu'il s'était agi d'une rencontre qui avait eu un impact considérable sur le gaillard, car il resta à l'Auberge de la Reine-Dragon de Brie pendant deux jours, à boire sans adresser la parole à personne, avant de quitter les lieux pour ne jamais revenir.

Les posstits construisent la partie logement de leurs demeures sous terre, et ils construisent leurs celliers, leurs caves à vin, et parfois de grandes salles avec des tables de ping-pong, à la surface. Ils persistent à dire que c'est la façon la plus logique d'organiser leur espace de vie et, en effet, la législation de Clopin-Clopa ! sur l'aménagement des terrains a rendu toute autre forme de construction domestique illégale, bien que cela ait tendance à se traduire en logements propices à l'humidité, aux vers, à la moisissure, à l'asthme et aux bronchites qui en découlent, tandis que le charbon, le vin et les tables de ping-pong sont les objets les plus subtilisés de cette ville portée sur la rapine. Mais bon, la tradition, c'est la tradition, après tout.

Entre eux, les posstits, je l'ai déjà dit, ne s'appellent pas posstits. Dans leur langue, antique, bizarre et truffée d'incohérences syntaxico-grammaticales, ils se désignent sous le nom de *Klopplds*. En fait, il y a une raison pour qu'ils se désignent différemment de toute autre personne au monde, et cette raison, c'est leurs pieds. Leurs pieds sont choquants. Simplement choquants. Quelle qu'en soit la cause – et, des éons durant, les posstits mirent ça sur le compte des dieux, d'une antique malédiction proférée par un magicien, d'un exercice indu de l'orthopédie, d'une maladie congénitale ou d'une dizaine d'autres facteurs –, les pieds des posstits sont presque tous atteints d'une répugnante arthrite. Ils ont les pieds enflés et rongés, d'une taille allant de trois à quatre fois la normale, avec les orteils comme des noix de coco et les chevilles comme des capotes remplies de gravillons. Cette arthrite est extrêmement douloureuse et n'est vraiment pas là pour rigoler, bien qu'elle ne s'étende pas, bizarrement, à d'autres parties de leur anatomie. Cela dit, elle donne à leurs arpions une couleur différente, étrangement passée, de celle du reste de leurs corps. De plus, elle empêche tout posstit adulte de porter des chaussures, car la pression du cuir sur la chair gonflée de leurs pieds est trop épouvantable, trop épouvantable. Donc, ces petites créatures ne marchent qu'avec difficulté et sont d'une lenteur excessive ; en conséquence, les posstits adultes passent beaucoup de leur temps à chercher le coussin ultime, et ils poussent de petits grognements quand ils s'effondrent dans leurs sofas et qu'ils se servent de leurs mains pour poser leurs autres extrémités sur les repose-pieds.

Maintenant, vous savez tout ce qu'il y a à savoir sur les posstits – ou klopplds –, à l'exception d'un ou deux détails mineurs, tels le fait qu'ils aiment manger et boire, et qu'ils sont friands de convivialité. Et qu'ils aiment porter des gilets et du velours côtelé. Ah oui, qu'ils fument beaucoup d'herbe à pipe et que, logiquement, ils meurent plus jeunes qu'ils ne le devraient – de cancers de la bouche, de la langue et de la gorge, ainsi que de maladies cardio-vasculaires.

Quoi d'autre ? Qu'ils sont conservateurs, ruraux, bourgeois, de classe moyenne. Qu'ils ont un peu l'accent de Neuilly-sur-Seine, curieusement. Et, aussi, qu'en dépit de leurs manifestes désavantages – leur petite taille, leurs pieds estropiés et frappés d'éléphantiasis, leur étroitesse d'esprit, leur réticence à écouter les étrangers ou à changer leurs vieilles habitudes, leur dépendance au tabac et à l'alcool, leur « respectabilité » de classe stagnante –, oui, en dépit de tout cela, ils ont développé la culture semi-industrielle la plus moderne au monde, avec moulins à eau, fonderies à vapeur, logements confortables, tuyaux, pistolets à bouchon, lunettes, habits de velours, de charmantes églises en silex, des livres et des feux d'artifices, tandis que le reste des Terres du Milieu du Haut languissait dans les âges sombres des épées, des chevaux et de l'ensevelissement de ses morts sous d'énormes quantités de terre. C'est marrant, ça. Mais, voyez-vous, le monde est un endroit étrange et parfois inexplicable.

Un matin, Bingo était assis sur son plus confortable sofa. Ses pauvres arpions enflés et arthritiques reposaient sur le coussin de velours vert qu'il avait installé devant lui, sur le repose-pieds. Il observait les phalanges noueuses de ses orteils, là où ils se rattachent aux métatarses, et ces phalanges lui rendaient son regard, telles une poignée de radis. Il sentait sur lui tout le poids de la misère de l'existence, ce pauvre vieux Bingo.

Une série de forts coups se fit entendre à la porte, retentissants et inattendus, le genre de bruit que pourrait faire un sale gosse posstit qui fourre un pétard dans le trou de la serrure, qui l'allume, déguerpit, entend un décevant bruit humide et qui, contrarié, revient dégonder la porte à coups de pied encore sains et coqués. Ah, les jeunes d'aujourd'hui. Qu'est-ce qu'on y peut ? Pff.

Bingo soupira.

— Allez-vous-en, héla-t-il.

Après une pause, il ajouta :

— Barrez-vous.

Les coups continuèrent de se faire entendre.

Il n'y avait rien à faire. Bingo se releva lentement, tressaillant à chaque pas et poussant tous ses cris de douleur habituels, y compris « Ah ! », « Ouille » et, à moitié dans sa barbe, « Oulala-oulala-oulala » [1].

Bingo ne supportait pas que la porte de chez lui soit ronde. À qui ça aurait plu ? La géométrie exige qu'une telle porte ne soit maintenue qu'avec une seule charnière, et que cette charnière ne puisse pas se trouver à l'emplacement le plus porteur, ce qui fait que l'entrée grouille de courants d'air, que la porte n'est pas facile à ouvrir, et que n'importe quel posstit assez jeune pour porter des Doc est capable de la défoncer. Mais la tradition, c'est la tradition, oui Madame, c'est la tradition, et ceci était une tradition que les législateurs immobiliers de Clopin-Clopa ! défendaient avec beaucoup de zèle. Bingo ouvrit sa porte.

Dehors, en plein soleil, se tenait un magicien. Bingo n'en avait encore jamais vu un seul, mais le « M. » brodé sur son poncho ne pouvait signifier qu'une chose : qu'il

---

1. C'est-à-dire, les bruits que font les gens, non quand ils ont vraiment mal, mais lorsqu'ils désirent exprimer au monde entier qu'ils vivent une légère gêne. Une personne qui souffre *vraiment* – par exemple à cause d'une jambe cassée, ou parce que la flèche d'un cavalier wharg vient de lui transpercer l'épaule – ne dirait jamais « Ouille ». Dans de telles situations, si quelqu'un *disait* « Ouille », on ne se dirait pas qu'il a mal, mais qu'il se fout de notre gueule.

faisait partie de la confrérie magique. C'était ça, ou il s'agissait d'un clip de ZZ Top survitaminé qui aurait mis son poncho à l'envers.

Le bruit de coups continuait, plus fort encore.

Bingo leva les yeux sur le magicien.

— Oui, bon, fit ce dernier d'une voix tonitruante. Je suis navré pour ça.

— Navré ? répéta Bingo sans comprendre. (Il regarda la porte ; les cognements n'avaient pas cessé.)

— Pour le sort que j'ai lancé sur votre porte, tonna l'autre comme s'il parlait en pleine bourrasque. C'est un sort magique assez banal, vous savez. J'en suis à un âge où je suis trop fragile pour cogner aux portes. Alors j'ai lancé ce sort. Vous comprenez ?

Bingo continuait de regarder sa porte.

— Vous pouvez l'arrêter, s'il vous plaît ?

Le magicien n'eut pas l'air de l'entendre.

— Merci ! fit-il d'une voix de stentor. Vraiment, c'est *trop* gentil. C'est un petit sort, mais il est puissant. Puissant !

— Il dure combien de temps ?

— Oui, oui, tonitrua le magicien avec indulgence. Mais est-ce que je peux *l'annuler* ? Là est la question. Et la réponse ? La réponse, c'est : « Mon cul ». C'est dur, voyez-vous. Facile à lancer, ce sort, mais vachement compliqué à arrêter.

— Combien de temps dure ce sort ? demanda Bingo en détachant ses mots et en faisant bouger les muscles de son visage de façon exagérée.

— Pacquet ? hurla le magicien en levant des sourcils hirsutes sur ses yeux exorbités. Pacquet ?

Il fit un pas, bloquant ainsi le passage, baissa la tête et s'avança dans l'entrée de Pue-de-Sac.

Bingo fit un tour sur lui-même ; l'énorme silhouette du magicien, presque plié en deux, progressait à vive allure en direction du salon principal, tout en criant le nom de famille du posstit du plus fort qu'il pouvait. Pendant ce temps, la porte d'entrée continuait son tapage, tel un meuble de bois lancé dans un gigantesque escalier. Proférant des « Hé ! » et des « Ouille-mes-pieds ! », Bingo trébucha à la suite du magicien jusqu'au salon, où il retrouva le vieillard assis sur son sofa (qui, bien que grand à l'échelle d'un posstit, avait la taille d'une chaise d'homme), tout sourires édentés.

— Alors c'est vous, *Pacquet*, c'est ça ? vociféra-t-il.

— Oui, oui, c'est moi, répondit Bingo. Mais, voyez, je suis désolé, mais j'ai bien peur d'avoir à vous demander, et j'en suis désolé, de partir. Vous ne pouvez pas rentrer. Vous ne pouvez pas vous asseoir là.

— Il y a marqué « Pacquet » sur la porte, voyez-vous, dit le magicien.

— Je vais devoir vous demander de *partir*, dit Bingo d'une voix plus forte.

— Pacquet, répéta le magicien en se mettant un doigt sur la joue en signe de méditation. C'est un nom de monte-en-l'air, ça ?

— Je suis Kloppld indépendant, déclara Bingo, grimaçant, comme une douleur subite montait de son pied le long de sa jambe. Et je *vous* demande de *partir tout de suite.*

— C'est bien ce que je pensais, dit le magicien en souriant d'un air entendu. C'est bien ce que je pensais.

— *Partez ! S'il vous plaît !* hurla Bingo.

— Vous êtes trop aimable, fit le magicien en ôtant son chapeau pour le poser sur ses genoux. Deux sucres, pour moi. Je m'appelle Glandalf et je suis magicien, oui, en vérité. Le célèbre Glandalf. N'ayez pas peur. Je promets (il s'esclaffa), oui, je promets, bien que je sois magicien, je promets de ne pas vous transformer (son rire s'amplifia jusqu'à ce que ses épaules et sa tête soient secouées par l'hilarité que suscitaient ses propos), de ne pas vous transformer en *crapaud*…

»… Atch-CHHTGH QOUF-QOUF-QOUF, ajouta-t-il, en toussant si abruptement, si prodigieusement et si spasmodiquement qu'il donna un moment l'impression d'être sur le point de se projeter lui-même hors de son siège.

» AWARGH – SCHWO-SCHWO'AH KOH-KOH, toussa-t-il. K'OAH K'OAH K'OAH K'OAH K'OAH K'OAH K'OAH.

Bingo, inquiet, s'assit dans le deuxième siège le plus confortable qu'il lui restait.

— K'OAH K'OAH K'OAH K'OAH K'OAH, poursuivit le magicien.

— Vous allez b…, commença à dire Bingo.

— K'OAH K'OAH K'OAH K'OAH K'OAH, conclut le magicien en laissant sa tête partir en arrière.

Il était devenu blanc comme un linge, et de petites gouttes de bave étaient visibles dans le gris de sa barbe, juste sous sa bouche.

— La vache, fit-il d'une voix étranglée. Oh mon Dieu, oh mon Dieu.

Sa main droite farfouilla dans la poche de sa robe et en sortit une pipe. Sa main gauche sortit une blague et il bourra le fourneau en tremblant.

— Ça ira mieux dans un instant, coassa-t-il tout en marmonnant un petit sort (une vive flamme jaune jaillit de sous son ongle de pouce droit pour allumer sa pipe).

Pendant de longues minutes, le magicien se contenta de tirer bruyamment sur sa pipe, en poussant de petits gémissements orgasmiques entre deux bouffées. Rapidement, il remplit le salon de Bingo d'une fumée si âcre et si noire qu'elle en piqua les yeux du petit posstit.

— Ouf, ça va mieux, murmura Glandalf en tirant une autre poumonnée de particules de tabac et d'air chaud. Ça va vraiment beaucoup mieux.

— Vous vous sentez bien ? demanda quelque peu nerveusement Bingo.

— Hein ? cria Glandalf. Quoi ? Il va falloir que vous parliez plus fort. Mon ouïe n'est plus ce qu'elle était.

Derrière lui, dans le couloir, Bingo entendait toujours la porte qui cognait toute seule.

— Je…, commença-t-il à dire, mais il se rendit compte qu'il ne savait pas comment finir sa phrase.

— Oh, il *fut* un temps où mon ouïe battait celle d'un aigle, et ma vue, celle d'un… eh bien, d'un animal avec de bons yeux. Je ne sais pas. Un truc avec une bonne vue très perçante. Un aigle. Oui. Mais l'âge fait payer son tribut, vous savez. (Le magicien se racla la gorge, et Bingo recula face à la violence du déchirant bruit de morve qui surgit de sa poitrine.) Une fois, j'ai essayé un très puissant Sort d'Amplification Sonore, reprit-il d'une voix méditative mais encore forte. Un sort merveilleux. Je pouvais entendre les oiseaux se parler dans les arbres à l'horizon, je pouvais entendre le bruissement des nuages qui se frottaient les uns aux autres dans le ciel. Je pouvais entendre la voix de l'arc-en-ciel quand il s'étend sur le monde. Puis, un chien a aboyé derrière moi, et ça m'a déchiré le tympan gauche. Je ne ferai plus jamais *ça* à la va-vite. Je me suis pissé dessus pour de vrai – imaginez le tableau ! Un magicien ! Qui se pisse dessus de trouille ! Je ne voudrais pas que ça se répande, avec les forces du mal et tout ça, c'est important de conserver les apparences de, vous savez, de la magie et de la puissance. Je ne suis pas vraiment un homme, voyez-vous – je suis une espèce d'ange[1]. (Il s'esclaffa tout seul.) Ça couvre une foultitude de péchés. Ça, c'est de la ruse !

—Je ne vous suis pas tout à fait, dit Bingo.

—Ils seront là dans un instant, Nos Amis du Nain. Du, euh, du Pays des Nains. Ils sont le sel de la terre. C'est-à-dire qu'ils ont déterré et qu'ils ont revendu le sel de la terre. Et aussi qu'ils ont *truffé* de sel la terre des gens qui ne leur revenaient pas. Mais on va rester de leur côté. Oh oui. On fera un contrat, je sortirai la carte, et on pourra partir demain. Prendre la route.

Il s'éclaircit la gorge (pour être plus précis, il déplaça trois mètres cubes de glaires d'une partie de son anatomie à une autre), avant de tirer profondément sur sa pipe.

—Vous pouvez répéter ? demanda Bingo.

---

1. C'est vraiment vrai. Les meilleurs théologiens actuels suggèrent que, lorsqu'on meurt et qu'on monte au Paradis, on voit Dieu, entouré, non de gens aux fines ailes blanches, mais d'une immense foule de barbus grincheux avec de gros chapeaux, les doigts jaunis par la nicotine et les épées. Pour reprendre le Philosophe : « Non seulement le monde est plus étrange qu'on ne l'imagine, mais il est plus étrange qu'on ne peut l'imaginer, et plus imaginatif qu'on ne peut l'imaginer, aussi », ce qui est quand même une contradiction, vous ne trouvez pas ? Où en étais-je ? Attendez, restez avec moi quelques minutes, des anges, des vieux, ah oui, ahm, ahem, plus étrange qu'on ne l'imagine, plus étrange qu'on ne *peut* l'imaginer, plus étrange qu'on ne *l'imaginera*, plus étrange que nous sommes *voués* à l'imaginer, plus étrange qu'il nous est *impossible* de l'imaginer, plus étrange que nous ne *devrions* l'imaginer, plus étrange que nous ne *l'imaginerions pas si on le pouvait*, plus étrange que vous l'imaginez *mais pas moi*, et ainsi de suite. De toute façon, je pense qu'on peut tous convenir que j'ai bel et bien démontré ce que je voulais dire.

Mais Glandalf s'était endormi, la tête ballante. Sa pipe, encore allumée, glissa de ses doigts et déversa son tabac incandescent sur la sparterie qui faisait office de tapis dans le trou de posstit de Bingo.

Les quatre premiers nains[1] arrivèrent une demi-heure plus tard. Ils martelèrent la porte si fort qu'elle sortit de ses gonds et s'effondra.

— Ma porte ! couina Bingo en accourant dans l'entrée aussi vite que ses pieds déformés le lui permettaient.

— Mes excuses, dit le premier nain en marchant sur les décombres de la porte pour entrer. On a frappé assez longtemps, vous comprenez, mais à voir la façon dont la porte cognait déjà d'elle-même, je ne pense pas que nous ayons été entendus. J'ai un pote qui fait des portes.

— De chouettes portes, fit le second nain.

— Oh, il vous fera une *chouette* porte, confirma le premier nain en rougissant. Une chouette porte bien *costaude*. Dès qu'il s'amène, il vous fait un devis, mon chéri, lala, barbe.

— C'est une méprise, leur bafouilla Bingo. Je suis désolé pour cette gêne, mais vous vous êtes trompés de trou. Y a personne ici qui s'appelle Pacquet. Pas de magicien, y a pas de magicien ici. Il va falloir que vous partiez.

De derrière lui, dans le salon, monta une série de bruits hachés de scierie, digne de ceux que peut produire un homme qui s'est tant récuré les poumons que ses années dévouées d'inhalations de fumée en ont fait des trucs tout rouges et tout mous.

---

1. Non, il n'y a pas de capitale. Vérifiez si vous ne me croyez pas – non, vraiment.

—Il est là, le petit, dit le premier nain en passant devant Bingo. Mahlïn. Je suis un nain, lala, petit, voyez, you, barbe, douwap. Lui, c'est mon cousin, Cahlïn. (Le deuxième nain s'inclina.) Et derrière lui, c'est Guili et Ghili. Ils sont aussi cousins, voyez ?

—Je n'ai pas assez de victuailles, commença Bingo, désespéré.

Mais les quatre nains étaient déjà dans le salon ; à tue-tête, ils chantaient un air indéterminé, et l'un d'entre eux sautait vigoureusement sur la poitrine du magicien pour le réveiller. Bingo se retourna, maudit la douleur lancinante qui ravageait les orteils de son pied gauche, et se retourna de nouveau, comme quatre autres Nains[1] entraient dans la maison d'un air décidé.

—Lori, déclara le premier nain (il tenait une écritoire à pince). (C'était un nain au fort nez, vêtu de vert, avec une barbe en cascade et les sourcils gros comme des chenilles. Des chenilles de tank.) Permettez-moi de vous présenter mes cousins, Inri, Ovni et Ouïn. Oh *mon Dieu*, ajouta-t-il en se dirigeant vers Bingo. C'est *incroyable*, comme ce menton est glabre !

Les quatre nains cessèrent de se prendre les pieds dans leurs barbes et se massèrent autour de Bingo, non sans manquer de lui marcher sur les orteils.

—Ooh, firent-ils en faisant courir leurs doigts calleux sur son menton. Ooh.

—Lâchez-moi, dit Bingo en agitant les mains devant son visage comme de petites ailes.

—Il va falloir nous excuser, voyez, dit Lori en posant son écritoire contre le mur et en ôtant son chapeau de nain.

---

1. Désolé, celle-ci a dû échapper à la correctrice.

C'est une vision rare pour nous, un menton nu – une vision d'une rare beauté. Comme j'aimerais avoir le menton nu !

— Et *moi* donc ! fit Ovni.

— Vous allez me dire « rase-toi », dit Lori en étreignant Bingo d'une poigne d'homme, le bras dans son dos et lui pressant l'épaule de sa main puissante. Vous *allez* le dire, vous allez me dire : « Rase-toi ».

— Non, dit Bingo.

— Je peux pas me raser, déclara Lori comme pour s'expliquer. Psoriasis. Terrible. Allergie à la bauxite. Pourrais pas me raser, même si ma vie en dépendait. Coincé avec cette gro-*tesque* barbe de hippie [1]. Je déteste ça.

— On déteste *tous* ça, dit Ovni. Nous détestons tous nos barbes.

— On est tous dans la même galère. Ça pue, lala, fit Lori sur le ton de la confidence. La nourriture s'y loge. Hier, j'ai retrouvé un os de poulet, là-dedans. Quoi qu'il en soit, peu importe, n'importe comment. (Il relâcha Bingo.) Il est arrivé, le petit Roi ?

— Le petit Roi ? s'étonna Bingo.

— Fhorïn, notre Roi, que les cieux le bénissent. Non ? Tant pis. J'entends de la liesse, pourtant, voyez-vous, logorrhée, lala, barbe, petit, voyez, douwap, barbe, voyez-vous, alors on va poursuivre.

Bingo trébucha jusqu'au garde-manger et en sortit un assortiment de ce qu'il avait à proposer comme nourriture. Les nains s'envoyèrent le tout en un quart d'heure. Désespéré, il tenta de dire à la bande qu'il n'avait plus rien, mais ils ne voulurent rien entendre, explorèrent

1. C'est-à-dire, une barbe qui descend jusqu'aux hanches. Pourquoi ? Vous pensiez que ça signifiait peut-être quelque chose d'autre ?

intégralement son trou de Kloppld et le saccagèrent de la cave au grenier. Ils sortirent le seul et unique fût de bière posstit, y installèrent un robinet et le vidèrent. Ils chantaient, tandis que Glandalf était assis dans un coin, fumait et battait du pied à contretemps. Ils chantaient :

Quand tu marches avec un nain baisse la tête
Pour moins attirer l'attention sur sa taille,
Parce que les nains seraient prompts à te faire ta fête
Et les nains n'ont pas peur des batailles.
Marche, marche, sans te redresser
Même si tes hanches torturent ta rate –
Marche, marche, avec le dos tout voûté
Ou je te brise les pattes,
Ou je te BRISE les pattes.

Ce sur quoi ils enchaînaient en hurlant :

ET ! ON ! *CHANTAI-I-IT !*
DES CHANSONS, DES ARIAS –
DES NAINS DANS LE GARDE-MANGER –
LA VACHE, MON DIEU.

Après quoi ils insistèrent pour que Bingo les rejoigne dans leur beuverie, en dépit de ses protestations quant au fait qu'il ne buvait normalement que très peu souvent. Ils portèrent des toasts à la douceur de son menton, à la douceur de sa lèvre supérieure, et ils chantèrent d'autres chansons : des chansons assommantes, des chansons de Cocciante, des chansons grivoises, des chansons brivistes, des hymnes, du Sim, des amphétamines, du chabadabada, des chansons dures, du bard-rock, des chansons qui marquaient (émotionnellement parlant), des chansons à boire, des chansons de pillage, des chansons à vomir, des chansons de supporters, des chansons à grand spectacle, et « *Whollotta Rosie* ». Ils chantaient a capella, a kapoera [1] et *Barbidur-et-Barbalala*. À un moment, les nains qui manquaient finirent par arriver : Bitur, Bromur, Bomber et Groïn ; et, enfin, une minuscule créature fit son entrée, petite, même pour un nain, et qui ne faisait que deux centimètres de plus que Bingo ; elle se présenta comme étant « Fhorïn, Roi, voyez-vous », mais elle semblait n'inspirer que remarquablement peu de respect aux autres nains. Mais, arrivé là, Bingo était complètement soûl, plein à ras bord ; il tangua, chuta bien vite et se releva, une expression idiote sur le visage. Il tenait aussi bien sur ses pieds qu'un poulain nouveau-né qu'on aurait forcé à s'enfiler une demi-bouteille de whisky. Puis, Glandalf se mit à chanter et parvint à finir le premier couplet avant de tousser avec une véhémence choquante, en produisant une série de bruits similaires à ceux que font les toits quand ils s'effondrent sous le poids de la neige. Après quarante-cinq secondes de quinte, le magicien fut trop faible pour tenir debout, et il s'écroula à nouveau dans le sofa, suffoquant et farfouillant dans sa blague à tabac.

— Mes nouveaux amis, fit Bingo, la larme à l'œil et des composés alcoolisés dans le sang. Mes nouveaux amis ! Comme c'est bon d'avoir des amis – de se faire de nouveaux amis !

---

1. C'est le genre de chansons que l'on chante quand quelqu'un vient juste de vous donner un coup de pied dans la rotule.

— Ce n'est que pour les affaires, M. Pacquet, déclara Lori. Nous avons une quête à entreprendre, et nous avons besoin de votre aide, c'est tout.

— Vous avez besoin de mon aide ! répéta joyeusement Bingo, les joues humides. Mes amis !

— Oui, oui, dit Lori en repoussant les avances du posstit. Ne perdons pas toute mesure, voyez-vous, barbe, lala. Il y a un dragon, voyez, et il a, eh bien, devons-nous le dire… Un trésor. Appelons ça un *trésor*.

— De l'or ? demanda Bingo, les yeux ronds.

— Quoi ? fit Cahlïn. Ouais… Ouais, c'est ça. De l'or. Ça le fait, ça.

— De l'or, répéta Lori en fixant ses congénères d'un air lourd de sens. Tout va bien ? C'est bon pour tout le monde ? M. Pacquet ici présent va nous aider à piquer *de l'or*. Oui, c'est ça, on est en route pour voler l'or du dragon. Voyez ?

Les nains émirent divers bruits de compréhension naissante.

Lori se retourna vers Bingo :

— Alors, on s'est dit – et ce n'est que l'ébauche d'un plan, voyez – qu'on irait là-bas et qu'on distrairait le petit dragon avec des chants frisant le baryton, pendant que vous, vous volez le, euh, *l'or*, puisque vous êtes un petit bricoleur à la main agile, c'est du moins ce que nous avons été amenés à penser – sans vouloir vous offenser.

Un flot d'amour et de camaraderie neuve inondait le cœur de Bingo. Il sanglotait comme un enfant et essayait d'embrasser Lori et de soulager son cœur, de dire ce qu'il avait toujours ressenti, en quelque sorte, isolé des autres posstits, comme s'il y avait quelque chose qui le retenait de les rejoindre, et qui les retenait de *le* rejoindre – il n'était pas facile de dire exactement ce que c'était, mais il lui arrivait parfois de rester devant sa porte le soir, un verre de martini posstit sec à la main, et de regarder les autos remonter la grande rue de Clopin-Clopa !, en direction du pont, dans les ténèbres croissantes. Et de ressentir, sans savoir pourquoi, un grand vide à l'intérieur de lui-même, la sensation que tout est inutile – l'étroite respectabilité de son monde l'enveloppait parfois comme un étouffant manteau de velours –, alors que ce qu'il cherchait était là depuis le début, la sensation d'avoir un but, d'appartenir à une bande de frères qu'un dessein commun unit. Malheureusement, la bière, qui instillait ce fil de pensées à l'esprit de Bingo, en empêchait également l'expression articulée, et tout ce qu'il parvint à bredouiller fut un « Vous-êtes-vraiment-des-chics-types-j'vous-adore » et un enchaînement de syllabes gutturales digne d'un chien juste avant qu'il ne rende.

— Bon, poursuivit Lori en haussant la voix et en s'adossant au mur. Le plan vous va, petit, voyez-vous ? Rappelez-vous, le seul problème, avec cette histoire de quête, c'est qu… euh… Le *trésor* est en possession d'un *dragon*. C'est ça ?

— Des dragons ! s'exclama Bingo. Ils ne me font pas peur. Ce sont des insectivores, n'est-ce pas ?

— Non, répondit Lori. Je ne les qualifierais pas d'insectivores.

— Bah, dit Bingo en agitant la main pour le faire taire, tout en vacillant sur ses orteils. Est-ce vraiment important ?

Il avait atteint le seuil de l'incoordination alcoolique depuis longtemps, là où il devient difficile de mettre le pouce droit sur le bout de l'auriculaire gauche, et l'avait en fait quelque peu franchi, là où il est difficile de faire se toucher les deux lèvres.

— Snob le Dragon, dit Glandalf, apparemment réveillé en sursaut. Une vision terrible, effroyable, pour sûr, le puissant ver dans sa solitude.

— Terrible, terrible, firent les nains à l'unisson.

La bière fit des remous dans le cœur de Bingo.

— Je n'ai point peur ! couina-t-il en essayant de grimper sur la table.

— Snob le Dragon ! tonna Glandalf (il avait tendance à se laisser emporter). Le Terrible Snob ! Le grand et merveilleux dragon ! Peuh !

Il toussa une fois, deux fois, et fit rouler une longue, très longue note à la ferme surface de la masse glaireuse qui occupait sa poitrine.

Les nains sortirent leurs pipes ; bientôt, la fumée fut si épaisse dans le trou de compost de Bingo, qu'il ne fut plus possible de distinguer les fumeurs de la fumée.[1] De plus, celle qui s'échappait des pipes naines avait un drôle de goût, un côté légèrement tisane, fruité, agréable, entêtant, yo-man, un côté « Anneau ? C'est genre, tout dur à l'extérieur et tout, et genre, y a rien au milieu, c'est pas bizarre, ça ? La façon dont ça peut être vraiment, *vraiment* dur sur le bord et *vraiment* mou au milieu, vous aviez déjà pensé à ça, vous ? », et une légère odeur de « Hé, j'ai vraiment les crocs, vous avez, genre, des chips ou un truc ? ». L'excitation et la passion finirent par quitter complètement Bingo, et il s'allongea par terre, les pieds dans l'âtre,

---

1. J'ai eu mon doctorat, vous savez. À l'université de Cambridge. Je pensais juste que ce fait vous intéresserait peut-être. Je suis pas le genre de mec qui invente, je suis un vrai érudit, j'ai étudié l'ancien français et tout et tout.

fredonnant en chœur avec les nains, qui s'étaient remis à chanter.

Snob le Dragon Magique
Le craignons-nous ?
Dans sa grotte de Dragon Magique,
Sûr-que-c'est-pas-Châteauroux –
On parcourra la terre entière,
Et on arpentera le boul'vard Davout,
Pour braver ce dragon dans son antre, regardez bien
On n'est pas fous.

Oh oui on va vous le dire à présent,
Vous feriez bien d'y croire, qu'on va le faire
On va vous le dire, oh oui, à présent
On va, on va le faire,
D'ici à ce qu'on le fasse y a pas trois ans
C'est comme si c'était fait,
On y va tout de suite maintenant
Ce dragon, eh bien, on dira juste que je voudrais pas
être dans ses pompes.

À cet instant, Glandalf se mit à crier et on dut le calmer. Puis, s'imaginant murmurer discrètement à l'oreille de Lori, il tonna :

— Je me disais, pourquoi on raconte pas au jeune posstit qu'on court après de l'*or* ? Hein ? Ce serait pas rusé, ça ? (Les murmures indistincts de Lori, beaucoup moins forts, se firent entendre dans la fumée.) Vous voyez, tonna encore plus violemment Glandalf, si le posstit *croit* que nous courons après de l'*or*, il ne demandera pas le *vrai* motif de notre quête… Vous voyez ? (Encore une fois, la voix de Lori, à présent plus pressante, mais toujours indistincte, murmura dans les ténèbres. De là où il était étendu, Bingo ne pouvait qu'apercevoir la forme pyramidale du couvre-chef du magicien et la silhouette voûtée de Lori qui essayait de communiquer avec le vieillard.) Je ne peux pas t'entendre, si tu *marmonnes* comme ça, tonitrua Glandalf avec humeur. Tout ce que je dis, c'est que ce serait une *bonne couverture*, en ce qui concerne le posstit. Comme ça, nous ne sommes pas obligés de lui dire après quoi on court *vraiment* yrkh, yrkh, mmbbmmmdd.

Pour Bingo, dans la lueur obscurcie par la fumée des bougies, le chapeau de Glandalf donnait l'impression d'avoir été brutalement tiré vers le bas de façon à recouvrir tout son visage. Mais les paupières du jeune posstit se baissaient, en proie à un irrésistible sommeil, et il ne put plus accommoder.

Les Drolls

2

Grillade de corniaud

Bingo fut réveillé par l'odeur de la pipe de Glandalf. La fumée lui piquait les muqueuses des sinus et sentait un peu le poil roussi, l'écorce brûlée et le pneu fumant. En toussant, le jeune posstit se redressa pour s'asseoir et vit que Glandalf était paresseusement affalé sur le sofa.

— Bonjour, jeune maître Pacquet, dit cordialement le magicien (il tira sur le bout de sa pipe si violemment que ses yeux lui rentrèrent dans le crâne).

— Quelle heure est-il ? couina Bingo. (Mais, au moment même où il posait cette question, son regard tomba sur la demi-horloge qui était posée sur la cheminée. Les neuf heures n'étaient qu'à quelques minutes. Il se frotta les yeux, et le *quelques minutes* devint plus précisément : *Cinquante* minutes.) Huit heures dix ? pantela-t-il. Huit heures dix *du matin* ? (Les posstits, et je suis sûr que vous le savez, aiment bien dormir jusqu'à midi – c'est une habitude tellement ancrée dans leur culture que l'idée d'un cadran d'horloge possédant la double fonction de « a.m. » et « p.m. » n'est, pour la plupart d'entre eux, qu'une hypothèse notionnelle et théorique.)

— En forme dès le matin, acquiesça intelligemment Glandalf. Ah ! La première pipe de la journée. C'est toujours celle-là, la meilleure (il tira une nouvelle bouffée).

— Des nains ! s'écria Bingo en se remettant maladroitement sur ses pieds. De l'alcool ! De l'herbe ! Des hallus ! (Il eut l'impression qu'on lui avait retourné le crâne comme un gant et qu'on y avait planté des piquets de tente, avant de le remettre en place.)

— Oui, oui, fit Glandalf avec indulgence. Il est tard, je sais. Mais Fhorïn n'a pas eu le cœur de vous réveiller. Vous aviez l'air si apaisé. Mais vous feriez mieux de vous presser. Vous avez lu la lettre ?

— Quelle lettre ?

— Bien. Je suis heureux que vous ayez au moins lu la lettre.

Bingo découvrit la fameuse lettre après avoir passé dix minutes à fouiller la désolation et le chaos de ce qui avait autrefois été son salon. Écrit sur le meilleur parchemin nain (une espèce de pierre grattée et traitée), figurait le message suivant :

Très cher Monsieur,

Au cas où vous auriez malencontreusement oublié notre arrangement, nous vous demandons de vous souvenir que si vous ne vous présentez pas à l'Auberge du Dragolf Vert de Près D'la Kro à neuf heures, nous serons obligés de vous traiter en ennemi de la race naine, de vous pourchasser et de vous abattre comme la vermine que vous êtes. À neuf heures pile, s'il vous plaît, car nous partons sur le chemin de notre grande quête, nous confronter au condescendant et maléfique dragon Snob dans son antre.

Nainement vôtre,
Fhorïn (Roi) et Compagnie.

P.-S. : Lori demande de vous rappeler que le but de notre quête, c'est l'*or*, honnêtement, un tas d'or, rien d'autre, et certainement pas un truc qui ne soit pas de l'or.

— Me pourchasser et m'abattre comme la vermine que je suis ? s'exclama Bingo, une brisure dans la voix.

— Superbe enluminure sur le « P », vous ne trouvez pas ? Un petit ballon de rugby vole dans la partie supérieure, et Baritrott se tient sur la gauche. C'est un grand héros nain, celui-là.

— Ils vont vraiment me tuer si je n'y vais pas ?

— Oh non, bien sûr que non, répondit Glandalf en hochant la tête avec force tout en gloussant légèrement. Non, non, rien de la sorte. D'un autre côté (Il mit plus de tabac dans le fourneau de sa pipe), ils vont tueront sûrement si vous n'y allez pas. C'est une sorte de tradition naine, vous comprenez. La ponctualité.

» Ça et les chèvres, ajouta-t-il mystérieusement.

Paniqué à mort, Bingo s'enfuit de son salon, marcha sur les débris de sa porte (elle cognait encore toute seule), et dévala la rue principale de Clopin-Clopa ! aussi vite que ses pieds douloureux le lui permettaient, dans la direction globale de Près D'la Kro [1]. Il arriva à l'Auberge du Dragolf Vert avec une minute d'avance, pantelant et se tenant ses pieds agonisants. Les nains l'attendaient, debout sous l'enseigne peinte de l'auberge (qui représentait un dragon déguisé en Tintin en train de tenter un difficile putt de six mètres, avec une salamandre à l'arrière-plan [2]).

— Pile à l'heure, garçon, lala, petit, fit Lori, comme l'horloge de Près D'la Kro sonnait l'heure, ou plutôt produisait une fois un bruit mat, ce qu'elle faisait à chaque heure de la journée depuis qu'un jeune posstit désœuvré en avait volé la cloche pour en faire un chapeau. Sur ce, les nains se mirent leurs sacs sur le dos et commencèrent de marcher sur le chemin de leur quête, un Bingo boiteux et larmoyant à leur suite.

---

1. La Kro, sur lequel se trouve Près D'la Kro, est un cours clair et au débit rapide qui rejoint le Grand Fleuve Flemme à une vingtaine de kilomètres au sud-est de Clopin-Clopa ! D'après la légende, ce cours est ainsi appelé car ses eaux ressemblent énormément à une boisson légèrement alcoolisée de grande clarté, populaire chez les posstits. S'écoulant des montagnes aux sommets glacés du nord et par les vergers de la Comté des Bossus (au nord de la Pinardie), la Kro charrie souvent des blocs de glace pure des montagnes – avec du sirop de pêche.
2. Le golf est un jeu populaire de Pinardie. Ses origines sont à retrouver dans une antique religion posstite, une foi qui consistait en l'adoration d'une pomme de terre déifiée, et à laquelle se rattachait un concours rituel, selon lequel les pommes de terre de l'année à venir se plantaient en les frappant une à une à l'aide d'un bâton magique, pour les envoyer dans des trous préalablement creusés. Il est presque inutile de le préciser, mais il s'agissait d'une méthode grandement inefficace pour planter les pommes de terre, et les récoltes de patates étaient toujours très maigres, chose que les posstits attribuaient au courroux de leur dieu Pehl, plus qu'à leur propre incompétence.

*

Ils firent halte à Crémone pour acheter une bête de somme, un âne appelé O'Rexxie – dont le nom était (selon les dires insistants du vendeur, Tony Truand) une référence pleine d'esprit à son physique de bon vivant et à sa santé de fer :

— Un peu comme si on appelait « Petit Jean » un gars vraiment balèze qui s'appelle Jean, vous voyez, avait-il dit.

Ni Bingo ni les nains ne voyaient, mais ils ne voulaient pas avouer leur incompréhension. Aucun d'entre eux n'avait connu d'âne de près et, lorsque le détaillant leur expliqua que les espars qu'il avait en guise de côtes et qui couraient le long de son torse servaient en quelque sorte à le protéger des prédateurs (un peu à la façon d'un tatou), ils le crurent.

— C'est pas merveilleux, la Nature ? ajouta-t-il en empochant leur argent.

Après avoir chargé leurs provisions sur le dos de cette malheureuse bête, ils partirent vers l'est, par des collines à la douce pente, des collines aux doux collets, des reps aux doux reptiles (dans le sens où les fleuves, la route et les récoltes donnaient l'impression de serpenter et de se dresser, se resserrant avant de muer sur le paysage suivant). Au midi du troisième jour, ils pénétrèrent Tiger Woods, dans lequel une dangereuse faune était tapie dans chaque bunker, là où le jeu de patates avait été créé. Après bien des aventures, que je n'ai pas le temps de vous raconter, ils parvinrent de l'autre côté de cet endroit sélect et périlleux. Ils passèrent le fleuve Tim, ainsi nommé en l'honneur d'un des héros les plus célèbres des Petites Comtés (Tim le Minuscule Fleuve-Baptiste), et entrèrent dans le Bois de

Contre-plaqué. Là, leur progression se fit moins rapide. Bingo dut s'asseoir tous les trente ou quarante mètres pour se reposer les pieds, et les nains commencèrent à râler du retard. Bromur et Bomber finirent par le porter entre eux deux, mais il se plaignit de l'inconfort du voyage et ils le laissèrent tomber.

Au crépuscule du lendemain [1], le groupe avait atteint le Bois des Arbres en Bois, et tous étaient épuisés. Les nains avaient porté le posstit chacun leur tour, et ils étaient au bout du rouleau. En fait, il y avait un autre rouleau au bout du premier, et ils étaient au bout de ce rouleau-là aussi, ce qui peut donner une idée de la distance qu'ils avaient parcourue. Vraiment très loin, à vue de rouleau, comme vous en conviendrez certainement. Malheureusement, leur âne de bât, O'Rexxie l'âne Tout Greums, le seul âne en vente dans tout Crémone (que leur avait vendu Tony l'bandit, seul propriétaire d'âne à Crémone), était tombé dans le Fleuve Flemme et s'était noyé, emportant avec lui

1. Je voudrais simplement préciser ici que les éditeurs ont coupé des *pages* et des *pages* de ma meilleure prose à partir de ce paragraphe... À la base, le peloton vivait toutes sortes d'aventures dans les Petites Comtés, repoussait l'attaque des Souris Pas Cool, se précipitait pour échapper à l'infestation du Marché aux Puces de Clignancourt, et tout un tas de trucs dans le genre. Mon épisode favori, que j'ai supplié et supplié pour qu'ils le conservent, mais ils n'ont rien voulu savoir, se déroulait dans le pays des Tellures Beignes-War – des créatures robustes et métalliques en forme de baignoires, cyborgs à l'inhumanité terrifiante, avec des écrans d'ordinateurs greffés dans la poitrine et des antennes de forme bizarre sortant de leurs Unités Centrales. Leurs cris perçants : « Annihiler ! Annihiler ! », « On ! Va ! T'Annihiler ! » et « Beigne-War-tora-tora-tora-crève-crève-aïaïaïe » charment et font les délices des jeunes enfants depuis de nombreuses années.

presque toutes leurs provisions. Il ne leur restait plus qu'un chaudron (qu'Inri portait en guise de casque).

Ils établirent leur camp à la tombée du jour. Mais les ténèbres aussi étaient tombées. Tout le monde avait faim.

— Vous, fit Lori en donnant de petits coups à Bingo avec le bout du manche de sa hache. Allez nous chercher à manger.

— C'est une blague ? demanda Bingo en frottant la plante de ses pieds endoloris avec une feuille de patience. Vous, comment dire, vous rigolez pour de bon, non ?

— On voit un feu, là-bas derrière les arbres, affirma Bomber en indiquant une vague lueur orange au loin. Partez voir qui c'est et fauchez-leur un coup de bouffe, puisque z'avez les doigts agiles, c'est pour ça qu'vous êtes là, voyez-vous, ah, oui, barbe, lala, grave.

Les autres nains émirent divers bruits d'assentiment, parmi lesquels deux « Je suis d'accord », un « Oui, on t'attend là, mon gars », un « Je suis *pour* » et un « Gertrude ! » (mais cette dernière exclamation venait d'un nain déjà endormi, et n'avait probablement rien à voir avec le sujet).

Bingo était trop fatigué pour discuter. Il rampa, en se mordant les lèvres pour étouffer ses grognements de douleur, progressant par les arbres en bois du bois d'arbres, sans cesser de se diriger vers la lueur du feu. Bien vite, avec un minimum de bruits de brindilles brisées, de bruissements, d'ululements d'oiseaux de nuit que l'on dérange, de « Ouille ! » *sotto voce*, de « Aïe ! » et autres choses du même acabit, il parvint à la lisière d'une petite clairière, d'où il put avoir une bonne vue de ceux qui se réchauffaient au feu qui s'y trouvait.

Des Droll^{s} ! Quatre, imposantes, énormes, pierreuses Droll^{s}. Assez pour donner les miquettes même au plus brave des posstits. Elles étaient assises en cercle et faisaient griller trois chiens au-dessus du feu.

— Ah, fit la plus proche en se pourléchant les lèvres de sa langue rocailleuse massive. Encore du corniaud grillé.

— Tu aimes bien le corniaud grillé, pas vrai, Bébert ? dit une deuxième Droll^{s}.

— Certes, Gugusse, convint Bébert en retirant une carcasse crépitante et dégoulinante du feu avec sa brochette, avant d'en prendre une énorme bouchée dans un grand bruit de succion [1].

Les Droll^{s}, comme vous le savez, sont des créatures redoutables. Cela fait maintenant de nombreuses années qu'elles ont délaissé le dessous des berges et leurs repas de biques traditionnels, préférant écumer le monde, en quête d'une expression plus libre et d'un peu d'argent facile. Leur stature est bien évidemment gigantesque : les cent

---

1. Les éditeurs m'ont demandé de bien préciser qu'ils ne cautionnent en aucun cas la cuisson et la consommation de chiens, surtout les bassets, les petites chiennes, les chiens errants, les chiens qui disent « Saucisse » quand on leur met un doigt sur le palais, le chien du Club des Cinq ou tout autre animal ressemblant de près ou de loin à un compagnon domestique. Les chiens, c'est pour Noël, et à laisser sur le bord de la N7 au Jour de l'An, pas pour *manger*. Ceux qu'on mange, c'est les *bœufs*, pas les chiens. Ils sont assez gros pour se défendre, après tout, pas comme les cockers aux yeux mouillants. Souvenez-vous du slogan de l'organisation « Les Chiens Sont Des Gens ! » : « Les Chiens Sont Des Gens ! ». (Le slogan de l'organisation « Les Bœufs Sont Des Gens » est bien plus équivoque : « Les Bœufs Sont Des Gens, Bien Qu'Ils Manquent D'Esprit Et, Il Faut Reconnaître, Des Gens À La Chair Très Goûteuse Une Fois Grillée Ou, Mieux, Rôtie Et Servie Avec Une Sauce Moutarde-Aneth, Quelques Frites, Des Haricots Verts, Un Bon Verre De Vin Rouge, Oooh, Allez, Quoi, C'Est Pas Grave Si On N'En Mange Qu'un, Il En Reste Encore Plein À La Villette ».)

quatre-vingts centimètres ne sont pas rares, et il en existe qui atteignent les deux cent dix centimètres et demi. Leurs proportions sont du même tonneau : des ventres comme des rochers, des bras comme les racines de grands chênes, une tête qui, vue de loin, semble porter un casque d'acier, jusqu'à ce que l'on s'approche assez pour voir qu'il s'agit bel et bien de la forme du crâne. Les Droll^{s}, en tant que créatures de la Nature, ont une mousse rebelle qui leur pousse sur la poitrine, les bras et les jambes ; un chaume de petites épines décore leur menton, mais le haut de leur boîte crânienne est aussi lisse que de la pierre polie. Elles ont les yeux rouges comme des grenats, et le front fuyant – pas au sens où il a des pattes à lui et une forte tendance à se cavaler, mais plus pour dire que la sueur dégouline souvent de leurs arcades sourcilières proéminentes.

Ces quatre Droll^{s} maousses étaient descendues des montagnes dans l'espoir de mener commerce avec le vendeur de chariot du nord-ouest et la population des fermes de classe moyenne. Elles étaient vêtues du costume traditionnel de leur race : sous-vêtements en dentelle, porte-jarretelles, bas (tissés du lacis dont on fait parfois les clôtures), de petites jupes flottantes de soie rouge remontant souvent de façon suggestive au moindre vent – et qui, si la brise dépassait les vingt à l'heure, se faisaient littéralement ceintures –, avec un coquin petit haut, dos-nu, discret, *Droll^{s}ection française* – rouge lui aussi. Bébert avait personnalisé son accoutrement avec un chic petit ruban de cou en soie, très continental, et Bill – la plus grande des quatre – portait des ballerines en lieu et place des escarpins Ralph Lauren des trois autres. Gugusse portait des gants longs qui avaient autrefois été d'un blanc virginal (mais ils arboraient à présent un rose boueux, vu qu'ils avaient été passés une fois de trop au lavage encore imbibés de sang humain). Gillou, quatrième membre du groupe, était la spécialiste du maquillage. Les dalles qu'elle avait en guise de lèvres étaient soigneusement soulignées de sept kilos de rouge, très charmant. Ses tout petits yeux brillants étaient entourés de quatre épaisses rangées de cils enchevêtrés, ce qui lui donnait l'air d'avoir de grandes dionées outrageusement suralimentées collées sur le visage. D'ailleurs, cela était peut-être vraiment le cas.

Bingo n'avait pas pris de repas chaud depuis la veille et, lorsque l'odeur de corniaud grillé lui parvint aux narines, l'eau commença à lui monter à la bouche. Il jeta un coup d'œil furtif de derrière un tronc d'arbre et se faufila sans un bruit derrière un autre tronc pour mieux voir ; il se colla contre l'arbre pour se dissimuler et jeta de nouveau un œil prudent. Malheureusement pour lui, ce tronc d'arbre-là n'en était pas du tout un : il s'agissait de la jambe de Gugusse. Il se retrouva suspendu dans les airs, couinant et battant des jambes, avant d'avoir compris ce qui lui arrivait.

— Hé ! Mince alors, cornegidouille, tabernak et caribou, fit Gugusse en exhibant sa prise à ses camarades. Regardez ce qui traîne dans le coin ! (Il avait prononcé « draine », mais Bingo supposa qu'il voulait dire « rôder dans les environs » plutôt que « grive européenne de grande taille (30 centimètres) ».)

Les Droll^{s} se massèrent autour de Bingo et commencèrent de leurs doigts massifs à lui donner de petits coups exploratoires dans les côtes.

— Un en-cas ! s'exclama Gillou. Il est pour moi !

— Il remplirait même pas une dent creuse, fit Bill.

—Allez, quoi, par Saint Pierre et Miquelon, j'en veux juste une bouchée, dit Gugusse.

—Qui ça ? défia Bébert. C'est pour qui la bouchée ?

—C'est moi qui l'ai attrapé, dit Gugusse.

—J'l'ai réservé preums, dit Gillou.

—Moi, je dis qu'on fait ça au poum-poum paillasse, dit Bill.

—Poum-poum quoi ? demanda Bébert.

—Y a d'*autres* bouchées comme toi, dans le coin ? s'enquit Gillou en rapprochant son grand visage de pierre de celui de Bingo (une puanteur d'*Amour de Troll* envahit le nez du posstit).

—Non ! piailla Bingo.

—Peuh, fit Bill dans une grimace.

—Obligé qu'y en a d'autres, dit Gillou en acquiesçant.

Sans presque mot dire, Bill, Gillou et Bébert partirent pesamment dans les bois. Bingo, hors de souffle, pendouillant dans les airs, se consola en se disant que les trois Droll^s faisaient tellement de bruit que les nains les entendraient certainement arriver. Puis, il se dit que les nains étaient des guerriers féroces et intrépides, qu'ils viendraient vite à bout des Droll^s, et que ses ravisseurs allaient finir en décombres. Malheureusement, il avait tort sur les deux tableaux. Les Droll^s ne mirent que dix minutes à revenir, chacun chargé d'une paire de nains. Tous les membres de la bande de Fhorïn avaient été ligotés avec leurs propres barbes, une circonstance humiliante qui n'ajoutait pas plus l'insulte à la douleur qu'elle ne multipliait l'insulte plus la douleur par la honte à la puissante agonie. Une fois les nains déposés à terre tels des pupes poilues en un grand tas près du feu, Bingo fut ficelé d'un vieux porte-jarretelles droll^s et installé au sommet de la pile.

— C'est mieux comme ça, déclara Gillou. (Il s'assit sur le grand rocher qui lui servait de tabouret et frotta deux grandes mains rocailleuses au-dessus du feu, projetant des éclats de pierre au ras du sol). Ça, c'est un festin, pour sûr.

— Des nains, dit Bébert en se retroussant les babines, ou, pour être plus précis, en les faisant s'entrechoquer. Miam ! Excellent !

— Il y a des orties dans mes jarretières, se plaignit Bill en farfouillant sous ses soies délicates. Saleté de forêt.

— Non mais écoutez-la, fit Gugusse en prenant une voix efféminée, ou du moins en tentant de s'en rapprocher du mieux qu'elle le pouvait, étant donné ce que lui permettaient ses énormes cordes vocales de pierre. *Y a des orties dans mes jarretières*. (Puis, il ricana, en produisant le son que ferait une rangée de tombes chutant comme des dominos.) Tafiole, conclut-il.

— Tapette, intervint sèchement Bill.

— Ahurie, dit Gugusse.

— Connasse, dit Bill.

— Pauvre dinde, dit Gugusse.

— Toi-même, dit Bill.

— Hé ! Ho ! fit Bébert. Ça va, maintenant. (En fait, elle avait dit « Ha ah mindnan », mais les deux autres Droll[s] avaient suffisamment compris là où elle voulait en venir. Elles se lancèrent un regard noir. Bill lissa les plis de sa jupe en soie rouge sur ses gigantesques cuisses. Gugusse porta un regard hautain du côté de la forêt.)

— Tout ce qu'on a à faire, maintenant, c'est de trouver le meilleur moyen de les cuisiner, déclara Gillou.

— Le meilleur truc, pour les nains, c'est de les ramollir, avec un attendrisseur à viande, ou une pelle, peut-être, et de les couper en julienne, dit Bill.

— Nan, nan, nan ! intervint Bébert d'un ton plein de mépris. Ça ne se *coupe* pas, les nains, ça se *déchiquette*. Et après ça se met dans une casserole avec des oignons, des poivrons, une douzaine de gousses d'ail, un peu de cardamome, des piments *verts* – pas des rouges –, et un citron. Quarante-cinq minutes, on retire la casserole du feu, *puis* on ajoute le basilic, la feuille de laurier, un soupçon de menthe, on découpe une cinquantaine de carottes en rondelles, on remet sur le feu, mais *sans les roussir*, deux heures, on recouvre de crème et de cognac, cassonade, on remue encore un coup, un deuxième citron, sans les chapeaux (on réserve) et on sert le tout avec deux cent soixante-douze kilos de patates. Délicieux, ça. Mignon. Miam.

— Ou bien on pourrait juste s'asseoir sur eux, proposa Bill.

— D'accord, dit Burt.

Les Droll^{s} regardèrent la pile.

— Tu sais quoi, Gugusse ? fit Bill. *Toi,* assieds-toi sur eux.

— Moi ? dit Gugusse, outrée. Pourquoi moi ?

— C'est toi qui as le plus gros derrière.

— Mon *cul*, oui ! s'exclama Gugusse en se relevant de colère. Celui de Gillou fait deux fois le mien.

— Menteuse ! rugit Gillou en se relevant elle aussi.

— Tu te rappelles de la jupe en cuir que tu as achetée dans une boutique sur les Champs ? titilla Gugusse. Ah, ça nous a fait nous gondoler, ça oui ! Ça te faisait ressembler le popotin à deux vaches chahutant dans une tente, voilà ce que ça faisait.

— Ah, alors on se fout de moi dans mon dos ! hurla Gillou en mettant une droite à Gugusse.

Le sol trembla sous la violence du choc, mais Gugusse ne broncha même pas et ne changea pas d'expression. Elle frappa devant elle de son bras droit, projetant un crochet dévastateur qui vint toucher Gillou en pleine face. Le coup fit un bruit de tonnerre. Non loin, les tasses pleines d'eau qui se trouvaient par terre furent légèrement secouées et des cercles concentriques vinrent en rider la surface. Mais Gillou non plus ne broncha pas. L'énorme Drolls n'émit aucun son. Pour être honnête avec vous, il ne sert pas à grand-chose aux Drolls de se bagarrer, dans la mesure où il leur est presque impossible de se blesser mutuellement et où elles ne ressentent pas véritablement la douleur. Mais elles la miment, parfois, juste pour la forme. Après un échange de quelques coups, Gugusse et Gillou se rassirent.

— S'il vous plaît, gentes dames, glapit Bingo, qui s'était donné du courage et qui essayait de trouver quoi dire. Ne nous mangez pas ! On vous donnera de l'or !

— De l'or, réfléchit Bébert. J'en ai mangé, une fois. Un type qui faisait pousser du maïs dans l'Hurepoix m'a donné un bracelet en or, gravé et tout – « À ma chérie, en mémoire du week-end le plus heureux de mon existence, ton chouchou d'amour, J. Herseur Pierdesilecks & Fils, Négociant en Maïs et Marchand de Tissus, Tarifs Saisonniers ». (Bébert renifla, comme émue par ce souvenir.) J'ai boulotté le bibelot, bien sûr, mais ça m'a fait quelque chose de révoltant, là, en bas... Vous voyez ce que je veux dire.

Les trois autres Drolls grommelèrent leur assentiment.

— Ce n'est pas spécialement digestible, déclara Bill. L'or.

— Attends deux secondes, fit Gillou. Un négociant en maïs dans l'Hurepoix ? Tu as eu une liaison avec un négociant en maïs de l'Hurepoix ? Qu'est-ce qu'on fait à traîner ici dans ces bois si tu as une chouette paillasse dans l'Hurepoix ?

— Eh bien, répondit Bébert d'un ton faux. Le truc, c'est que c'est un bon petit pote à moi.

— Quand y en a pour une, y en a pour nous, insista Gillou.

— Et je serais prête à partager, dit Bébert. Seulement, je l'ai becqueté au printemps dernier. Il m'emmenait avec lui pour des voyages particuliers, c'était adorable, les meilleurs hôtels, de beaux vêtements, autant de chiens que je pouvais en manger, mais je me suis réveillée un beau matin, je l'ai regardé, et je me suis dit : « Tu es un homme de bon goût », alors je l'ai bouffé, et voilà.

— Assez bavassé, fit Bill. *Moi*, je vais me faire un nain. On ferait mieux d'agir, sinon on va y passer la nuit.

Elle se leva et prit un nain gigotant sur le tas. Mais, profitant de ce qu'elle était debout, Gugusse s'empara d'un autre nain au-dessous de la pile et le glissa vite sur le rocher de Bill. La Droll[s], insouciante, s'assit, et l'on entendit un bruit écœurant de succion flatulente. Elle eut l'air étonnée, et ses trois amies se mirent à rire de leurs rires pesants, cascadants et rocailleux.

— Oho, fit Bill, le visage grave. Oh, ça, c'est très drôle, pour sûr, enchaîna-t-elle sarcastiquement. Oh, je vais me froisser une côte, à rire comme ça.

— T'aurais dû voir ta tête, Bill, dit Bébert.

— Voilà, fit Bill. Voici le tien.

Elle lança son nain à Gillou et se remit délicatement sur ses pieds en essayant de décoller l'objet qui lui adhérait désormais mollement à l'arrière-train. Dans le même temps, les trois autres Droll[s] prirent les nains qui leur étaient dévolus, les disposèrent sur les dalles ou les rochers qui leur servaient de sièges, et se rassirent. Des bruits humides de coussin péteur se firent entendre dans le campement. Pendant plusieurs minutes, le silence s'installa dans la clairière, rompu par les crissements de dents et les déglutitions des quatre Droll[s] attablées.

Les choses se présentaient sinistrement pour la compagnie.

— Celui-ci a un peu le goût de poulet, déclara brièvement Gillou.

— Moi, j'trouve que tout a le goût de poulet, dit Bill. Sauf l'or, précisa-t-elle.

— On est censés enlever la coquille, avant de les manger ? demanda Bébert en ôtant un bout mâchouillé de cotte de mailles d'entre ses dents avec un ongle de la taille d'un gros pavé.

— Vous sentez pas bon, intervint une voix plutôt chevrotante mais assez profonde, le genre de voix qu'un adolescent pourrait involontairement prendre lorsqu'il est sur le point d'atteindre l'âge d'homme. Vous sentez pas bon et, ah, personne ne vous aime.

— C'est qui qu'a dit ça ? demanda sèchement Gugusse.

— C'était Bill, fit la voix chevrotante.

— N'importnawak, dit Bill.

— Ça venait de par là-bas, dit Gillou en se relevant et en pointant un doigt vers les arbres.

— Pas du tout, dit la voix chevrotante. C'était Bill. Elle a dit que vous répandiez toutes une odeur vraiment déplaisante et, euh, que vous, oh je sais pas, que vous déshonoriez le nom des Droll[s].

— Mais *qui* parle ? demanda Gugusse.

La voix s'éclaircit la gorge dans un bruit mouillé et donna l'impression de descendre d'un demi-ton :

— Ne me cause pas comme ça, petit Bill, c'est toi la honte, ici. Il se trouve que je sais que les deux autres sont d'accord avec moi quand je dis que tu sèmes la disgrâce sur les Droll^{s} partout où tu passes. (Puis, une petite pause.) Ça, c'était Gugusse.

Gugusse se releva.

— Je parle pas comme *ça*, ni de près ni de loin, déclara-t-elle plutôt raisonnablement.

— Non, non, dit la voix. C'était Gugusse, y a pas de doute. Moi, je crois qu'elle cherche la bagarre. Tu vas laisser passer ça, Bill ? Est-ce que tu vHurgh hurgh ! Hurgh ! Hurgh ! Hurgh ! Hurgh ! (Soudain, la voix toussa si fort que les feuilles des arbres alentour en frémirent.) Hurgh ! Hurgh ! Hurgh ! Hurgh ! Hurgh ! poursuivit-elle.

Gillou tendit son énorme main dans les arbres et en sortit une silhouette frétillante, vêtue d'un poncho gris et coiffée d'un chapeau conique.

— Hurgh ! Hurgh ! Hurgh ! Hurgh ! dit la silhouette.

— Un magicien ! s'exclama Gugusse. C'est pas la cerise sur le gâteau, ça ?

— J'ai encore jamais bouffé de magicien, dit Bill en pleine jubilation.

— Il est un peu maigre, j'trouve, fit Gillou en l'examinant. Mais ça va le faire.

— Hurgh ! dit la silhouette (la toux se calmait). Hurgh !

— Glandalf ! couina Bingo. Sauve-nous !

Glandalf, suspendu dans les airs par la vigueur de pierre d'un poing de Droll^{s} enserrant sa gorge, parvint à se tordre assez le cou pour regarder Bingo. Son visage semblait dire : *Qu'est-ce que tu crois que je suis en train d'essayer de faire, ahuri ?* Il semblait ajouter : *Et là, regarde dans quelle situation je me retrouve. Qu'est-ce qu'on va faire maintenant ? Pour toi, tout va bien, mais moi je n'ai plus vingt ans, j'aurais du mal à m'occuper de quatre Droll^{s} à moi tout seul, sans oublier mes douleurs lombaires chroniques, pas que je sois du genre à me plaindre, j'explique, c'est tout.* Un froncement de sourcil magicien semblait demander : *Ne peux-tu pas attraper l'épée d'un des nains, couper tes liens, libérer le reste de la compagnie de Fhorïn, creuser une grande fosse, attirer les Droll^{s} dedans et les recouvrir très vite de plusieurs centaines de tonnes de terre ?* Comme le désespoir qui se lisait sur le visage de Bingo impliquait une réponse négative, l'expression d'ensemble conclut : *Vous servez vraiment à rien, tous autant que vous êtes.*

L'un dans l'autre, il s'agissait d'une expression exceptionnellement éloquente.

— Bon, grinça Glandalf en s'adressant aux Droll^{s}. Mesdames. Je vous recommande de ne pas mettre la charrue avant les bœufs. Je vous préviens : je suis magicien.

— Et ? demanda Gillou.

— Et je pourrais vous faire des ennuis. En fait (il eut du mal à respirer et tenta de se libérer de l'emprise des doigts de Gillou en battant pitoyablement des jambes), en fait... Ce serait pas les premiers rayons du soleil, là, l'aube qui se profile furtivement derrière vous, ha-ha ?

— Si, répondit Bébert en regardant par-dessus son épaule.

Il y eut une pause.

— Eh bien, dit Glandalf, dont le visage s'empourprait de plus en plus et dont la voix devenait de plus en plus rauque. Ce serait pas le moment de filer dans votre caverne de Droll^{s} ?

— Pourquoi on ferait ça ?

— Ben... Vous savez. L'aube, le soleil, vous savez. Ça va vous tuer.

— Oh que non, fit Gugusse. Quelle drôle d'idée.

— Oh, déglutit Glandalf (il avait l'air de chercher quelque chose d'autre à dire). Vous êtes sûres ?

— Tout à fait sûres, dit Gugusse.

— J'ai été en vacances dans le Sud, l'année dernière, déclara Bill. Super soleil, là-bas. Chouette bronzage. Enfin, quand je dis bronzage, il s'agissait plus d'un processus d'oxydation.

— Si vous pouviez juste..., souffla Glandalf, dont le teint violet avait presque viré au noir. Être assez aimable pour... simplement me reposer.

— Keski raconte ? demanda Bébert. Pose-le une seconde, Gillou.

Le magicien tomba à terre. Il resta là un moment, pantelant, tandis que les Droll^{s} discutaient entre elles de la meilleure façon de l'incorporer au repas.

— Ça suffit, dit Glandalf en se relevant d'un air mal assuré. Vous m'avez bien agacé, à présent.

Les quatre Droll^{s} cessèrent de parler et toisèrent le magicien.

— En tant que gentleman, poursuivit Glandalf, je suis disposé à vous avertir comme il se doit. Détachez mes compagnons, là, faites-leur des excuses en bonne et due forme, et je vous laisserai repartir. Mais, je vous préviens, si vous continuez à vous comporter avec la même grossièreté, je ne réponds pas des conséquences.

— Quelles conséquences ? demanda Bill.

— Des conséquences terribles, répondit Glandalf en agitant le poing ou, si possible, le tenant en l'air de façon qu'il ne trahisse pas ses tremblements vibrants de vieillard.

— J'te crois pas, dit Bébert. Des séquences cons terribles pour *qui* ? C'est ça qu'je veux savoir.

— Terribles pour *lui*, voilà ce que je pense, convint Gugusse.

— Je l'aplatis tout de suite ? proposa Gillou.

— Je *suis* magicien, observa Glandalf d'un ton qui aurait pu être celui de sa fierté blessée. Après tout.

— Et ?

— Je vais vous lancer un sort. Je connais des sorts plutôt inconfortables, vous savez.

— Har har har, fit Bébert en rappant ses éclats de rire plus qu'il ne les riait, dans le but de transmettre une idée de condescendance et de déni sarcastique [1].

— Je connais vraiment des sorts ! s'écria Glandalf. Et il y en a des terribles, dans le lot.

— Redoutables, c'est ça ? fit Bill.

— Oh, oui, dit Glandalf.

— C'est quoi, ton *pire* sort ? demanda Bill.

— Je pourrais toutes vous transformer en pierre, répondit Glandalf avec dignité. Facilement.

— Mais on est déjà faites en pierre, fit remarquer Gugusse. Pourquoi cela devrait-il nous effrayer ?

---

1. Pourquoi cela ne marche-t-il qu'avec le rire ? Si quelqu'un vous raconte une mauvaise blague et que vous faites « ha ha », vous exprimez un mépris glaçant pour la pauvreté du sens de l'humour de cette personne. Mais, si elle vous lance du poivre de mauvaise qualité à la figure et que vous dites « atchoum atchoum » au lieu d'éternuer pour de bon, ça n'aura pas du tout le même effet.

Il sembla à Bingo que Gugusse venait de marquer un point.

— Hmm, dit Glandalf, comme s'il réfléchissait à ce détail.

— Nous transformer en pierre ! fit Bébert. Elle est bien bonne !

— Allez, dit Gillou. Tu peux toujours essayer.

Il n'était pas aisé de s'accoutumer à l'obscurité, car les ombres des arbres noircissaient tout en dépit de la lumière croissante de l'aube mais, aux yeux terrifiés de Bingo, il semblait que la silhouette imposante de la Droll[s] s'était figée un moment, avant de disparaître dans le néant. Les trois autres se tournèrent vers leur camarade, sidérées, et, un instant plus tard, elles perdirent la substantialité de la pierre et rapetissèrent progressivement, avant de disparaître complètement. Pendant quelque temps, le posstit ne parvint pas à en croire ses yeux.

Glandalf s'installa sur un rocher non encore souillé de sang nain et alluma sa pipe en en aspirant de méditatives bouffées. Puis, comme s'il se souvenait d'un détail insignifiant qui lui était sorti de la tête, il se leva, avança d'un pas traînant vers Bingo et le délivra de ses liens. Ils libérèrent les nains restants et, en cinq minutes, tous étaient blottis auprès du feu et massaient leurs membres gourds en fixant les carcasses de chiens encore fumantes, d'un regard qui, bien que dégoûté, n'en était pas moins gourmand.

— Glandalf ? demanda Bingo d'une petite voix. Vous m'entendez bien, maintenant ?

— Oh oui, répondit le magicien en tétant sa pipe. Vous aviez tous l'air d'être en situation délicate, alors j'ai un peu amplifié mon sort d'audition. Je n'aime pas le laisser tout le temps actif, ajouta-t-il. Ça me sape l'énergie magique.

— Qu'est-ce que vous avez fait aux Droll[s] ? le pressa Bingo.

— Je les ai transformées en pierre, tout comme j'avais menacé de le faire.

— Vous les avez transformées en sable, dit Lori en donnant des coups de pied dans ce qui restait des créatures.

— Je ne leur ai pas dit en quel *genre* de pierre j'allais les transformer, expliqua Glandalf. Ça prouve seulement qu'il faut jamais trop soûler un magicien. Je vous suggère de répandre ce sable partout dans la forêt. Il est encore vivant, voyez-vous, et il serait préférable pour nous de l'empêcher de, eh bien, de recommencer à *s'accumuler*. Et ensuite, ce sera mieux si on se tire.

Elfe Pleutre et Elfe Dingue (Folle)

3

Lourde pause

— Chut, fit Glandalf.

Ils avaient voyagé trois jours, chagrinés au début par le souvenir de leurs quatre camarades tombés au combat, puis fatigués, pour finir tout grincheux. Ils ne racontèrent pas de contes, ni ne chantèrent de chansons. Pas plus qu'ils ne chantèrent des contes ou ne racontèrent de chansons. Les montagnes grandissaient à l'horizon, mais très lentement.

— Est-ce là *la* montagne ? demanda Bingo. Celle où nous mène notre quête ?

— J'aimerais bien, répondit Lori d'un ton dédaigneux.

— Fffrt, fit Inri dans une sorte d'équivalent nasal du même sentiment. Voyez-vous, ajouta-t-il avec la bouche et non plus les narines.

Ils marchèrent encore quelque temps.

— Je suis affreusement désolé pour la perte de vos… euh, camarades, s'aventura Bingo. Camarades ? Frères ?

Inri avait l'air bougon. Bingo se sentit un peu crétin d'avoir soulevé le sujet.

— Nous les nains, on n'aime pas faire étalage de notre peine, voyez-vous, dit Lori. Nous sommes un peuple secret, un peuple rude, robuste, artinoïde.

— D'accord, fit Bingo. Je comprends. Ça veut dire quoi, « artinoïde » ?

— Artinoïde, répéta Lori. Eh bien, en quelque sorte… c'est un mot qui fait référence à la nanitude, à la nanitude, heu… bon. Hmm. Groïn, héla-t-il. Mon garçon, ça veut dire quoi, « artinoïde » ?

Groïn traînait les pieds à l'écart du groupe.

— Artinoïde, grommela-t-il. C'est pas, voyez-vous, un mot pour dire « oculaire » ?

— Non, objecta Ghili. Tu confonds avec « rétinoïde ».

— Oh, c'est vrai, c'est vrai.

— Ça a pas, comme qui dirait, un rapport avec un cartilage du larynx ? intervint Bomber d'une voix flûtée. Mobile. Ça tend les cordes vocales.

— Non, non, réfuta Lori. C'est un mot *nain*, n'est-ce pas ? Ça a quelque chose à voir avec les nains, voyez.

C'était à ce moment que Glandalf avait fait « Chut ! ».

Tout le monde s'arrêta.

— Des elfes ! s'écria le magicien. Vous les voyez, là, dans les arbres ?

La compagnie fit halte à l'orée d'une grande forêt, glorieuse par ses bouleaux argentés et leurs feuillages d'un vert doré, comme recouverts de paillettes, touffus et odorants. Glandalf indiquait quelque chose du doigt, et Bingo put à peine distinguer de minces visages anguleux empreints d'intelligence, qui les observaient depuis les rameaux.

— Des elfes ! haleta-t-il.

— Des elfes, bougonnèrent les nains [1].

— On est vraiment obligés de passer par cette foutue forêt infestée d'elfes ? maugréa Lori. Magicien ? On peut pas faire le tour ?

— Eh bien, commença le mage, apparemment pour répondre à une tout autre question. Il existe deux races différentes d'elfes. Je vais vous expliquer. Il y a les Elfes des Étoiles – ou « Les Elfes Des Rues Qui Regardent Les Étoiles », selon une appellation plus appropriée –, et il y a les Elfes Sylvains, les Elfes *Passtrompeydbakpourletrii.* Je ne tenterai pas de vous traduire cette épithète elfique. De ces deux grands peuples, les premiers apprécient la flore du globe, surtout les œillets, et plus particulièrement encore les œillets mauves, qu'ils aiment à cueillir dans les endroits les plus périlleux pour les mettre sur leurs vêtements et les montrer au monde entier. Le plaisir qu'ils retirent à braver les dangers de la cueillette des œillets les a amenés à se faire surnommer Elfes Dingues – mais ne les appelez pas comme ça en face, car cette expression n'a pas été destinée à leur faire plaisir. Les Elfes Sylvains, eux, évitent de tels dangers. Les elfes sont immortels, mais à condition

1. Ce n'est pas un secret, l'amour ne se perd pas entre les nains et les elfes. Par *ne se perd pas*, j'entends qu'ils ne s'aiment pas. Maintenant que j'y pense, je me dis que l'expression *ne se perd pas* pourrait être comprise comme voulant peut-être dire que ces deux peuples s'appréciaient à un tel point et avec un dévouement si zélé que tout leur amour se dirigeait vers le groupe concerné, et que pas une miette n'en était gaspillée pour les fourmis, les petites trayeuses, de jolis vêtements ou des choses comme ça. Mais ce n'était peut-être pas là où je voulais en venir. Je voulais parler de l'autre sens. J'aurais peut-être dû dire quelque chose comme *les nains et les elfes se détestaient*. Ç'aurait été moins ambigu. Mais c'est trop tard, maintenant. Oh mon Dieu. Trop tard ! Trop tard !

qu'une force extérieure ne les fasse pas passer de vie à trépas, et les Elfes Sylvains sont, on les comprend, d'avis qu'ils devraient faire tout ce qu'ils peuvent pour éviter toute circonstance extérieure létale. C'est pour cette raison que les Elfes Dingues les méprisent, et qu'ils les ont baptisés Elfes Pleutres – mais gardez-vous d'utiliser vous-mêmes ce nom, ou de les appeler ainsi en face, car cette expression n'a pas été destinée à leur faire plaisir. Et il est encore vrai à ce jour que les Elfes Dingues sont souvent vraiment tels. J'ai connu un Elfe Dingue qui portait des hauts-de-chausses mauve vif avec une tunique vert citron à carreaux orange. Aucun Elfe Pleutre n'aurait eu le cran de s'accoutrer ainsi : leur courage va rarement plus loin que le tweed.

Lori sourit chaleureusement au vieillard.

—Le fait que vous soyez incapable de comprendre un traître mot de ce que je raconte, dit-il en prenant la main ridée du mage dans la sienne, m'encourage à vous donner le titre de vieux con le plus assommant de toute la Terre du Milieu du Haut.

—Merci, mon cher ami nain, fit Glandalf, les yeux rendus humides par l'émotion. Vraiment, merci.

—Alors, dit Bingo, que le petit exposé de Glandalf avait manifestement intéressé. Alors… les elfes du Dernier BarGay, ce sont des Elfes Dingues ou des Elfes Pleutres ?

—J'en sais que dalle, répondit Lori, en en profitant pour utiliser un petit juron nain qui datait de l'époque où ils investissaient vraiment dans la pierre.

—La réponse à votre question, tonna Glandalf, est « non ». En revanche, vous vous demandez sûrement si les elfes de Buveurd'ale sont des Elfes *Dingues* ou des Elfes *Pleutres*. C'est une histoire compliquée, mais je crois pouvoir l'expliquer.

Lori soupira.

— Elcarré lui-même est un Elfe Dingue. Mais il a pris pour partenaire un Elfe Pleutre, le beau Kastwafeukof et, en conséquence, les deux races cohabitent ici. Mais le temps s'écoule différemment pour eux. Leurs jours passent autrement, tels ceux d'un ballot balourd ; ils ne se lèvent pas avant midi, et ils font souvent la sieste. Hélas ! s'écria-t-il subitement, car le drame de cette forêt, c'est que ces deux races ne cohabitent pas dans le bonheur.

Ils progressaient à présent par les arbres de la belle forêt, et un elfe sortit de l'ombre d'un pas nonchalant pour venir se planter devant eux sur le chemin. Il était grand et élégant, vêtu d'atours de soie et de velours verts, et il se tenait en maintenant son torse légèrement incliné à la verticale, le soutenant d'une main posée sur la hanche. Ses yeux brillaient ; ou du moins l'un d'entre eux brillait, car il était chaussé d'un cercle taillé dans le verre le plus pur.

— Glandalf le magicien, dit-il avec langueur. Et des compagnons. *Ça* par exemple !

— Ah ! fit Glandalf. Bénidusoleil, l'Elfe du Matin, n'est-ce pas ?

— Ah, non. *Moi,* c'est Elmstreet, l'Elfe Sylvain, déclara l'elfe d'une voix vexée. Je suis fort surpris, ô magicien, que tu ne m'aies pas reconnu. N'avons-nous pas autrefois partagé une petite chaumière en bord de lac pendant deux semaines de détente et parfois de baignades ? Néanmoins, je te salue, et me propose de vous amener, toi et tes compagnons, auprès du Seigneur Elcarré lui-même.

— Oh, eh bien je suppose que c'est une question raisonnable, dit Glandalf dans un sourire radieux. Je dirais, comme réponse, du pain, sauf pendant les mois d'hiver, où il s'agit probablement d'un repas de balles de blé.

Le monocle en verre d'Elmstreet scintilla au soleil. Sa tête s'inclina de cinq degrés sur la droite. Derrière lui, le vent bruissait dans les arbres.

Un silence s'installa quelques minutes.

En fin de compte, Elmstreet les invita tous à le suivre dans les bois.

Le seigneur Elcarré lui-même était assis sur un trône fait de rameaux et de branches sculptées, perché dans un arbre. C'était un elfe d'âge incertain, vêtu de mauve et de bleu, et il arborait l'œillet et le monocle de cristal poli des Elfes Dingues. Lori murmura à Bingo que tous les elfes vivaient dans les arbres, aussi bizarre que cela pût paraître au reste du monde. Et, en vérité, Elcarré était entouré d'elfes installés au milieu des feuillages, et tous dévisageaient les voyageurs avec arrogance.

— Glandalf le magicien, fit Elcarré. Comme il est bon de te revoir. Ta quête se passe-t-elle bien ?

— Environ la demie de quatre heures, je dirais, répondit Glandalf. C'est dur à dire précisément, ajouta-t-il, quand on a pas de montre.

— Et *toi*, tu es Fhorïn, roi des Nains, si je ne m'abuse, poursuivit Elcarré, imperturbable.

Fhorïn salua si bas que sa barbe se déroula sur le sol comme une chenille.

— Je fuis vonoré de me trouver dans fe félèbre palais d'elfitude, dit-il.

— Pardon ? demanda Elcarré. Je n'ai pas bien saisi…

— Notre noble roi se déclare à votre service, seigneur Elcarré, l'interrompit Lori.

— Fhorïn, déclara Fhorïn d'une toute petite voix, le visage plaqué au sol.

— Nous avons souffert au cours de notre périple, poursuivit Lori. Nous avons perdu des membres de notre compagnie – des frères, des camarades, morts glorieusement.

— Vraiment ? dit Elcarré en s'animant. De quelle manière ?

— Des Droll[s], répondit sévèrement Lori. Ils ont abattu quatre de nos camarades avant que nous ne puissions les détruire. Cahlïn, Ovni, Bitur et Bromur, que leurs noms soient inscrits au panthéon.

— Mon Dieu, dit Elcarré. Perdre un nain pourrait être considéré comme de la malchance. En perdre quatre a des airs de négligence.

Les elfes gazouillèrent de leurs rires gazouillants.

— Que venez-vous de dire, voyez-vous ? demanda Lori, le visage empourpré.

— Perdre un nain, répéta Elcarré, pourrait être considéré comme de la malchance. En perdre quatre a des airs de négligence. C'est un mot d'esprit.

— Une blague ?

— Un mot d'esprit.

— Vous voulez dire, dit Lori, que vous considérez la mort de quatre individus comme l'occasion de faire de l'humour ? En quoi fait-on preuve de *négligence* quand des amis se font tuer ? Où est la négligence, là-dedans ? C'est tragique, assurément, mais ça n'a rien de drôle.

Elcarré eut l'air légèrement perturbé.

— Les bons finissent heureux, dit-il, et les mauvais finissent malheureux, voilà ce que c'est, la nanitude.

— Une minute, dit Lori. Est-ce que vous avez déjà perdu quatre amis d'un coup ? Ça vous plairait qu'on vous accuse de négligence, alors que…

— Je crois qu'il y a eu une légère méprise, dit Elmstreet l'Elfe Sylvain en s'avançant. Il ne faut pas que les elfes et les nains deviennent ennemis.

— Certes non, convint Elcarré avec langueur. Après tout, un homme n'est jamais trop prudent quand il choisit ses ennemis.

À ces paroles, quelques elfes dans l'arbre derrière lui gloussèrent et jacassèrent.

— Quand il choisit ses ennemis ? fit Bingo. Que voulez-vous dire ? Les gens ne *choisissent* pas leurs ennemis. Ce n'est pas comme ça que ça se passe. Votre déclaration n'a vraiment aucun sens.

Tout le monde se tut.

Glandalf brisa le silence d'une quinte percutante. Mais ensuite, lui aussi se tint coi. Bingo se rendit compte que tout le monde le regardait. Il chercha un sujet de conversation dénué de controverse.

— Ça doit être dur de vivre dans un arbre, finit-il par dire. Ne pourriez-vous pas creuser une chouette petite fosse moderne et vivre sous terre, comme tel était le dessein de Dieu ? Si ça convient aux morts, ça vous conviendrait sûrement aussi, non ? Il y a de bonnes quantités de terre, là-bas, par exemple.

— On est avec le posstit, sur ce coup-là, dit Lori. Vivre dans les arbres ? Non mais je vous demande. (Il regarda tout autour.) Je ne vous le demande pas *vraiment*, barbe, voyez-vous, regardez, ce n'est qu'une façon de parler, non ?

— Il est vrai que la vie est dure, déclara Elcarré. Une seule chose est pire que d'être un elfe, et c'est de ne *pas* être un elfe.

Une dizaine d'elfes rirent en gazouillant comme des hirondelles. Leurs rires s'éteignirent.

— Je ne comprends pas, dit Bingo.

Il devint inconfortablement conscient des dizaines de paires d'yeux elfiques qui lui lançaient toutes un regard à glacer les sangs.

— Tu ne *comprends* pas ? demanda Elcarré, qui pour la première fois eut l'air en rogne. Qu'entends-tu par là ?

Il remit en place son monocle elfique astucieusement ouvragé.

— Eh bien, je voulais seulement dire, commença prudemment Bingo, que je ne… Je veux dire, quand vous dites ça. N'*appréciez*-vous pas d'être un elfe ?

— Bien sûr que si, répondit sèchement Elcarré. C'est une question absurde !

— Bon, reprit Bingo. C'est juste que si vous dites « Une seule chose est pire que d'être un elfe », vous insinuez qu'être un elfe est un sort misérable, et qu'il n'y a qu'« être autre chose » qui soit *pire*. Dans les faits, poursuivit-il, enthousiasmé par son idée, vous dites que *toute* existence est épouvantable, et que la seule caractéristique remarquable d'une existence elfique, c'est d'être légèrement *moins* épouvantable que toute autre existence. J'imagine pouvoir comprendre que quelqu'un exprime un avis aussi empreint d'absolutisme nihiliste, mais il est difficile d'interpréter ça comme une… comme une blague, vous voyez ? Je ne saisis pas pourquoi c'est drôle. Je veux dire, si l'existence est *si* horrible, des larmes et des lamentations ne seraient-elles pas plus de mise ?

L'espace de quelques minutes, le silence régna dans les arbres. Finalement, Elcarré prit la parole :

— Quoi qu'il en soit, vous feriez mieux de monter prendre le thé.

Ils se hissèrent péniblement dans les arbres, sur des échelles de bois élégamment sculptées et, au bout de nombreux heurts dans les rameaux et d'échelons incertains, ils s'installèrent tous en demi-cercle autour du trône d'Elcarré. On apporta du thé. Tout le monde but à petites gorgées en grignotant une part de *ghambas*, miche elfique dont le goût rappelait celui de petits pains au lait maritime. Glandalf fuma. Elcarré arbora une expression pincée et assez chagrinée, comme s'il en attendait plus de ses invités. À un moment, il annonça :

— J'ai toujours pensé que le travail était la malédiction des classes qui boivent du thé.

Puis, il eut un petit sourire satisfait. Mais, même si certains de ses courtisans hoquetèrent brièvement de rire, sa réplique fut accueillie par l'incompréhension des nains, et il ne dit plus rien.

Ils avaient fini le thé. Les dernières miettes de ghambas avaient été consommées.

Le silence s'installa, de plus en plus lourd et oppressant.

— Enfin, fit Elcarré. Voici mon partenaire, Kastwafeukof le Bel. Il va mettre de l'animation. Kastwafeukof! Ça alors ! Monte.

Un elfe plus robuste vêtu de vert, au front haut et au nez quelque peu pataud, grimpa sur l'échelle.

— Des invités ? fit-il. Quel ravissement. Quelle merveille. Est-ce Glandalf que je vois là-bas, assoupi contre le tronc ? Et des nains, quel enchantement. Il faut qu'on fasse la fête.

Les présentations furent faites.

— Alors tu es un posstit, c'est ça ? s'enquit Kastwafeukof auprès de Bingo. D'où viens-tu, petit homme ?

— De Pinardie, répondit Bingo. Vous connaissez ?

— Certes, dit l'elfe. C'est très plat, la Pinardie.

— Oh, fit Bingo. Eh bien, fort plat, j'imagine. Il y a plusieurs collines, cela dit, et…

— Vous comptez vous rendre aux Monts Ruineux ?

— Dans cette direction, oui.

— Beaucoup *de hauts et de bas*, les montagnes, vous ne trouvez pas ?

Bingo entendit des gazouillements derrière lui.

— J'imagine, dit-il.

— Ah oui, fit Elcarré. Je suis navré de t'apprendre que nos amis ont perdu quatre de leurs compagnons.

— Mon Dieu, dit Kastwafeukof en prenant une petite gorgée de thé. De quelle façon ?

— Dévorés par des Droll^{s}, à ce qu'il paraît.

— D'affreuses créatures, les Droll^{s}, murmura Kastwafeukof.

— Certes. Et ils sont un peu susceptibles à ce sujet, alors fais attention, ajouta Elcarré en à-côté.

— Faire attention, répéta l'Elfe Pleutre. Naturellement. Terrain sensible. J'en conviens. Mais, ajouta-t-il en entonnant une chanson ou, pour être strictement précis, pas vraiment en entonnant, mais plutôt en chantonnant une espèce d'air moitié chant, moitié récital :

Oh ne soyons pas trop vaches avec les Droll^{s}
Lorsque Victoire sera enfin nôtre
Et que la paix sera li^{s}
On pourra en faire treize apôtres

Il conclut d'un « Merci, merci, c'est trop gentil » rapidement murmuré et partit se rasseoir.

Le vent soufflait dans les feuilles hautes des arbres. Au loin au-dessous d'eux, un renard glapit.

—Adorable, dit Elcarré d'un ton acerbe.

—*Lis* ? s'enquit Bingo.

—À l'évidence, annonça Lori, on adorerait rester, voyez-vous, mais un long voyage nous attend.

Les nains s'agitèrent, l'air de se secouer pour le départ.

—Bien sûr, dit Elcarré. Vous voilà partis. *Bon voyage*[1]. S'il vous plaît, laissez-nous vous donner quelques provisions pour la route – des choses salées, des trucs dans le genre. C'est où que vous allez ?

—Par-delà les montagnes, répondit Lori. Par la grande forêt.

—Fichtre, murmura Elcarré. Comme c'est passionnant.

—Jusqu'à la Seule Montagne.

—Vraiment ? N'est-ce pas le domaine de Snob le Dragon ?

Les nains acquiescèrent, l'air sinistre[2].

—Eh bien, je vous souhaite très bonne chance, très bonne chance. Rappelez-nous sur le chemin du retour, si vous passez dans le coin.

—Oh ! s'exclama Glandalf (qui se resservait une cinquième part de ghambas), voyant que tout le monde s'était levé et avait commencé à descendre de l'arbre. On y va, alors ?

---

1. En français dans le texte (*NdT*).

2. Remarquez, c'est facile d'avoir l'air sinistre avec une grosse barbe bien dure. Le plus dur, avec une grosse barbe bien dure, c'est justement de ne *pas* avoir l'air sinistre.

Phyllum

4

Énigmes en idiome
DA-DOU-RON-RON WAP-DOUWAP

Le lendemain vit éclore une matinée d'été aussi belle et lumineuse qu'un rêve. Le soleil dansait sur les eaux [1]. Glandalf, Bingo et les nains progressaient en direction des Monts Ruineux. Ces derniers pointaient à l'horizon.

— C'est ça, là-bas, notre destination ? demanda Bingo en boitillant aux côtés de Lori.

Il posait cette question dans l'espoir plus que dans l'attente d'une réponse positive.

— Non, répondit Lori.

Avant d'ajouter d'une voix chantante :

— Non, non, non, non, non, non, non, non, en descendant les notes de la gamme musicale. Non, mon

1. Pas littéralement, de toute évidence. Cette phrase a des visées métaphoriques – ce qui veut dire que les rayons du soleil valsaient et pogotaient de vaguelette en vaguelette comme de petites parcelles de photons sous amphétamines. Mon Dieu, imaginez que le soleil danse *littéralement* sur les eaux ! Doux Jésus ! Cela impliquerait une mort ardente et agonisante, non seulement pour nos héros, mais aussi pour le monde entier, une apocalypse globale, une catastrophe ultime ! Mon Dieu !

garçon, non mon garçon, non. Il faut qu'on se débrouille pour passer *derrière* les Monts Ruineux, et ensuite traverser le puissant Fleuve Misissiisiisisiissississippisipisipsofactoi-sisipisipi [1], avant de trouver le chemin qui nous fera traverser les frondaisons de l'effrayante et inhospitalière Forêt Boire. Ce n'est qu'alors, mon p'tit bonhomme, et alors seulement, que nous approcherons de la Seule Montagne.

— La Seule Montagne ?

— Eh bien… ce n'est pas la seule montagne, bien sûr. À *proprement* parler, voyez-vous, il y a plein d'autres montagnes. Mais c'est la Seule Montagne Digne d'Être Mentionnée si on est un nain, voyez, lala. Elle est à quelques jours de marche d'ici. Et à trois fois plus en titubant.

Bingo boita en silence quelque temps. Puis, il prit la parole :

— Lori, dit-il. Je n'arrive pas vraiment à m'empêcher de penser que le but de notre quête…

— L'or, l'interrompit immédiatement Lori, sans le regarder.

— Certes, oui. D'accord. L'or. Oui. Mais je n'arrive pas vraiment à m'empêcher de penser que notre quête – bien que nous l'ayons ostensiblement entreprise en quête d'or…

— D'or…, convint Lori.

— D'or, oui, n'a *en fait* pas du tout l'or pour but.

Tous deux continuèrent de marcher quelques minutes.

— Alors ? incita Bingo.

— Hein ? répliqua Lori.

— Suis-je dans le vrai ?

— Le vrai ?

1. À des fins pratiques, ce cours d'eau sera dorénavant désigné sous le nom de Fleuve M.

— À propos de notre quête.

— L'or, fit Lori d'une voix forte. C'est ça qui nous intéresse. Maintenant, si vous voulez bien m'excuser, il faut que j'aille parler à… à un des autres, vous savez.

Il détala.

Le groupe passa la nuit sous un grand groseillier et, à midi le lendemain, ils étaient arrivés au pied des Monts Ruineux. Cette chaîne majestueuse d'imposants pics aux sommets recouverts de neige s'étendait du Mont Kelsalbled au nord, sur des lieues et des lieues jusqu'à la Prochaine Passe au sud. Les flancs escarpés des myriades de montagnes denticulées qui composaient la chaîne étincelaient tous d'une glace claire et propre ou luisaient sous une neige immaculée. Se tenir au pied de cet imposant mur rocheux, gigantesque et impénétrable, inspire la crainte respectueuse du sublime du monde ; la voix somnolente de la montagne résonne dans tout notre être. À la montagne, on se sent libre ; on peut y lire toute la nuit si l'envie nous en prend, avant de partir au sud pour l'hiver. À la montagne, l'air est sain, frais, vif, stimulant.

— Chierie de merde, fit Bingo tout en s'effondrant sur un rocher pour masser ses orteils endoloris. Il faut qu'on escalade tout ça, maintenant, c'est bien ça ?

— Les montagnes, dit Lori, la larme à l'œil et un doigt tortillant dans sa barbe. Belles, belles montagnes, voyez-vous. Belles belles belles belles belles belles belles belles belles belles belles belles belles belles belles montagnes.

— Les nains aiment bien les montagnes, alors, non ? demanda Bingo.

— Eh bien, pas vraiment, voyez-vous, répondit Lori. On préfère le dessous des montagnes. Mais regardez-moi juste ces adorables choses ! Regardez comme les flancs sont lisses. Comme ils sont glabres, lisses et parfaits ! Cette montagne, là-bas, par exemple, adorable, adorable, lisse comme un bébé montagne.

— Et il faut qu'on aille de l'autre côté.

— Ah oui, firent les nains à l'unisson.

Bingo jeta un œil sur ses pieds enflés et rougeauds, envahis de douleurs lancinantes.

— Est-ce qu'on a du matériel d'escalade ? Des cordes, des grosses chaussettes, des choses comme ça ?

— Ah non, firent les nains à l'unisson.

— Eh bien, je ne pense vraiment pas que nous devrions passer de l'autre côté de ces montagnes. Je ne crois pas que mes pieds puissent l'endurer. Ils ne supportent pas la neige. Glandalf ? (Bingo en appela au vénérable magicien, bien qu'il dût pour cela hausser le ton.) Glandalf ? Est-il dans vos intentions de nous faire escalader ces montagnes ?

Cette question ne fut réitérée que huit ou neuf fois avant que Glandalf finisse par la comprendre. Il avait compté en silence les sommets des montagnes, les désignant tour à tour tout en se mâchonnant les lèvres comme pour en garder mentalement le compte : un exercice étrange, mais – c'est du moins ce que pensait Bingo – qui avait rapport à la magie. Peut-être le nombre de pics visibles avait-il une signification mystique. Peut-être Glandalf ne pouvait-il rien compter sans bouger silencieusement les lèvres et montrer du doigt.

Lorsque la question de Bingo finit par lui rentrer dans le crâne, il poussa un grognement de dédain.

— Les expulser ? gronda-t-il. D'après vous, est-ce que j'ai *l'air* d'un lepéniste ?

— Est-ce que vous quoi ?

Lori se mit la main droite derrière l'oreille droite pour lui signifier qu'il lui demandait de répéter.

— Vous êtes sourd ? demanda sèchement Glandalf. J'ai *dit*, est-ce que j'ai *l'air* d'un alpiniste ? Non, non, non. Nous n'allons pas tenter de les escalader – jamais ça ne marcherait. Heureusement, on peut passer *sous* les montagnes.

— Par la Porte des Gloublins ? demanda Inri, d'un ton empreint de terreur et de crainte respectueuse.

— Par les espaces caverneux et résonnants sous la montagne ? ajouta Ghili.

— En passant aussi par la Cavité dans laquelle se jette le glacial Fleuve Fildenteir ? dit Guili.

— Non, ne soyez pas ridicules, répondit Glandalf d'un air ennuyé. Je veux dire *par* la Porte des Gloublins – et en *ressortant* de l'autre côté par la Cavité. C'est le seul chemin sensé.

— Mais la Porte des Gloublins est enchantée, Glandalf, fit observer Guili.

— Ah, fit Glandalf en s'installant sur une souche d'arbre pour y sortir sa pipe. Je suis heureux que vous m'ayez posé cette question, jeune nain. Oui, vous avez raison. Mais j'ai soigneusement compté les sommets, et il ne semble vraiment pas y en avoir plus qu'à ma dernière visite.

Les regards allèrent de nain en nain en posstit, mais personne n'avait la moindre idée de ce que pouvait bien raconter le magicien.

— Alors je ne crois pas que nous devrions nous soucier de *ça*, reprit Glandalf, satisfait. D'un autre côté, la Porte des Gloublins est enchantée – j'ignore si l'un d'entre vous en était conscient. Il me faudra me creuser la cervelle pour essayer de retrouver la formule magique. J'userai des sorts d'ouverture les plus puissants.

Après que le magicien eut fini de fumer sa pipe et après la crise de raclements glaireux qui s'ensuivit, le groupe progressa par les courtes vallées et dépassa une mare d'aspect maléfique, en direction de la Porte des Gloublins Ouest. C'était le milieu d'après-midi. Les ombres s'allongeaient. À l'ouest, telle une pellicule rouge, une lueur rosée baignait le paysage : les champs, les bosquets et les forêts, les meules de foin, parfois une chaumière. Bingo resta là, à regarder les terres qu'il laissait derrière lui, les yeux embués. Dans son dos se trouvait tout ce qu'il connaissait. Devant lui, tout n'était que ténèbres et mystère.

Glandalf avait quelques problèmes avec la Porte des Gloublins. Sculptée dans un gigantesque bloc d'anthracite de douze mètres de haut et d'autant de large, cette imposante entrée avait été scellée grâce à un Sort Grand et Terrible, lancé par Lucas Dena-Dantan. Grommelant, Glandalf s'assit et fuma quelque temps.

— Ce sort est en deux parties, expliqua-t-il. D'abord, il faut qu'on sache exactement où se trouve la porte. Il ne servirait à rien que je lance des Sorts d'Ouverture sur des parois de charbon sans intérêt !

— Et comment pouvons-nous voir où est la porte ? demanda Bingo d'une voix tremblante, les yeux posés craintivement sur la façade noire et unie qui lui faisait face (c'est d'ailleurs ce que font les façades, j'imagine).

— Oh non, dit Glandalf. D'où sortez-vous cette idée ? D'abord, il nous faut trouver où *est* la porte. Mais ses contours ne sont visibles qu'au clair de lune. Et ce soir, c'est la nouvelle lune, alors pas moyen. Et demain, je doute qu'il y ait assez de luminosité pour la révéler. En plus, on dirait bien que ça va se couvrir. L'un dans l'autre, dit-il en aspirant une bouffée entre ses phrases, on va peut-être rester ici au moins une quinzaine. On laisse tomber ?

Bingo s'attendait à ce que les nains se plaignent à cor et à cri de la proposition du magicien, mais, en fait, ils étaient allongés sur le sol, désœuvrés. La perte de leurs camarades leur avait peut-être affecté le moral, se dit Bingo.

— Le clair de lune, dit Bingo, ce n'est que la lumière du soleil se réfléchissant *sur* la lune, après tout. Ne pourrait-on faire luire un reflet de rayon de soleil sur la porte ? Comment la porte pourrait-elle faire la différence ?

Glandalf fit comme s'il n'avait pas entendu le petit posstit, comme si, peut-être – sûrement, en fait –, il ne l'avait vraiment pas entendu. Mais cette idée revigora Lori. Il se secoua. Aidé de Bingo, il sortit un des boucliers de Fhorïn et le fit reposer sur les rochers, de façon que les rayons du soleil viennent rebondir sur la surface intérieure argentée et se réfléchir sur la sombre paroi. Immédiatement, les contours d'une grande porte devinrent visibles, ainsi que plusieurs lignes en langue elfique, délicatement gravées.

— Que veulent dire les lettres argentées, Glandalf? murmura un Bingo tout plein de révérence.

— Quoi ? répondit Glandalf.

— L'écriture elfique sur la porte, dit-il plus fort et en pointant le doigt. Qu'est-ce que ça dit ?

— Quoi ?

— Qu'est-ce que ces phrases *ELFIQUES* veulent dire en *LANGUE COMMUNE*? hurla Bingo directement dans l'oreille du magicien. Là ! Là !

— Quoi ? fit le mage en suivant la direction que lui indiquait Bingo. Ah ! Regardez ! Des caractères elfiques ! Regardez-moi ça !

— Ça veut dire quoi ? braillèrent trois nains en chœur.

— Quoi ? Ce que ça veut dire ? demanda le magicien.

Il examina les inscriptions pendant de longues minutes.

— Gribouillis, gribouillis, gribouillis, conclut-il. Je sais pas. Celui-là, là, ressemble un peu à un *p*, proposa-t-il. « *Poqqop* » ? Ça vous dit quelque chose, à vous ?

Les nains, alignés, n'avaient pas l'air impressionnés.

— Vous voulez dire que vous ne savez pas ? demanda un Lori dégoûté.

Glandalf put déchiffrer les expressions des nains même sans entendre les reproches de Lori.

— Et comment pourrais-je, *moi*, savoir ? demanda-t-il, boudeur. Je ne suis pas elfe, je suis magicien. Vous devriez faire gaffe. Ayez plus de respect pour les magiciens. Sales nains.

— On s'en fiche, de savoir ce que ça raconte, fit Lori, dont la barbe tressautait d'agacement. Vous ne pouvez pas juste ouvrir la porte ?

— Je viens de vous le dire, répliqua le mage d'un ton grincheux. Je ne peux *pas* interpréter les inscriptions. Mais vous savez quoi ? Pourquoi ne me contenterais-je pas d'ouvrir la porte avec un sort ?

Les nains hochèrent la tête, mouvement qui – étant donné la petitesse de leurs cous et, d'ailleurs, de leurs corps – se révélait plus par le frétillement de leurs barbes que par autre chose.

Glandalf se planta devant la porte et alluma sa pipe.

— Regardez bien, dit-il sans s'adresser à quelqu'un de précis. C'est le sort d'ouverture le plus puissant que je connaisse.

Il expira, inspira profondément et entonna d'une voix tonnante :

— *Quandog quandoggli.*

Rien.

— *Quandog quandoggli*, répéta Glandalf.

Rien.

Glandalf téta sa pipe quelques instants.

— Essayez un autre sort d'ouverture, suggéra Bingo.

Le magicien le regarda. Sagement, il hocha son sage visage et se racla la gorge.

— *Quandog quandoggli*, fit-il.

— Je ne suis pas sûr que ce sort soit particulièrement efficace, proposa Bingo.

— *Quandog quandoggli, quandog quandoggli, quandog quandoggli*, dit Glandalf, très, très vite.

— Je ne crois pas…

— *QuanDOG*, tenta Glandalf. *QUANDoggli.*

— Je suis presque certain qu'aucun de ces mots ne fait partie de la formule magique, dit Bingo, aussi fort qu'il le put.

Le soleil commençait à se coucher. Une fois disparu, et avec une nuit sans lune à sa suite, il leur faudrait camper là jusqu'au matin, et Bingo n'aimait pas l'aspect de la mare d'aspect maléfique : elle était d'aspect maléfique.

— Peut-être…

— *Qua-aa-andoggli*, fit Glandalf en faisant passer le mot par une étrange contorsion musicale, commençant en gazouillis haut perché, finissant en baryton sur la dernière syllabe.

— Peut-être que si vous essayiez d'autres formules magiques…

— QUANDOG ! cria Glandalf. QUANDOG-GLI ! QUAN-AGH ! ACH ! A-KOUFKAH-KOUFKAH !

C'était la pire quinte de toux que Bingo avait vu s'emparer du magicien.

Glandalf faisait :

— UH-KHOU ! UH-KHOU ! UH-KHOU ! UH-KHOU !

Il faisait :

— KLAK ! KLAK ! KLAK !

Il faisait entrer des goulées d'air énormes dans ses poumons, avant de faire :

— HOUUGH ! HU-HOUUGH ! en balançant violemment la tête d'avant en arrière, ce qui fit tomber son chapeau.

Il faisait :

— WOU-WOUF ! WOU-WOUF ! comme un chien.

Il faisait :

— K'OAH K'OAH K'OAH K'OAH K'OAH K'OAH K'OAH.

Il faisait :

— Oooohh mon Dieu, d'une voix basse et misérable.

Avant d'ajouter sur-le-champ :

— Hurgh ! Hurgh ! Hurgh ! Hurgh ! Hurgh ! de façon fort appuyée.

Lorsqu'il eut enfin fini, il s'affaissa lentement sur le sol en gémissant, et haleta :

— J'irai très bien dans une minute – tout en farfouillant sans succès dans l'une de ses poches de poncho à la recherche de son tabac.

— Regardez ! s'exclama Bingo.

Il était impossible de savoir lequel des multiples bruits involontairement prononcés par le magicien était celui qui avait ouvert la porte, mais elle était là, grande ouverte à qui mieux mieux. De toute évidence, Glandalf était tombé *in extremis* sur la bonne formule magique sans même s'en rendre compte. Les nains se réjouirent mollement. La chance semblait enfin tourner.

Ils ramassèrent le mage gémissant (son visage avait pris une couleur cendrée), et lui firent passer le seuil. Une fois qu'ils furent entrés, la porte se mit à crisser, avant de se refermer brutalement derrière eux.

*

Ils allumèrent des torches et explorèrent l'intérieur. C'était un imposant vestibule, qu'on aurait pu croire creusé dans la roche même ; de nombreux escaliers en montaient ou en descendaient.

— Campons ici, proposa Lori. Après nous être reposés, nous pourrons choisir un chemin et progresser sous la montagne.

Tous tombèrent d'accord.

Ils allumèrent un feu sous le chaudron portable, se mijotèrent un peu de bœuf salé, agrémenté de quelques patates salées (avec de l'ail salé pour le goût), et sortirent de la bière salée pour faire passer le tout. C'était un truc copieux et qui donnait soif. Au bout d'environ quarante minutes, Glandalf donna l'impression d'avoir assez bien récupéré de ses spasmes, se servit une plâtrée de bœuf (« Juste une plâtrée », c'est comme ça qu'il l'avait tourné), une louchée de patates (« … rien qu'une louchée… »), et se bourra un peu la gueule à la bière. Cela l'amusa quelque temps de seriner « plâtrée, louchée, bourré », seize ou dix-sept fois. Puis, il se fit mélancolique.

— 'Fait noir, ici, remarqua-t-il plusieurs fois.

Il alluma sa pipe et fuma en silence quelques instants.

— C'est un endroit extraordinaire, dit Bingo à Lori, assis à côté de lui en train de polir son fendoir.

— Certes, convint laconiquement le nain.

— Et cet énorme couloir a été creusé dans la roche brute par des nains ?

— Ça, fit Lori, et des cavernes cent fois plus vastes ! Des centaines de mètres de haut, des lieues et des lieues de long, soutenues par des piliers soigneusement ouvragés de conception compliquée et de hauteur considérable, d'énormes escaliers façonnés de marbre pur, de grands espaces en voûte s'étendant sous tous les Monts Ruineux ! Tes yeux indignes contemplent à présent les Grandes Salles Naines de Salnain, les Mines de la Maria, le chef-d'œuvre de notre race !

— La vache, fit Bingo.

Ils restèrent assis là quelques minutes.

— Et tout ça, demanda Bingo en même temps que la question lui venait à l'esprit, ça a été fait avec… avec quoi ? Des hachettes ?

— Des truelles, affirma le nain, tout en donnant l'impression de regarder d'un air étudié dans une autre direction.

— Des truelles ? Pour l'ensemble ? Bonté divine. Et, si vous voulez bien me pardonner cette indiscrétion, il y a combien de nains dans le monde ?

— Nous n'aimons pas parler de nos affaires personnelles, répondit Lori.

— Mais bon. (Ceci commençait à intéresser Bingo.) Admettons qu'il y en ait, je sais pas, dix mille. Quelle quantité annuelle de pierre peut excaver un nain équipé d'une truelle ?

— Là résident les grands mystères des mineurs de notre espèce, grommela Lori, le regard toujours tourné ailleurs.

— Disons une demi-tonne. Ça fait cinq mille tonnes par an, cinq cent mille tonnes par siècle, et tout ça en imaginant que tous les nains du monde s'attellent au projet sans jamais dormir. Ça ne viderait qu'à peine ce vestibule.

Lori grommela d'autres phrases, dans lesquelles il n'était possible de discerner que « peut-être bien » et « difficile à dire ».

— Creuser des salles sur tout le volume de la chaîne de montagnes, poursuivit Bingo, ça a dû prendre des centaines de milliers… Non, des *millions* d'années. Ça fait combien de temps que les nains existent ? Sans parler du nombre invraisemblable de truelles que vous avez dû user…

— D'accord, convint Lori avec virulence tout en rapprochant son visage de celui de Bingo. Commencez pas à raconter de la merde et des conneries, voyez-vous, barbe. Vous avez déjà *essayé* de creuser dans le roc avec une petite truelle de bronze ? C'est pas coton. Mais faites pas passer le mot. Y en a parmi les autres qui croient encore aux légendes.

— Aux légendes ?

— Oui, oui, oui. Que les nains sont de grands mineurs, voilà ce qu'elles chantent, les légendes. Il y *avait* des mines, autrefois, c'est du moins ce qu'on croit, oui, certainement, voyez-vous. Mais ça fait longtemps qu'un nain n'y a pas turbiné. Elles ont toutes fermé il y a longtemps.

— Oh, fit Bingo. Et les nains font quoi, maintenant ?

— Ils bossent dans des magasins, pour la plupart. Sur les marchés. Parfois dans le show-biz. Les nains chanteurs ont un certain succès auprès de certains impresarios. Vous avez peut-être entendu parler de Sharltréney le Nain Chantant ? Non ? Un adorable chantre. Aux dents longues. Cela dit, pour nous, les légendes sont importantes. Ne nous les enlevez pas.

— Est-ce que ça a quelque chose à voir avec notre quête ? demanda un Bingo à l'intérêt renouvelé. Est-ce que la véritable raison de…

— L'or, dit Lori, fermement et d'un ton sans appel.

Il apparut à Bingo qu'il n'était pas nécessaire de continuer sur ce sujet.

— Mais je ne comprends pas, dit-il. Si ce n'est pas vous qui avez construit toutes ces grandes salles souterraines, alors qui ?

Il était difficile de voir correctement dans la pénombre rougeâtre du feu moribond, mais Bingo crut bien voir Lori hausser les épaules.

— La Nature, répliqua le nain.

— La Nature ?

— Elles sont creuses. Toutes les montagnes. En fait, et même si on ne s'en rend peut-être pas compte, tout est creux, ici, même les arbres. Il y a de grandes salles et de grands boudoirs sous les collines – rien n'est jamais entièrement plein.

— Quelle drôle de théorie, fit Bingo.

— Je sais, barbe, mais le monde est un endroit étrange et parfois inexplicable [1].

— Mais comment cela peut-il être ? Des montagnes creuses ?

— Selon l'un des mythes fondateurs, expliqua Lori, à l'aube des temps, le Grand Dieu a soufflé dans une paille et a donné au monde la forme d'une grosse bulle

---

1. Voyez ? Je vous l'avais bien dit. Oh, mais *moi*, personne ne m'écoute jamais, je sais.

de savon. Son souffle enfumé a fait enfler la croûte de la Platitude Primordiale et a créé les bosses et les pics du monde que nous voyons aujourd'hui. Évidemment, ce n'est qu'un mythe.

Un bruit sourd au loin mit fin à leur conversation. Subitement, tous les membres du groupe se réunirent au centre du vestibule, les uns dans les bras des autres, tremblants d'appréhension – à l'exception de Glandalf, lequel n'avait pas entendu ce fameux bruit sourd, ce qui lui valut de se retrouver coincé dans la bousculade.

Ils parvinrent à convaincre le magicien, à force d'hurlements et de réitérations, de se lancer un sort d'audition. Glandalf, pas content du tout, s'exécuta en grommelant.

— Ah, fit-il une fois le sort lancé avec succès. C'est quoi, ce bruit ?

Il avait incliné la tête, tout oreilles.

— Des tambours, finit-il par dire.

— Mais à qui ?

— Aux Gloublins, bien sûr, répondit le magicien. À qui d'autre ?

— Aux Gloublins ? s'insurgèrent les nains en se recroquevillant.

— Ils sont coriaces, alors, c'est ça ? demanda Bingo. Des Gloublins ?

— Terribles, dit Glandalf. Des serviteurs du Seigneur Ténébreux dont le nom ne doit pas être prononcé…

— Vous voulez dire le Grand et Maléfique Ronron, intervint Inri.

— Le nom du Seigneur Ténébreux ne doit pas être prononcé ! tonna Glandalf. Oui, des Gloublins. Terribles, pas cool. Mon Dieu, elles ont dû élire domicile ici, ces maléfiques créatures. J'aurais peut-être dû y penser avant de vous amener. Ça m'est sorti de l'esprit. Mais bon, maintenant que vous en parlez, il ne fait aucun doute que ces montagnes sont complètement blindées de Gloublins. Mon Dieu, oui.

— Que sont-ils ? demanda Bingo, qui n'aimait pas du tout la tournure que prenaient les événements.

— Quoi ? Les Gloublins ? reprit Glandalf. Il y a longtemps, le Seigneur Maléfique a arraché des espèces vertueuses et inoffensives de dindes et de poulets aux champs et aux cours de ferme de la Terre du Milieu du Haut, les a hideusement torturées et en a fait une race déformée, monstrueuse et facilement influençable, afin de grossir les rangs des puissantes armées des Ténèbres et d'accomplir les sombres volontés du Malfaisant. Vous les identifierez dès que vous en rencontrerez, mon jeune posstit. Vous reconnaîtrez l'origine dindesque de leur abominable et monstrueuse apparence : les caroncules de chair qui pendent à leurs cous, leurs petites têtes, l'expression affolée dans leurs yeux, leur tendance à cavaler en rond en poussant des hurlements – et j'en passe.

Glandalf téta sa pipe.

— Après tout, il vaudrait peut-être mieux que nous battions en retraite par la porte et que nous passions *au-dessus* des montagnes, conclut-il.

Les nains n'avaient pas fini d'exprimer leur complet désaccord qu'il y eut un gros craquement suivi d'un boum, et les Gloublins s'engouffrèrent dans le vestibule.

Des Gloublins énormes ! Il y en avait quatre pour chaque nain, et même deux pour Bingo[1]. Ils furent sur le groupe avant même que quiconque sache ce qui était en train de se passer ; en un instant, les jambes furent entravées, les bras, liés, les barbes, tirées, et la meute emporta ses prisonniers en gloussant et en dodelinant de la tête en signe de triomphe.

L'avenir ne s'annonçait pas brillant pour la compagnie ; à la fois au sens de « leurs options semblaient limitées », et au sens plus littéral de « ils ne voyaient rien parce qu'il faisait noir » – puisqu'on les transportait dans des couloirs sombres, dans des salles sombres, etc.

— Emmenez-les voir le Roi-Gloublin ! chantaient les Gloublins. Emmenez-les dans la salle du Roi-Gloublin !

Puis, ils entonnèrent leur abominable hymne :

J'me ferais bien un nai-ain ce soir !
Un nai-ain ce soir !

J'me ferais bien un nai-ain ce soir !
Un nai-ain ce soir !

---

1. De toute évidence, quand je dis « énormes » dans ce paragraphe, je ne le conçois pas au sens propre. Dans la mesure où nous avons déjà établi que Bingo le posstit est un tout petit mec, il serait plutôt sot de suggérer qu'une créature mesurant la moitié de sa taille est « énorme » au sens objectif du terme. « Minuscule » serait plus approprié, s'il fallait être impartial. Mais je voulais dire « énorme » comparé aux autres Gloublins. C'est ça qui m'a décidé ; ça, avec le fait que « des Gloublins minuscules, miniatures, presque-pas-là, s'engouffrèrent dans le vestibule » n'avait pas le panache susceptible de provoquer l'inquiétude. C'est du moins ce qu'il m'a semblé.

Puis, ils firent battre leurs bras hideux de bas en haut, et chantèrent un autre de leurs airs dans leur langage brutal :

Ga-ARG ga-ARG
Glouglou-glouglou-glouglou
Glou-ARG glouglou-glouglou
Glouglou-glouglou-glouglou
Glouglou-glouglou-glouglou

Et tout cela, *ad lib.*

— Glandalf, siffla Lori. Faites quelque chose !

— 'Mal au crâne, se plaignit le magicien. Le bruit de l'explosion dans le vestibule a été amplifié par le sort d'audition. C'est du plus inconfortable. Mes oreilles résonnent encore de ce tintement infernal. Tenez bon… Tenez bon…

Un éclair éblouissant de lumière bleutée explosa dans le silence. Un instant, Bingo put voir tout ce qu'il y avait dans le couloir le long duquel on les emmenait : les voussures ascendantes des murs et l'abominable masse grouillante des Gloublins chargés de leurs fardeaux sans défense. Puis, son visage heurta de nouveau le sol de pierre, et il s'effondra contre la paroi. Il semblait que le sort de Glandalf avait défait la chaîne de fer qui lui retenait les mains et, sonné, il essaya de se relever. Plus qu'un peu étourdi par sa chute, il vit Glandalf debout au milieu des Gloublins, qui tranchait de-ci, de-là, une grande épée luisante à la main. Bingo ne l'avait encore jamais vu arborer une expression aussi sinistre et déterminée.

— Prenez ça, sales Gloublins ! hurlait-il, tandis que son épée prenait des casse-croûte pour une semaine.

— Fendoir et Découpoir ! s'écrièrent les Gloublins effrayés tout en détalant dans toutes les directions. Hachoir et Décapitatoir !

Et, en vérité, l'épée de Glandalf tranchait leurs longs cous de Gloublins, raccourcissant gorge après gorge. Les Gloublins fraîchement élagués cavalaient de-ci, de-là, avec non moins d'empressement, bien au contraire, que ceux qui avaient encore toute leur tête. Guili le nain, que le sort de Glandalf avait libéré, se releva au beau milieu d'une foule grouillante de Gloublins paniqués. L'épée luisante, qui battait telle une faux, vint s'abattre sur lui et, en un instant, sa tête, encore engoncée dans son casque sur mesure, se retrouva à rouler et rebondir dans le couloir.

— Navré, chanta Glandalf tout en continuant les moissons.

Puis, de derrière, monta un terrible cri de guerre et, à la lueur de l'épée de Glandalf, Bingo vit une énorme masse gloublinoïde envahir le passage ; tous étaient armés de hachettes et de haches aux fers aquilins, et chargeaient dans leur direction.

Il se remit sur pied et courut aussi vite que ses pieds de posstit le lui permirent. Il cavala ainsi de longues minutes, les poumons en feu, jusqu'à ce qu'il trébuche sur une pierre et tombe dans un escalier latéral, droit vers un bon choc en pleine poire et vers l'oubli.

Lorsqu'il revint à lui, il faisait noir. Très noir. Vraiment noir. Imaginez le noir le plus noir. Non, vraiment, allez-y. Ça y est, vous avez une bonne image mentale du noir dans vos têtes ? Parfait – il faisait encore *plus noir* que ça. Voilà la noirceur de l'affaire. Bingo rampa un peu dans le noir et se cogna la tête. Il essaya de se relever, mais il découvrit qu'il était dur, dans le noir, de distinguer le bas du haut, et il finit par se prendre un autre gadin.

Puis, il se passa quelque chose. Quelque chose de la plus haute importance, quelque chose qui allait à jamais changer sa vie – et celles de tous les peuples de la Terre du Milieu du Haut, *tout*. C'était la chose la plus importante qui soit jamais arrivée à Bingo de toute son existence, même si *lui* ne s'en rendait pas compte à ce moment-là. Mais, juste parce qu'il ne voyait pas la portée de ce moment, et juste parce que, en fait, maintenant que j'y pense, oui, en fait il n'y est fait *allusion* nulle part dans ce livre – rien qu'à cause de ça, je ne voudrais pas que vous laissiez échapper cet instant. C'est terriblement, *terriblement* important. Vous comprenez ? Je ne peux pas vous dire exactement pourquoi, pas tout de suite. En vérité, cela ne se verra peut-être même pas à la fin de l'histoire. Mais faites-moi confiance.

Voici ce qui arriva (terriblement important et tout et tout) : Bingo tomba sur un Truc®. C'était un petit Truc®, qu'on avait fait tomber dans le couloir. Bingo n'eut pas l'impression qu'il s'agissait d'un Truc® superimportant, lui non plus (même si, comme je l'ai dit, il avait tort sur ce point et que c'était terriblement important). Mais il le rangea dans sa poche et continua de ramper [1].

Presque immédiatement, il entendit une voix :

—Bonjour.

Bingo vit que ses reptations l'avaient mené dans une caverne. Il se releva. Cette caverne était très, très faiblement éclairée – par une espèce de lichen phosphorescent qui poussait au plafond (mais Bingo ne savait rien de tout cela).

---

1. Le Truc® sur lequel Bingo est tombé est une Marque Déposée et ne saurait être employé, évoqué ou cité sans la permission du Notaire.

Dans cette caverne, il y avait une mare et, au centre de cette mare : une île. Sur cette île vivait une créature du nom de Phyllum. Et Phyllum était d'âme mélancolique et solitaire. Il était incapable de l'espièglerie grégaire qui fait aimer son semblable. Il était incapable de prétendre s'intéresser aux choses routinières ou stupides. Il se penchait sur la philosophie, la métaphysique, l'ontologie et la psychologie (surtout tout ce qui avait rapport à la schizophrénie). Sa communauté d'origine le rejeta des mois et des mois, et finit par l'expulser dans les profondeurs de la montagne, le condamnant à vivre dans une hutte solitaire au bord d'une mare glaciale, à se nourrir de poisson cru et à tuer les voyageurs de passage – ce qui est une existence que nos universitaires ne connaissent que trop bien. En entendant quelqu'un arriver dans son couloir, Phyllum avait pataugé dans l'eau pour venir saluer son visiteur.

— Bonjour, dit Bingo.

Phyllum soupira. Ce soupir commença en chuintement et aboutit en une fermeture réflexe du voile du palais, laquelle vint mettre fin à ce son en un bruit approximativement labial. C'est de ce bruit, si vous arrivez à le croire, qu'il tenait son nom : car c'étaient ses soupirs qui étaient le plus remarquables chez lui [1].

---

1. Son vrai nom était Seagul, bien que ce fût un nom qu'il n'avait pas entendu depuis des années. À présent, si jamais il y pensait, cela ne ramenait à son esprit mélancolique que le souvenir des moqueries et des quolibets des membres de sa famille et de ses voisins, qui déversaient leur mépris sur son dévouement envers la philosophie en scandant : « Jonathin Livinnroum Seagul ! Nous te chasserons de notre communauté sous les moqueries et les quolibets, car nous sommes heureux d'être aveugles à ta sagesse et nous nous ébrouons dans notre bêtise, oh oui ». De tels discours n'avaient laissé d'autre choix à Phyllum que de fuir loin, loin, sous terre.

Bingo regarda autour de lui. Il distinguait à peine la surface lisse de la mare et les murs de pierre les plus proches qui la ceignaient. Il observa Phyllum et remarqua sa tête chauve et boutonneuse, ses grands yeux pensifs, et le moule dolent de sa bouche.

— Comment allez-vous, dit un Bingo que ses bonnes manières avaient rattrapé. Il semble que j'ai perdu mon chemin.

— Certes, fit Phyllum en imprégnant ce mot de sous-entendus tragiques.

— Je m'appelle Bingo Pacquet, annonça le posstit. Je suis un posstit, vous savez.

— Ah, dit Phyllum sur une note mourante.

En son for intérieur, il se dit que ses origines à lui ne s'éloignaient pas trop de la vie posstite et qu'il avait des cousins qui avaient épousé des posstites, et tout cela faisait remonter des souvenirs malheureux et déprimants à la surface. Ceci était un revers bien incongru. Il s'était voué au solipsisme pendant sept ans, et n'avait été interrompu qu'une seule fois, le temps pour quelques Gloublins empotés de finir rôtis sur la table dominicale. Rien ne convient mieux à la poursuite du véritable solipsisme philosophique que la solitude absolue. Et voilà qu'on le dérangeait.

— Comment vous appelez-vous ? demanda Bingo.

— Phyllum, répondit Phyllum.

— C'est un nom magnifique. Vraiment… Vous pouvez m'aider ?

Phyllum soupira.

— Vous aider ? finit-il par dire.

— Oui. Il semblerait que je me sois perdu. Je me suis cogné la tête, aussi.

— Votre tête, répéta lentement Phyllum.

Puis, comme s'il récitait un texte qui lui inspirait un certain dégoût, il ajouta :

— Ça a une cafetière savoureuse, un festin de choix ça me ferait.

Puis, un autre soupir.

Bingo, qui ne suivait pas vraiment, mais qui se sentait plus qu'un peu mal à l'aise, reprit la parole :

— D'accord, fit-il nerveusement. Pouvez-vous m'aider ?

— Eh bien, répondit Phyllum sans le vouloir. Peut-être la question est-elle, y a-t-il ou non dans le cosmos action semblable en tant que volonté inconditionnelle, ce qui revient à dire : libre ; ou : toute créature se détermine-t-elle par la Doctrine des Causes Nécessaires ?

— Je ne vous le fais pas dire, dit Bingo après une pause.

— D'un autre côté, fit Phyllum. Si vous revendiquiez vos droits en tant que vainqueur – si vous deviez l'emporter sur moi en un domaine ou un autre, ce qui contraindrait ma conformité…

Sa voix s'estompa.

Bingo se leva et attendit.

— Des énigmes ? proposa Phyllum.

— D'accord, répondit Bingo.

— Très bien. J'vous dis une énigme, vous m'dites une énigme, déclara Phyllum.

Son visage impassible passa du dédain au chagrin, comme s'il considérait la pathétique petite vie de Bingo de haut et que ce qu'il voyait ne l'impressionnait pas.

— Des énigmes, dit Bingo. Ça marche. Vous d'abord.

— Très bien, dit Phyllum. (Il déglutit bruyamment, produisant le son que font les ballons en caoutchouc quand ils rebondissent sur un matelas à ressorts.) Je commence.

Là-dessus, on est d'accord. Après, vous y allez. Le premier qui n'arrive pas à résoudre une énigme a perdu.

— Ça roule, dit Bingo tout en s'asseyant en tailleur sur le sol.

Et Phyllum demanda :

Étant donné qu'il nous faut définir la nécessité ontologique de l'existence comme étant essentielle à l'Être, comment pouvons-nous articuler ces bases de fonction épistémologique sans supposer de postulat a priori *et injustifié ?*

Le silence s'installa dans la caverne quelque temps. Quelque part, du côté de la mare, un poisson effleura la surface de l'eau, la troublant un instant avant de replonger dans les profondeurs. Il fit un bruit qui ressemblait à : « plop »[1]. Bingo inspira profondément et relâcha lentement tout l'air qu'il avait dans ses poumons.

— C'est une réponse que vous voulez, alors ?

— Oui, répondit Phyllum.

— Une réponse à votre énigme ?

— Oui.

— L'énigme que vous venez juste de me poser ?

---

1. En fait, les amis du poisson en question le désignaient ainsi pour cette raison. Son vrai nom était Sméagobie, mais les autres poissons avaient l'habitude de l'appeler « Plop », parce que c'était plus facile à prononcer. Pendant les grandes occasions, on le présentait parfois comme étant Sméagobie-Plop, mais sinon, le plus souvent, c'était Plop. Mais je m'égare. Ce poisson n'a pas d'importance dans le déroulement de l'histoire. Aucune importance, en fait. Vous ne le reverrez plus. Arrêtez de lire cette note tout de suite, et retournez au corps du texte. Faites ce que je vous dis ! Sans discussion – ou vous pouvez retourner vous coucher sans que je finisse de vous écrire ce livre.

— Oui.

— Bon. Eh bien, je dirais que la réponse à cette énigme est, commença le jeune posstit en se tirant le lobe de l'oreille gauche avec la main droite. Est, répéta-t-il en laissant traîner la syllabe, E-e-e-e-e-est.

Il renifla et se frotta les yeux. Puis, de nouveau :

— E-e-e-e-e-est, avant de rester assis là en silence, sans bouger.

Phyllum finit par le presser de répondre :

— Oui ?

— Oui quoi ?

— Votre réponse ?

— Je croyais avoir fini, déclara Bingo.

— Oh, fit lugubrement Phyllum.

Il réfléchit un instant, avant de reprendre :

— Je ne comprends pas.

Bingo, n'hésitant qu'une seconde, bondit sur l'occasion.

— Oh, vous ne *comprenez* pas ? demanda-t-il d'un ton sarcastique. Ma réponse est trop complexe pour vous ? Je *suis* navré. Je vous fais *toutes* mes excuses. Il est dommage que je ne l'aie pas tournée en des termes plus simples. Désirez-vous que j'essaye de reformuler ma phrase en de plus simples termes ?

— Non, non, s'empressa de répondre Phyllum. Ce n'est pas ça que je disais. Votre réponse est, euh, *est*. C'est bien ça ?

— C'est vous qui le dites, rétorqua Bingo.

— Non, non, répéta Phyllum. Je crois que je vois. C'est le verbe être à la troisième personne du singulier, c'est ça que vous voulez dire ?

— Ah, fit Bingo d'un air entendu. Alors c'est *est* ?

— Vous avez raison, j'imagine, dit Phyllum d'une petite voix. Tout acte de questionnement ne peut avoir lieu qu'au sein d'un cadre sémantique supposant l'un ou l'autre temps, l'une ou l'autre relation à la configuration temporelle contextuelle. Peut-être qu'en mettant en relief la *est*-ité de est – le processus continu de l'existence nécessairement lié au processus temporel même –, résolvez-vous mon énigme.

— Bien, dit Bingo en essayant d'empreindre sa voix de mystère et de sagesse voilée. Si c'est vous qui l'affirmez, ce n'est pas *moi* qui vous dirai le contraire. Ah ça *non*, ajouta-t-il comme s'il ne pouvait exclure la possibilité que quelqu'un d'autre alentour puisse le faire.

Un poisson vint déranger la tranquille surface de la mare, et replongea. C'était un autre poisson que celui qui vient d'être mentionné.

Bingo, qui se félicitait intérieurement de s'être sorti de cette situation délicate, fut surpris par la main triste et humide que Phyllum venait de poser sur son genou.

— C'est votre tour, déclara la créature.

— Votre quoi que s'passe-t-il, quoi ? répliqua Bingo.

— Vous pouvez poser votre énigme, maintenant, expliqua Phyllum d'une voix calme et dolente. Et si je n'arrive pas à la résoudre, vous gagnez.

— Je gagne, répondit Bingo. Très bien. Mon énigme.

Alors Bingo exposa son énigme :

— Est-ce que vous savez ce que je pense des abrutis à monocles qui vivent dans les arbres ?

Phyllum médita quelques instants, avant de pousser un profond soupir.

— Je me demande, dit-il gravement, n'auriez-vous pas inclus par inadvertance la solution de votre énigme dans la question ?

— Aha ! fit Bingo. Mais *connaissez*-vous la réponse ?

— Ce n'était qu'une suggestion, répéta Phyllum, peut-être ne vouliez-vous questionner que sur une partie de votre phrase, et peut-être aviez-vous l'intention de garder l'autre *comme* réponse ?

— N'essayez pas de vous esquiver.

— Vous pouvez en poser une autre, si vous voulez…

— Répondez !

— Mais, vous avez déjà…

— Répondez ! scanda Bingo. Répondez ! Répondez ! Répondez !

— Eh bien, dit Phyllum, les dents serrées. Vous pensez que ce sont des abrutis.

Bingo se frotta le menton.

— Vous la connaissiez, celle-là, alors, n'est-ce pas ?

— C'est mon tour, dit Phyllum. C'est mon énigme. Et si vous ne trouvez pas la réponse à celle-ci, je gagne.

— Ça marche, dit Bingo, guilleret.

Il trouvait qu'il s'était plutôt bien débrouillé avec la première énigme, et il était de plus en plus confiant.

Phyllum demanda :

Que se passe-t-il lorsqu'une force irrésistible rencontre un objet inamovible ?

— Elle fait le tour, j'imagine, répondit rapidement Bingo. Comme le vent autour d'un pieu de clôture. À moi ! Alors maintenant, laisse-moi voir, laissez-moi voir. Énigme-énigme-énigme.

— Attendez un instant, fit Phyllum. Je ne suis pas bien certain que votre réponse aborde le sujet de l'énigme…

— Bien sûr que si.

— Je ne pense pas.

— Si.

— Non, dit Phyllum. Pas du tout.

— Si.

Contredire les gens était un jeu qui était beaucoup plus du goût du posstit que toutes ces histoires abstruses d'énigmes. Bingo affirmait le contraire de ce que disait Phyllum de plus en plus rapidement.

— Non.

— … Si !

— Non, monsieur le posstit, vraiment…

— Si !

— Mais si la force se transforme de quelque façon que ce soit, il s'agit très certainement d'une force à laquelle on peut résister, et ceci n'est pas autorisé par les termes de l'énoncé…

— Si, dit Bingo.

— Non, dit Phyllum.

— Si, dit Bingo.

— *Non*, dit Phyllum.

— Si, dit Bingo.

— *Non*, dit Phyllum.

— À moi ! Mon énigme, maintenant ! Ne faites pas le dépité. Il faut que vous résolviez mon énigme ou bien c'est moi qui gagne.

Un chasseur sachant chasser doit pouvoir chasser sans son chien ?

— Mais enfin, dit Phyllum, que ses manières sérieuses commençaient légèrement à déserter, ce n'est pas *vraiment* une énigme du tout, si ? Soyez honnête avec moi, petit posstit. C'est un exercice de diction, n'est-ce pas, et ça n'a rien à voir, en fait, avec une énigme ? Je veux dire… Si ?

— Vous n'y êtes pas du tout, dit Bingo en regardant sur le côté. Là d'où je viens, c'est une énigme très célèbre. Vous pouvez demander à n'importe lequel de mes concitoyens, et il répondrait, oh oui, une énigme, c'est une énigme. Alors, oui, maintenant, la question c'est, est-ce que vous pouvez la résoudre ?

— La résoudre ? Vous ne l'avez pas *énoncée* sous forme de question, dit Phyllum. (Sa voix commençait à se voiler d'un soupçon de frustration et d'agacement.) Soyez honnête, jouez le jeu, et admettez que c'est un exercice de diction.

— Pour moi, ç'avait tout l'air d'une question, répliqua pieusement Bingo.

— Évidemment, puisque vous avez accentué la phrase en faisant monter le ton à la fin pour lui donner des allures de question. Mais cela ne revient pas vraiment à tourner une énigme sous forme de question. Vous ne faites que rajouter un point d'interrogation à la fin de l'énoncé. Vous pourriez mettre un point d'interrogation à la fin de n'importe quelle phrase, mais ça n'en ferait pas nécessairement une question.

Bingo siffla un air qu'il venait juste d'inventer, composé de quatre notes choisies au hasard. Puis, il dit :

— C'est ça, la réponse que vous me donnez ? Parce qu'il faut que je vous dise que vous ne vous *approchez même pas* de la bonne. Vous êtes loin de chauffer.

— Mais non, bien *sûr* que ce n'est pas ma réponse. Je faisais seulement remarquer que la *soi-disant énigme* que vous avez *fait semblant* de me soumettre n'en était pas une.

— Alors c'est *ça*, votre réponse ?

— Non, non, non, fit Phyllum, qui s'agitait vraiment de plus en plus. (À la faible lueur bleue des lichens phosphorescents, Bingo put juste distinguer les mains noires et batraciennes de Phyllum battre devant lui.) Pourquoi est-ce que vous ne m'écoutez pas ?

— Il va falloir que je vous demande de vous dépêcher de répondre, dit Bingo.

— Mais vous ne m'avez pas donné de vraie énigme !

— Le temps file… Vous devez me donner une réponse, maintenant.

— Ne soyez pas ridicule !

— Un chasseur sachant chasser ? Sans son chien ? Doit savoir chasser ? C'est vous qui voyez !

— J'insiste…

— Ga-ah, dit Bingo d'un ton de mise en garde. Répondez !

— Mais…

— Ré-pon-dez ! Allez, allez !

— C'est juste que j…

— Le temps passe, les secondes s'envolent.

— Sachant chasser ! hurla Phyllum.

— Ha-hah ! exulta Bingo. Faux ! Faux ! La réponse, c'était *doit savoir chasser*. C'est évident, quand on vous la donne, hein ? J'ai gagné ! Hourra pour moi !

— Ça n'a vraiment aucun sens, fulmina Phyllum (son attitude grave et sérieuse semblait avoir été dissipée par son exaspération). Vous en avez pris une au hasard.

—Allons, vous n'allez pas faire le mauvais joueur. Personne n'aime les mauvais joueurs.

—Si j'avais dit « Doit savoir chasser », vous m'auriez simplement dit que la réponse était « Sans son chien ».

—Ah vraiment ? demanda Bingo d'un ton raisonnable. Ça n'irait pas du tout, voyons, si ? « Sans son chien »... Ça ne collerait pas.

— *Vous*, fit Phyllum, dont la voix, qui était presque descendue d'une octave, avait acquis une nuance râpeuse.

Mais il ne finit pas sa phrase[1].

—Alors, dit Bingo en se remettant d'un bond sur ses pieds dans le noir presque total, en se serrant lui-même de joie dans ses bras. J'ai gagné. À propos, je gagne quoi ?

Phyllum bouda une minute.

—Vous avez le droit de me manger, dit-il sèchement.

—Vous manger ? répéta Bingo.

—C'était ça, l'enjeu. Si j'avais gagné, je vous aurais certainement dévoré. Puisque vous avez gagné, c'est vous qui me mangez. Pour vous dire la vérité, ajouta la créature d'un ton qui trahissait qu'elle commençait à s'apitoyer sur son sort, j'en suis presque heureux. J'en ai plus que marre de vivre ici dans le noir. Allez-y, mangez-moi. Commencez par les jambes.

—Je ne veux pas vous manger, dit Bingo, que cette idée affolait.

—Oh, fit Phyllum. Il le faut. C'est une fonction de l'inévitable, la doctrine de la nécessité. Et d'ailleurs, vous avez gagné.

---

1. Moi je pense, pour ce que ça vaut, que Phyllum allait dire, soit « *Vous* avez raison, vous avez bel et bien gagné », ou bien « *Vous* voulez qu'on partage un poisson en fondue de gluten ? », mais je peux me tromper.

— Je peux pas simplement avoir le droit de vous demander le chemin pour sortir d'ici ?

— Ooh, dit la créature. Non, ce ne serait pas convenable.

— On pourrait faire un autre concours d'énigmes, suggéra Bingo. Si je gagne, alors vous devrez me montrer comment on sort d'ici. Et si c'est *vous* qui gagnez, alors c'est *moi* qui devrai vous montrer le chemin de la sortie.

— Mais je ne veux pas qu'on me montre le chemin de la sortie, dit Phyllum.

— Et moi, je ne veux pas être obligé de vous manger, rétorqua sèchement Bingo. Allez, maintenant. Soyez sport. C'est moi qui ai gagné le concours d'énigmes, après tout.

— Seriez-vous en train de céder vos droits envers moi *qua* repas, et d'abandonner de votre plein gré l'occasion de me manger ? demanda Phyllum d'un ton morose.

— Ouaip, répondit Bingo.

Phyllum soupira. C'était un son d'une profonde tristesse. Si la mare de Phyllum avait été celle des larmes qu'il avait lui-même versées sur la tristesse inhérente des choses, son soupir n'aurait pas pu être plus triste.

— Vous blessez mon honneur, monsieur, dit-il. Et mon honneur est la seule valeur qui me reste dans ma vie. Ma vie doit prendre fin, monsieur, ou je devrai me vouer – soigneusement, inexorablement et avec fourberie – à assouvir ma vengeance sur *vous*. En fait, en dehors de mon honneur, je ne possède qu'un Truc® de valeur au monde. C'est un Truc® très ancien, un Truc® de grande valeur et aux multiples usages. C'est lui qui me procure la seule consolation dont ma misérable vie me laisse jouir.

— Ça, c'est une belle surprise, dit Bingo. Vous n'allez pas me croire, mais j'ai trouvé un Truc® dans le tunnel avant d'arriver ici. Je l'ai mis dans ma poche.

Un ange passa. Dans la sombre lueur bleue, Phyllum ouvrit la bouche en un rictus fort fâché. Bingo remarqua que ses dents étaient taillées en pointe, comme des tees de golf.

— Vraiment ? fit-il d'une voix légèrement tendue.

— Je pense que c'est celui dont vous venez juste de parler, poursuivit Bingo. Celui qui le trouve le garde, bien entendu, mais n'est-ce pas une merveilleuse coïncidence ? D'abord je gagne sans conteste l'histoire des énigmes, et après on découvre que j'ai récupéré votre Truc® ! Ce vieux monde est bien étrange.

— Vous auriez peut-être l'obligeance de me le rendre ? demanda Phyllum.

Toute son attitude témoignait qu'il n'attendait pas de réponse positive. Bingo, en conséquence, ne lui en fournit pas.

— Non, dit-il. Dites donc, vous pouvez m'indiquer le chemin de…

Ses instincts de posstit le sauvèrent. Phyllum, incapable de s'abandonner à sa rage, avançait sur Bingo d'une allure calme, sérieuse et déterminée, fermement décidé à lui arracher la gorge et à dévorer son cadavre secoué de spasmes. Il lança une griffe en direction de la tête de Bingo et seule une espèce de manœuvre, mi-esquive, mi-faux pas, permit d'épargner la vie du posstit. Après ça, Bingo courut, aussi vite que ses petits pieds de posstit le lui permirent, cette fois-ci vers le haut, loin de la mare silencieuse et du philosophe enragé.

— Rendez-moi mon Truc® ! hurla Phyllum, un peu plus loin derrière.

— Que vous croyez, murmura Bingo dans sa barbe.

Il mit la main dans sa poche et là, ses doigts s'emparèrent du Truc®. Ses innombrables propriétés magiques, parmi lesquelles figuraient une sorte de boussole, un appareil pour voir dans le noir et le pouvoir de courir encore plus vite, propulsèrent Bingo à une vitesse folle dans les couloirs sous la montagne. Il courut, le long de saillies, d'escaliers de pierre en colimaçon ; il courut dans de grandes salles caverneuses et, enfin – sévèrement essoufflé –, finit au bord d'un haut précipice à la lumière du soleil en papillotant des yeux.

Il avait atteint les étendues les plus orientales des montagnes. À sa droite, un puissant fleuve glacé – le Grand Fildenteir – dégringolait et fusait de l'entrée de la caverne et se déversait dans le flanc est des Mont Ruineux. Le soleil l'aveugla quelques instants, mais, cillant, il vit qu'il était presque libre. Il n'y avait plus qu'une chute de douze mètres dans le tourbillon glacé et bouillonnant du Fildenteir là où il jaillissait de la montagne, entre lui et la liberté.

— Mon Dieu, hurla quelqu'un en dessous.

Cette voix ne s'entendait qu'à peine par-dessus le terrible fracas de la chute d'eau.

Bingo plissa les yeux. Au-dessous de lui, loin en bas, huit nains et un magicien voûté se tenaient au bord de l'eau. Un des nains, Bingo ne put voir lequel à cette distance, le pointait du doigt.

— C'est Bingo, entendit-il. Il n'est pas mort, en fin de compte !

Derrière lui, Bingo entendit un sifflement. Il se retourna et vit Phyllum qui s'avançait furtivement sur la saillie, la main gauche sur la paroi de pierre, la droite vivement agitée de gestes menaçants et agressifs.

— D'abord, vous avez refusé de me manger, dit amèrement le philosophe. Ensuite, vous avez volé mon Truc®.

Une mort douloureuse serait encore trop douce pour vous. Mais, d'un autre côté, puisque c'est le pire que je puisse vous infliger, il faudra s'en contenter.

À présent, en dessous, plusieurs nains criaient et faisaient des signes de main. Bingo vit la silhouette de Phyllum se rapprocher rapidement. Il regarda les puissants flots sur sa droite, qui avaient l'air aussi durs que de la pierre, bien qu'écumants et courbés dans leur chute. Il n'y avait plus le choix. Il empoigna le Truc® dans sa poche, en espérant ardemment que l'une de ses propriétés magiques permît aux gens de voler, ou du moins de flotter – et il sauta.

Un instant, il sembla que ses prières avaient été exaucées. Le monde donna l'impression de se figer, et il eut une vue parfaitement dégagée des collines qui donnaient sur les pâturages et sur les champs fertiles qui bordaient le Fleuve M. Mais ensuite, dans une montée lancinante de panique, il réalisa au creux de son estomac qu'il tombait. Le panorama se rapprocha et, dans une cuisante douleur, tangible sur chaque pouce de son corps, il plongea dans les eaux tourbillonnantes du Fildenteir.

Son monde était à présent blanc, bouillonnant, rotatif et complètement désordonné. Il n'y avait plus d'air dans ses poumons. Si la ferme poigne d'un nain ne lui avait saisi la cheville au moment où il remontait momentanément à la surface pour le sortir de l'eau, il se serait certainement noyé.

Mais il était là, haletant et grelottant sur l'herbe, sous le clair ciel bleu du matin. Loin, plus haut, il entendit une voix tremblante hurler sa frustration et sa méchanceté :

— Pacquet ! Tu t'es attiré le courroux d'un philosophe ! Et un philosophe, une fois qu'il hait quelqu'un, il le hait à jamais ! *À jamais !*

Björn, le Lyconthrope

5

Un curieux barjo

— Je connais bien ces terres, déclara Glandalf. Deux jours de marche en suivant le Fildenteir et on sera arrivés au célèbre Glamrock. Là-bas, nous pourrons nous réapprovisionner – on en a bien besoin parce qu'il y en a *certains* parmi nous (il lança un regard noir aux nains) qui ont laissé nos bagages derrière eux quand les Gloublins ont attaqué.

— Et il y en a *certains* parmi nous qui étaient trop surchargés pour porter des bagages dès le début, ô grand et feignant magicien, rétorqua Lori.

— Bien parlé, Maître Nain ! reprit Glandalf en riant et en lui donnant une tape dans le dos. Bien parlé ! J'aime les gars qui sont assez adultes pour reconnaître leurs erreurs ! Et j'aime bien les types qui ont assez de jugeote pour éviter de gonfler les magiciens – c'est *très* important, ça, ça s'appelle être malin. Mais nous n'avons pas besoin de nous inquiéter. Lorsqu'on arrivera au célèbre Glamrock, on se réapprovisionnera.

Manifestement, il appréciait ce mot – Bingo ne savait pas comment il pouvait entendre ce qu'il disait alors qu'il ne discernait rien aux paroles des autres –, et le répéta à tue-tête tout en marchant :

— Réapprovisionner. Réapprovisionner. Réapprovisionner.

— J'ai peut-être laissé tomber les sacs, mais c'est pas moi qui ai tranché la tête de Guili par erreur, grommela Lori en se renfrognant.

— Réapprovisionner. Réapprovisionner. Réapprovisionner. Réapprovisionner, fit Glandalf au rythme de ses foulées.

Le reste de la journée, le petit groupe continua de progresser ainsi, les nains se plaignant de leurs estomacs gargouillants et de leurs pieds douloureux, le posstit poussant périodiquement des « ouille » et des « ouhla-ouhla-*aïaouille* ».

Ils firent camp sous un arbre au bord du fleuve et passèrent une nuit glaciale ; mais leur destin n'était pas de faire une nuit complète de sommeil. Ils venaient juste de faire halte pour se reposer – les nains s'enveloppaient dans leurs barbes comme dans un duvet et Bingo grelottait dans son velours côtelé –, lorsque des loups firent irruption autour d'eux. C'était comme si les ténèbres avaient pris des formes poilues : la nuit se transforma en fourrure musclée, les étoiles se métamorphosèrent en crocs bien blancs, et la lune basse et rouge se fit engloutir par une langue galopante.

— Des loups ! hurla l'un des nains.

Bingo sentit la puanteur âcre et suffocante des loups et entendit un grognement à côté de son oreille. Il se releva en sursaut.

En deux minutes, tout le monde avait escaladé l'arbre, et Bingo se hissa au milieu d'un nœud de barbes et de membres trapus. À la faible lueur des étoiles, il se cramponna à sa branche aussi opiniâtrement qu'un gonk au bout de son crayon [1].

— Glandalf! appela-t-il. Glandalf!

Mais le magicien était encore endormi sur le sol, et les loups grouillaient autour de lui.

— Glandalf! héla Lori. Oh mamma mia! C'est affreux. Que quelqu'un le réveille!

Les loups ne bondirent pas tout de suite sur le magicien, trouvant peut-être suspect qu'il ne bouge pas.

— Glandalf! appelèrent les nains. Réveillez-vous!

Rien à faire.

Le chef des loups, gris et leste, avança doucement son museau sur le visage du magicien. Il ouvrit les mâchoires dans un bruit sec. Ses crocs immaculés luisaient sous les étoiles.

— Glandalf! Glandalf! hurla la foule de nains dans l'arbre. Au loup! crièrent-ils.

Le loup inclina sa tête à quatre-vingt-dix degrés, pour mieux saisir le cou du mage dans l'étau de ses deux rangées

---

1. Les gonks, comme vous le savez certainement, sont de petits marsupiaux issus des terres du Gonkor, loin au sud. Ce sont des créatures intelligentes, quoique petites – ils forment le plus petit de tous les peuples de La Terre du Milieu du Haut, ce qui n'est tout de même pas peu dire –, et ils admirent l'érudition par-dessus toutes choses. Mais leurs livres, écrits avec leurs minuscules crayons sur de *toutes petites petites* feuilles de papier (ahhh!) sont de taille trop réduite pour que d'autres hommes de savoir les lisent. Des gonks plus aventureux ont tenté d'écrire avec des crayons grand modèle, une entreprise qui ne ressemble, à leur échelle, à rien de plus qu'au lancer de troncs écossais mais, bien qu'ils n'aient pas écrit grand-chose de plus que quelques lignes fragmentaires et sinueuses à l'aide de cette méthode, ils persévèrent. De courageux petits mecs. Ahhh-hhh! Trop mignon.

de redoutables crocs. Sur sa branche, Bingo se pencha autant qu'il l'osa.

— Magicien ! Prenez garde ! Réveillez-vous ! Attention à votre gorge !

Puis, le posstit fut témoin d'une chose surprenante. Une volute s'échappa de la bouche de Glandalf, bien que sa pipe fût froide et dans la poche de son poncho. D'autres volutes suivirent. Des tentacules de fumée s'élevèrent dans les airs. Le magicien bâilla dans son sommeil. Puis, rapide comme l'éclair, du feu jaillit de sa bouche ouverte et vint lécher la fourrure desséchée du loup.

L'animal fit un bond en arrière en glapissant, mais les flammes dansaient déjà sur le haut de son crâne et progressaient sur sa nuque. Le loup se tortilla, se heurtant à ses congénères, et répandit le feu. En un instant, tous hennirent comme des chevaux et dansèrent une macabre danse en voyant leur fourrure s'embraser. Glandalf se releva.

— Quoi ? Quoi ? Quoi ? cria-t-il à tue-tête tout en battant des bras et en jetant des regards affolés autour de lui (pour mieux entretenir la panique de la meute, supposa Bingo).

Et, si c'était vraiment le plan du magicien, cela marchait. Les loups poussaient des hurlements et se dispersaient aux sommets des collines. Quelques-uns filaient, tout enflammés. D'autres, épargnés par les flammes, traçaient loin des gémissements de leurs semblables et prenaient leurs longues jambes à leurs cous. En quelques secondes, les loups avaient déserté le paysage.

Les étoiles scintillèrent, comme pour leur adresser des applaudissements silencieux et argentés.

— Glandalf ! s'exclama le posstit, jubilant. Un sort brillant ! Ça leur a donné une bonne leçon !

Avec une rapidité remarquable, Glandalf grimpa sur le tronc et vint s'installer sur la branche voisine de Bingo.

— Quoi ? demanda-t-il. Quoi ?

Bingo n'avait jamais vu le magicien faire des yeux aussi ronds.

— Vous avez attiré le monstre dans votre piège ! s'enflamma Bingo. Vous l'avez attiré pour qu'il se rapproche, vous avez lancé un sort de feu et vous l'avez cramé !

— Mais d'où *foutre* sortaient ces *loups* ? demanda Glandalf.

— Vous les avez mis en déroute, Glandalf, dit Bingo.

— C'est dangereux, les loups, dit le magicien en papillotant des yeux et en regardant autour de lui. C'est qui, qui était de garde ? Pourquoi on n'a pas été prévenus [1] ?

Juchés sur les branches au-dessus, les nains tendaient la main pour lui donner de grandes tapes dans le dos et riaient de la détresse des loups.

— Les loups, ça mange les gens, dit Glandalf.

Ce fut à ce point que quelqu'un remarqua que Groïn n'était plus là. Ils appelèrent son nom plusieurs fois,

---

1. Volontairement ou involontairement, Glandalf cite ici un célèbre poème de la Terre du Milieu du Haut, *Synillór Meÿtheo* :
Le sale temps nous a levés dans la nuit
Pourquoi on n'a pas été prévenus ?
Une tempête à décorner les bœufs
Il pleut comme troupeaux entiers
À qui la faute ? Synillór Meÿtheo
Normal avec ce type à la télé

sporadiquement, et explorèrent le sol sous les arbres, mais il était assez facile de comprendre ce qui lui était arrivé.

Ils passèrent le reste de la nuit dans l'arbre.

Le lendemain, Glandalf conduisit la compagnie le long des rives du fleuve.

— Ne soyez pas abattus, fit-il. Nous arriverons bientôt au célèbre Glamrock, et nous pourrons festoyer et nous réapprovisionner.

Ils arrivèrent au Glamrock à midi, mais il n'en restait plus rien que des ruines noircies par le feu et des poutres dressées dans le sol tels des madriers de charbon ; tout autour, la terre avait été ravagée. Les arbres avaient été réduits en cendres, ne laissant derrière eux que des brindilles charbonneuses et des souches noires comme le goudron. Glandalf téta sa pipe et fit le tour du désastre.

— Les Gloublins, finit-il par dire.

— J'ai faim, fit Bingo.

— Nous sommes dans une mauvaise passe, déclara Glandalf.

— J'ai faim, fit Bingo.

— Magicien ? héla Lori. Que va-t-on faire ? N'y a-t-il personne d'autre qui puisse nous abriter sur ce terrain découvert et périlleux ? Et si les loups revenaient ? Et si une énorme armée de Gloublins, dans sa rage, déboulaient des Monts Ruineux à notre poursuite ? Et si on mourait de faim et de fatigue et que nos os finissaient dans le bec des aigles ?

— Votre optimisme vous fait honneur, Maître Nain, dit Glandalf. Mais, quoi que vous puissiez en dire, j'ai bien peur que nous *soyons* dans une mauvaise passe. Il n'y a rien d'autre à faire : nous devons aller voir Björn.

— Björn ? s'étonnèrent les nains en chœur.

— J'ai faim, dit Bingo.

— Björn, répéta Glandalf en hochant la tête.

— Vous voulez dire Björn l'Homme-Ours, homme le jour et ours la nuit ? demanda Mahlïn d'une voix tremblotante.

— Non, répondit brusquement Glandalf. Je n'ai jamais entendu parler d'une telle chose.

— Quoi ? Un homme-ours ? interrogea Bingo.

— Björn, fit Lori en ramassant une petite brindille pour l'examiner. Les légendes qui l'entourent sont terribles. Il est bestial, racontent-elles.

— Nous n'avons pas d'autre solution, dit Glandalf. C'est un homme ténébreux, alors nous devrons nous comporter du mieux que nous le pourrons. Mais sa maison est très propre et très bien rangée. Ne faites rien pour le mettre en rage, cela dit, parce qu'il serait bien capable de vous arracher les membres et de fourrer les bouts tout mous et sanguinolents de vos bras là où étaient rattachées vos jambes, et vice-versa, avant de vous faire danser la tête en bas, et ça rien que pour rire.

Personne ne sut quoi répondre à ça. Une atmosphère morose s'abattit sur la compagnie.

Ils poursuivirent leur chemin le long du fleuve. Glandalf régala le petit groupe avec plusieurs anecdotes sur la réputation d'homme-ours de Björn ; toutes faisaient intervenir les mots « tordre », « déchiqueter » et « agoniser », et deux d'entre elles finissaient ainsi : « pour aller rejoindre le tas de chair encore frémissante ». Il avait l'air de trouver ces histoires plutôt réconfortantes, et il rit à plusieurs reprises ou, pour être plus précis, produisit plusieurs fois une sorte de toux-rire.

Bien vite, ils s'éloignèrent du fleuve et progressèrent dans des champs de trèfle à l'odeur de miel, aussi haut que les poitrines des nains.

— Venez ! encouragea Glandalf.

Il avança dans les prairies, sur la pente douce d'une colline, laissant derrière lui un sillage dans l'herbe comme un navire sur l'eau. Le soleil chauffait au-dessus de leur tête.

— Dans la maison de Björn, il faudra que je me lance un sort d'audition, annonça Glandalf au petit groupe. Alors, je vous en prie, pas de bruits brusques.

Il invoqua son sort, et celui-ci apparut dans sa main, dans la région générale de son oreille droite.

Enfin, comme ils passaient la crête d'une grande colline, ils parvinrent à une grande construction de rondins érigée en plein terrain découvert. À mesure qu'ils se rapprochaient, par un portail de bois parfaitement raboté donnant sur un jardin maraîcher soigneusement entretenu, Bingo put constater l'élégance avec laquelle les rondins de la maison avaient été assemblés.

Là, dans une cour devant la maison, se tenait un homme blond imposant et très musclé. Il tenait un poulet par les pattes et le regardait fixement.

— Tu me cherches ! le réprimanda-t-il. Je vois ça dans tes yeux. Mais je ne peux pas me permettre de prendre de risques avec un piaf comme toi. (Il hocha la tête et remit le volatile dans son enclos.) Je ne peux tout simplement pas me le permettre, ajouta-t-il, pour personne en particulier.

Ses phrases, quoique prononcées avec soin, avaient un accent étrange, plat et pincé ; c'était une façon de s'exprimer que Bingo n'avait encore jamais entendue.

— Regardez-moi ces battoirs ! murmura Glandalf, du murmure grondant et résonnant duquel il s'était fait une spécialité. Comme ils sont énormes et musclés ! Il pourrait déchirer un gros livre de sorts en deux avec des mains comme ça ! Il ne ferait qu'une bouchée de vous tous, ça, c'est sûr.

Le propriétaire des battoirs leva les yeux sur ses visiteurs.

— Björn, appela Glandalf d'un ton exagérément chaleureux. Bonjour !

Impassible, le grand homme regarda la compagnie s'approcher.

— Magicien ! tonna-t-il. Et des Gloublins ? Non... non... des nains. Des nains, c'est mieux que des Gloublins. Vous êtes tous les bienvenus.

— Merci de tout cœur, maître Björn, dit Lori en saluant bas. Et puis-je vous complimenter sur l'extraordinaire et magnifique douceur de votre menton ?

— Mon menton, fit Björn. (L'expression de ses traits anguleux resta la même, mais Bingo eut l'impression qu'il était plus courtois que la description de Glandalf l'avait laissé entendre.) Oui, oui, j'ai le menton glabre. Mon frère porte une barbe blonde, et il est très doué pour jouer de la corne des fjords, ainsi que du linchirping à cordes. Mais moi, j'ai le menton glabre.

— Björn ! s'exclama Glandalf. Cela fait bien des lunes que nous ne nous sommes vus. En fait, vous avez peut-être oublié, cela fait si longtemps. Hmm. Mais aujourd'hui je vous rends de nouveau visite, accompagné de nains et d'un posstit, au cours d'un grand périple qui nous emmène vers l'est. Nous avons souffert sur la route, et nombreux sont nos camarades à avoir trouvé la mort – en raison de leur propre négligence imbécile, il est vrai, mais bon. Nous espérions que vous nous prodigueriez un peu de votre légendaire hospitalité.

— Bien sûr, répondit Björn. Entrez.

Ils passèrent une large porte donnant sur une énorme salle de rondins, avec des poutres de bois poli et raboté, des colonnes carrées d'un bois plus sombre ; partout régnait une agréable odeur de pinède, douce comme le miel. Plusieurs charmants meubles en bois y étaient impeccablement disposés. Les nains se mirent en rang avec Bingo à un bout de la pièce, en hochant poliment la tête et en se montrant les objets les plus gracieux du doigt. Glandalf s'installa sur l'une des chaises de Björn. Bingo se dit qu'il avait l'air d'un magicien très nerveux.

— Et vous aimez ma maison ? demanda Björn avec son accent bizarre, tout hauts, bas et contre-flèches.

— Très joli, répondirent les nains, plus ou moins en chœur.

— Joli, c'est exactement le mot qui convient, convint Bingo.

Il ne trouvait pas que ça ressemblait à la maison d'un fou furieux arracheur de bras et de jambes. Mais, cela dit, le torse de cet homme était incroyablement plein à craquer de muscles, et son cou était plus épais que sa tête.

— Voyez cette chaise, dit Björn en s'en emparant de ses énormes mains bronzées et recouvertes de duvet blond. C'est du hêtre clair, teinté et laqué avec coussin en cuir de Wharg tressé vert. (Il la tenait de façon à ce que tout le monde puisse voir.) J'ai beaucoup de chaises.

— Ainsi donc, dit Lori.

Un ange passa.

L'expression vide de Björn ne changea pas.

— J'appelle mes chaises « mes amies à quatre pattes », déclara-t-il.

Puis, après une pause de deux secondes, il poussa une série de rires précis :

— Hü hü hü.

Tout le monde se joignit à lui, les paupières plus plissées qu'en cas d'hilarité normale.

— Ha ! Aha ! Oui, elle est très bonne. Ha-ha. Excellent.

Björn reposa la chaise.

— Et là-bas, ajouta-t-il en se déplaçant dans un coin, c'est ce que j'appelle Björn Centre. J'entends, bien entendu, par là, la cuisine. Tout se passe ici : les repas, les jeux, parfois le dépeçage des loups qu'on ramène à la maison. La vie de la famille tourne autour de cet endroit, et c'est pour cette raison que je l'ai conçue durable et fonctionnelle, mais avec une bonne touche de maturité. (Imperceptiblement, ses sourcils blonds, tels des bandes de feutre jaune, s'affaissèrent.) Seulement, comme je n'ai pas de famille, il n'y a que moi pour m'occuper de Björn Centre.

— Pas de famille ? demanda Bingo.

— Non. Je suis Björn, l'homme-ours. Je suis homme le jour, et ours la nuit. Je cherche encore la femme qui voudra bien être ma Nounou*rs*.

Il attendit deux secondes, puis rit de sa propre blague :

— Hü hü hü.

— Excellent, firent tous les autres en arrachant des sourires à leurs visages avec toute la vigueur dont ils étaient capables. Aha ! *Trop* bon ! Ha-ha. Ah.

— J'ai dit « Nounou*rs* », dit obstinément Björn, parce qu'on y trouve le sens de « gros animal des bois à la fourrure broussailleuse », et aussi parce qu'il faut de la patience pour s'occuper de moi. Ça s'appelle un jeu de mots. Parfois, une femme vient, s'assied et mange avec moi à ma table Ikéa, hêtre massif vernissé, avec rallonge installée sous le plateau. Peut-être mangeons-nous, elle et moi, du pain, ou buvons-nous de la bière de miel. Mais, lorsque le soleil disparaît, et que je suis sur le point de me transformer en gros ours rugissant, elle ne reste en général pas plus de temps qu'il n'en faut pour sortir par la porte de devant – Markör style ancien, épicéa massif coloris sève, boutons fournis.

Björn, qui avait gardé un ton neutre, n'avait pas l'air ému par le caractère poignant de son histoire.

— Peut-être que vous vous trouverez une femme-ourse… ? dit Bingo d'une voix légèrement couinante.

— Une femme-ourse, bien sûr, fit Björn en hochant la tête. Évidemment, c'est mon rêve. Mais j'ai besoin, non seulement d'une femme-ourse, mais – dans la mesure où je ne puis m'unir à une femelle hirsute – aussi d'une femme-ourse qui serait heureuse de s'épiler. Elle pourrait utiliser de la cire d'abeille, ou utiliser mon couteau de table spécialement affûté, avec poignée en bois et motif fleuri numéro vingt-sept – ça m'est égal. (Il fit le tour des visages.) J'ai beaucoup d'abeilles, ici, ajouta-t-il. Je suis le Tombeur des Abeilles.

— Certes, dit Bingo en appuyant sur le t.

— C'est une femme, que j'attends, pour sûr, reprit Björn. Parfois, je me dis que je pourrais aller très bien, si ce n'étaient les nuits.

— Les nuits, convint Lori, peuvent être de sacrés emmerdements.

Il rit nerveusement.

Björn se déplaça jusqu'au mur opposé.

— Cette étagère, dit-il, en contreplaqué double couche stratifié avec appliques en argent, je l'ai montée hier. Je me suis occupé du montage le jour avant que vous arriviez.

— Elle est très bien, dit Bingo. Très, heu, ça fait très étagère.

La faim l'emporta sur la peur :

— Vous auriez, vous savez, un bout à manger ?

— Ya, pour sûr, répondit Björn. Il se dirigea vers un garde-manger sur pied, et l'indiqua d'un geste de main ouverte.

Björn sortit du miel (ou, comme il le tournait : « Du miel, ma belle »). Il sortit aussi des tartines de miel. Il servit un plat de tripes, et les nains attaquèrent avec un appétit qui donna l'impression de s'évanouir en quelques secondes.

— Björn, s'enquit Lori, euh… ne vous méprenez pas sur ce que je vais dire, mais… euh… c'est des *super* tripes, euh… mais est-ce qu'il y a du miel dedans ?

— Pour sûr, répondit Björn.

— Bonté gracieuse, fit Lori à voix basse.

Au début, Bingo était si reconnaissant d'avoir quelque chose à se mettre sous la dent qu'il ne se rendit pas compte de la proximité physique de Björn, des énormes muscles qui lui tendaient la peau, de la monotonie pénible de sa voix. Mais le coucher du soleil obscurcissait les cieux au-dehors, et Björn partit allumer une bûche dans sa cheminée de pierre Arås. Ce fut alors que Bingo recommença à sentir le poids morne de la présence de l'homme-ours à ses côtés.

— Je connais votre mage depuis de nombreuses années (là, Björn prononça « naze », ce que Bingo estima aller de pair avec « de nombreuses années »).

Björn avait enrobé « années » d'un accent musical : le « *a* » commençait sur un mi grave, et le « *nées* » se terminait sur un la dièse.

— Vraiment ? demanda Lori. Comme c'est intéressant.

Le nain, malgré le sourire anormalement large qu'il arborait, avait l'air plutôt mal à l'aise sur sa chaise ; il était raide comme un piquet et tenait ses jambes étroitement serrées, tel un homme qui meurt d'envie d'aller aux toilettes pour de nombreuses raisons, pressantes et simultanées.

— Comme c'est intéressant.

— Ah oui, lui ami des animaux, c'est le célèbre Radradasse la Loque, pour sûr, et tous les animaux – et je suis moi aussi un animal, comme je vous disais – le reconnaissent comme ami.

Glandalf, avec un rictus de possédé, se pencha vers Lori.

— Il croit que je suis Radradasse, siffla-t-il les dents serrées. Jouez le jeu ! Ne le laissez pas découvrir la vérité ! Il ne faut pas que nous le contrariions, ou il pourrait prendre sa forme d'ours. Ce serait une catastrophe.

Il se tut et tourna la tête pour tomber sur Björn. Celui-ci le dévisageait.

— Vous êtes en train de faire des messes basses, observa placidement l'homme-ours.

Personne ne parlait.

— C'est..., commença Glandalf en regardant autour de lui (la sueur commençait à perler sur son front comme des brillants d'oreilles). C'est vrai, conclut-il sans conviction.

— Je vous en prie, dites-nous.

— Je... ah, disais à Lori que vos poutres de plafond sont tout à fait délicieuses.

Björn regarda fixement Glandalf. Il renversa sa grosse tête blonde en arrière à quatre-vingt-dix degrés et leva les yeux au plafond. Puis, il baissa la tête et porta de nouveau un regard insistant sur le magicien.

— Pour sûr, finit-il par dire.

— Je me demande si ce serait correct si j'utilisais les commodités ?

— La salle d'eau, ah, oui, pour sûr, répondit Björn. Dehors, dans la cour, vous trouverez un appentis. À l'intérieur, vous y découvrirez l'attrait sophistiqué d'un agencement intérieur indépendant : des commodités habillées de la pâle beauté d'un confortable placage en bouleau, associée à d'élégantes poignées et à une base en cerisier, ce qui confère à l'ensemble sa simplicité distinguée.

Bomber le remercia de la tête et fila comme un trait, manquant se prendre les pieds dans sa barbe.

— Comme je disais, poursuivit Björn, les animaux sont bien. Mes poulets sont des plus particuliers. Je suis sous leur charme, à présent.

— Vraiment ? fit Glandalf. Fascinant.

— Je parle de façon frivole, mais ce sont des oiseaux charmants. Parfois – et je suis extravagant, pour sûr, mais –, je rêve que je suis un poulet. Je rêve que je glousse (il prononça toutes les lettres de ce mot étrange), que je bats des ailes, que je les ouvre en grand et que je vais partout où ça me chante. Mais vous êtes les bienvenus, vous aussi, je suis ravi d'avoir des visiteurs.

Il médita sur ce dernier mot quelque temps, comme si ça lui rappelait quelque chose.

— Cela dit, nous ne voudrions pas vous garder éveillé si vous voulez aller vous coucher, dit Glandalf, subitement gaillard. Vous ne, vous savez, vous ne vous transformez pas en ours, bientôt ?

— Ce soir, je conserverai ma forme humaine, déclara Björn. Pour être accueillant avec mes invités. Mais, dites-moi, s'il vous plaît, où vos voyages vous emmènent-ils ?

Les nains poussèrent un soupir silencieux mais visible de soulagement collectif.

— Ah, fit Lori d'un ton plus enjoué. Eh bien, on est en route pour la Seule Montagne. Vous la connaissez ?

— Pour sûr, répondit Björn. Vigor, la Seule Montagne. Pour sûr. Et pourquoi vous rendez-vous là-bas ?

— L'or, répondit Lori en jetant un rapide coup d'œil à Glandalf.

— L'or ! répéta Glandalf d'une voix forte tout en fixant Bingo d'un regard qui en disait long.

— Ah, dit Björn. Votre quête, donc, c'est pour de l'argent ?

— De l'argent, entonnèrent les nains.

— Ça doit être ça, marmonna Bingo. Pourquoi vous n'arrêteriez pas de le seriner, sinon ?

Le feu gloussa dans son âtre.

— Vous allez combattre Snob le Dragon Magique pour cet or ? s'enquit Björn. C'est le vainqueur qui emportera tout ?

— C'est l'idée, répondit Lori.

— C'est grand comme monstres, les dragons. Grand, ça veut aussi dire gros, vous savez.

Il observa le feu un bon moment. Un calme insolite vint s'installer dans la grande pièce.

— Plus gros, ajouta-t-il, que les ours. Et plus maléfiques.

Il avait l'air de broyer du noir.

— Eh bien, il est peut-être temps d'aller mettre la viande dans le torchon, dit Glandalf avec empressement. C'est l'heure du dodo, je crois. Vraiment, Björn, c'est terriblement courtois de votre part de ne pas vous transformer en ours pendant que nous sommes sous votre toit. Je crois que je peux parler au nom des autres quand j'affirme que nous considérons cela comme le signe d'un accueil, euh, accueillant. Euh, d'un lieu d'accueil. Un accueil vraiment accueillant dans un lieu d'accueil accueillant.

Il baissa la voix en prononçant cette phrase et, lorsqu'il eut fini, on ne l'entendait plus. Tous les regards étaient dirigés sur Björn.

— Vous connaissez peut-être le récit du Grand Ours du Nord ? demanda Björn d'une voix où pour la première fois pointait un soupçon d'émotion.

Personne ne broncha.

— Le Grand Ours du Nord… ? l'invita Glandalf avec précaution.

— Un bon ami à moi. Un ours terrible. Le dragon Snob, reprit Björn, le regard féroce, se battait contre lui, il le flambait et il le grillait, et sa fourrure a pris feu. Il s'est brûlé. Sa glorieuse maison bleue a été incendiée.

— Mon Dieu, dit Glandalf.

— Consternant, dirent les nains.

— Clonsternant ? s'écria Björn d'un ton véhément. Clonsternant ? Bien sûr que *c'est* clonsternant, bande de nains !

— *Con*-sternant, corrigea Lori, mais si bas qu'il est probable que Björn ne l'ait pas entendu.

— C'est *pire* que clonsternant, dit Björn en se relevant. C'est une tragédie. C'est un crime contre toute la gent plantigrade. Les dragons ont l'habitude, pour sûr, d'utiliser ce genre de feu. Ça ne devrait pas avoir lieu d'être. Ça ne devrait pas lieu. Les dragons ! (Son regard s'était empreint d'une inquiétante intensité, un peu comme de l'encre bleue que l'on remuerait dans deux pots de céramique blanche.

Ses mains étaient agitées de spasmes.) Les dragons ? N'aimé-je pas les dragons ? Non, je ne les aime pas. Les dragons ? Je nourris un grand sentiment de dégoût envers les dragons.

— Bien sûr, dit Glandalf en essayant de se faire conciliant. Bien sûr. C'est naturel.

— De se servir du *feu* ? tempêta Björn. Sur ceux au poil rêche et touffu ? D'incendier la majestueuse Maison Bleue du Nord ? De carboniser la simplicité apaisante des agencements modernes et d'une peinture bleue à base de fibres naturelles et d'eau de source ? De les réduire en cendres ? De les *ébarber* ? (Il avait bien mis l'accent sur cette dernière phrase, bien que sa signification fût quelque peu mystérieuse. Il faisait les cent pas en agitant sa tête de vigoureux hochements musclés.) Non, non, ce n'est pas bien. De ne pas utiliser de feu sur les ours, ça, c'est nécessaire, car le feu va à l'encontre des protocoles ursidés. Que Snob agisse ainsi ? Ce dragon doit être châtié. Châtié ! Vous devez tuer Snob ! Tuer Snob ! Tuer ! Tuer !

— Absolument, dit Glandalf en essayant de calmer le géant. C'est tout à fait notre intention. Parlons d'autre chose, vous ne voulez pas ? Pourquoi ne nous resservirions-nous pas un peu de bière de miel ? Un peu de rab de votre foie rôti au miel ? Ou bien encore un pot de ce délicieux caviar au miel ? Venez, Björn, mon vieil ami, ne vous laissez pas… ah… dépasser par les stimuli. (Le magicien mit les mains dans les poches de son poncho en quête de son attirail de fumeur.) C'est drôle que vous parliez de faire brûler des animaux comme ça, en fait, parce que, vous allez rire (il illustra lui-même son propos d'un petit gloussement), ça va vous amuser. Sur le chemin qui nous menait chez vous, nous avons rencontré quelques loups.

Des loups qui ont mangé un de nos compagnons, à vrai dire, de sales bestioles, elles ont dévoré Mahlïn…

—Groïn, corrigea Mahlïn.

—C'est ça, et ils ont essayé de *me* manger. Nous étions, voyez-vous, dans de sales draps, mais, et ça, ça va vous amuser, surtout à la eh, ha ha ha!, surtout à la lumière de ce que vous venez juste de dire. Ça va vous amuser. Ils étaient sur le point de me *manger*, voyez, de me *manger*, et je me suis servi d'un petit sort de ma connaissance, et… eh bien, le *premier* loup a pris feu, vous voyez (Glandalf gloussa). Le *premier* loup a pris feu, et il sautait partout, vous voyez, et il est rentré dans le *deuxième* loup…

Björn, qui avait arrêté de faire les cent pas, fixait le magicien de façon déroutante. Lori faisait de petits gestes circulaires avec les deux mains, paumes vers l'extérieur, devant sa poitrine, comme s'il nettoyait une vitre juste devant lui, tout en hochant la tête d'avant en arrière. Mais il n'eut pas l'air de réussir à attirer l'attention de Glandalf.

—Et… Ha! Ha! Ha!… et le *deuxième* loup, racontait Glandalf, il a flambé comme une torche, et il est rentré dans un *troisième* loup… C'était vraiment quelque chose à voir, et le raffut qu'ils faisaient, avec ça…

Il leva les yeux sur Björn, et sa voix s'étrangla.

—Raffut, répéta-t-il moins hilare. Qu'ils. Faisaient.

Le silence s'installa pendant une bonne minute.

Björn, qui était resté immobile tout ce temps, commença à gémir. Son gémissement enfla en grognement, puis en grondement, puis enfin en hurlement. Il attrapa ses vêtements de ses énormes mains et les arracha dans un grand bruit de tissu déchiré.

—Oh, fit Glandalf d'une voix maussade, avant de courir prestement se cacher derrière un sofa. Mon Dieu.

Le reste de la compagnie se précipita pour le rejoindre.

— Ågh ! Årggggh ! beuglait Björn. Ø ! Ø ! Ø ! Ø ! Ø ! Uh ! Uh ! Uh ! Årggggh !

— D'accord, c'était *peut-être* une mauvaise tactique, dit Glandalf en regardant les nains un à un.

— Peut-être, convint Lori.

À présent, Björn arpentait sa pièce de long en large, en hurlant, grondant et produisant, *grosso modo*, le genre de bruits que l'on pourrait associer à un ours en colère. Il avait arraché son gilet de laine et était en train d'essayer de déchirer l'étoffe plus solide de son pantalon. Mais mettre un pantalon en pièces n'est pas chose facile, même pour le plus musculeux des individus et, au bout du compte, il dut se contenter d'en déchirer le bouton à la taille et de l'enlever, mi-tirant, mi-sautillant.

— Ågh ! mugissait-il. Ågh !

— Oh, þróinn, jura Lori. Qu'est-ce qu'on va faire, maintenant ? Piégés dans une cabane avec un ours enragé !

— Restez calmes, conseilla Glandalf.

— Peut-être que si on courait vers la porte... ? suggéra Bingo.

— Waaaah ! hurla Björn, la tête dressée au-dessus du dossier du canapé.

Glandalf fit tracer les nains et Bingo derrière l'autre grand canapé. Björn n'arrêtait pas de faire des bruits alternés de rage et de furie, tout en écumant la pièce à pas lourds.

— J'ai pas pu m'empêcher de voir qu'il est... ehm... glabre de partout, dit Lori.

— Glabre, fit Bingo.

— J'aimerais qu'il arrête de hurler, dit Glandalf. Tout est amplifié par mon sort d'audition et ça me donne mal au crâne.

— Aucune pilosité. Ça ne devrait pas avoir des poils, un ours ?

— Aucune pilosité ? demanda Bingo.

— Bon, il a un peu de poils, corrigea Lori. Mais, d'un point de vue nain, voyez-vous, *très* glabre. Toujours glabre au menton, lala, par exemple. Il a le poitrail aussi lisse qu'un fond marin.

Glandalf marmonnait tout seul :

— Un boucan *infernal*, maintenant...

— Gröär ! tonna Björn.

On entendait aussi des effets sonores comme « Blam ! Blam ! Crac ! » [1]

Lori risqua un œil par-dessus le dossier du canapé et ramena très vite la tête.

— Il est en train de tout faire tomber des étagères, rapporta-t-il. En rugissant.

— Oui, ça, on peut l'entendre, qu'il rugit, fit remarquer Bingo. Il est en ours, maintenant ?

— Franchement, c'est juste un type à poil.

— Pas un ours ?

— Non.

— Même pas un tout petit peu ?

— Eh bien, dit Lori, non. Tout glabre. Voyez-vous.

— Ça m'a pas l'air de faire très ours, tout ça.

---

1. Ces mots ont été traduits à partir du texte original en Terrien du Milieu. Dans ce texte, il s'agissait de : « Badablam ! Badablam ! Chraklabloum ! »

Il prit son courage à deux mains et se releva. Il atteignait juste le rebord du dossier du canapé. Il jeta un coup d'œil à Björn. Comme Lori l'avait affirmé, le grand homme était entièrement nu, d'une nudité que seul un adulte parvenu à la maturité de son développement musculaire et dépourvu de vêtements peut atteindre. Le gaillard tempêtait à l'autre bout de la pièce en rugissant.

— Je ne comprends pas, dit Bingo. C'est quand, qu'il se transforme en ours ?

— Gröär ! hurla Björn en déboulant comme une furie dans la pièce. *Quand ?* dites-vous ? *Quand* est-ce que je me transforme ? Je me *suis* transformé ! Je *suis* un ours ! Je suis Björn, le puissant ours ! Gröär !

L'homme nu et glabre atteignit le canapé, et les nains habillés et poilus se collèrent le dos au mur.

— Gröär ! insista Björn. Gröär !

Il leva les mains devant lui, phalanges tendues, comme pour saisir une barre de fer invisible qui se trouverait, horizontale, à hauteur de mamelon. Il ouvrit la bouche et découvrit deux rangées de dents impressionnantes, mais néanmoins humaines.

— Gröär ! fit-il.

— Vous, dit Bingo, en ramassant intérieurement les miettes de courage qu'il lui restait pour, disons, former un biscuit de bravoure imaginaire. Vous n'êtes pas du tout vraiment un ours, n'est-ce pas ?

— Sale menteur ! hurla Björn. Pour sûr que je suis un ours.

Il se précipita sur le posstit, qui s'esquiva entre les piliers de pierre qui servaient de jambes à Björn et se cavala dans l'autre direction.

— Mais non, vous n'êtes pas un ours, héla-t-il derrière lui en courant, tout essoufflé. Pas *vraiment*, si ?

— Gröär ! cria Björn. Pour *sûr* que je ne manquerai pas de te dévorer avec mes grandes dents d'ours.

— Ya, rétorqua Bingo, ceci étant la pique la plus sophistiquée à laquelle il put penser sous la tension du moment. Il était arrivé à la porte, et il tira de toutes ses forces sur la poignée élégamment sculptée.

— Subis la rage du grand et velu…, hurla Björn en se jetant sur Bingo.

Il avait peut-être eu l'intention de conclure sa déclaration par les paroles « homme-ours » ou, c'est possible, « Björn le puissant ». Ou peut-être « animal ». À ce point, nous ne pouvons que formuler des hypothèses, car ce qu'a vraiment dit Björn fit prendre un tout autre tour à sa phrase, achevant sa réplique d'un étonnant « uuu*uu* » (de mi-bémol à sol). À nouveau, le posstit avait esquivé en trois pas de danse et, au lieu de s'en emparer, Björn avait dépassé la porte ouverte et avait atterri dehors tête la première sur le seuil froid. Il y eut un bruit sourd, puis un autre, à mesure qu'il glissait sur le ventre et finissait dans la boue.

Bingo mit tout son poids contre la porte et la referma. Six nains vinrent immédiatement à ses côtés pour l'aider à mettre l'espar de bois poncé en place.

Ils s'effondrèrent tous les sept. Il leur fallut une bonne minute pour reprendre leur souffle.

— Eh bien, fit Glandalf de l'autre bout de la pièce. Ça c'est plutôt pas mal passé, l'un dans l'autre.

Il était en train d'allumer sa pipe.

Derrière la porte, une voix légèrement étouffée se fit entendre :

— Excusez-moi ? appela-t-elle. Vous êtes en train de fermer la porte, là ?

— Ignorez-le, fit Lori en se relevant et en défroissant sa tunique de nain.

— Bonjür ? dit la voix. Bonjür ? Vous pouvez ouvrir la porte, s'il vous plaît ?

— Allez-vous-en, répondit Bingo.

— Il fait froid, dehors, dit Björn, plutôt mélancolique.

— Allez vous trouver une caverne pour hiberner, héla Lori.

— Je vous en prie, pas de moqueries, se lamenta Björn. Il fait grand froid. Si vous me permettez de rentrer, je vous promets de garder ma forme humaine pour le reste de la soirée.

— Vous êtes cinglé, opina Lori d'une voix forte.

— Ne vous occupez pas de lui, dit Bingo. Vous… Glandalf, n'annulez pas votre sort d'audition tout de suite. J'ai un compte à régler avec vous.

— Hein ? demanda Glandalf, sa magie auditive planant près de sa main. Qu'est-ce que vous dites ?

— Vous nous avez dit que c'était *vraiment* un ours, insista Bingo. Toutes ces histoires de bras arrachés et de monceaux de chair frémissante. Vous vous rendez compte que vous nous avez terrorisés ?

— Eh bien, dit le magicien en mâchonnant le bout de sa pipe, c'est ce que j'avais entendu dire.

— C'est ce que vous aviez *entendu* dire ? Je croyais que vous le connaissiez.

— Oh non, oh non. Jamais vu de ma vie.

— Mais vous avez dit…

— Simple stratégie pour entrer et manger un peu, ce qui a marché, je pourrais même ajouter. Non, il m'a pris pour Radradasse la Loque, un collègue magicien. Mais ça s'est bien fini en fin de compte. Et nous avons appris à ne pas faire confiance aux histoires non confirmées de métamorphose plantigrade.

— Bonjür ? fit la voix de Björn au-dehors. J'ai les dents qui crissent. Excusez-moi ! Bonjür !

Ils dormirent bien cette nuit-là, et ils petit-déjeunèrent d'un repas de gâteaux au miel et d'hydromel. Ce ne fut que lorsqu'ils furent pleinement reposés et préparés qu'ils ouvrirent la porte. Dehors, Björn était roulé en boule sous une pile de feuilles hâtivement entassées. On aurait dit que ses extrémités avaient bleui.

Bomber était assis sur le pas de la porte, l'air morose.

— J'ai passé la nuit dans les commodités, grommela-t-il. Il reste du p'tit déj'?

Tandis que Bomber se servait dans les provisions de la demeure, Björn se leva et se débarrassa de quelques feuilles humides, l'air fort misérable.

— Il a fait grand froid, leur dit-il. Avec des frissons, du gel et la chair de poupoule. Je peux revenir ?

Bingo fit un pas de côté et permit au colosse de filer par sa porte d'entrée.

— Et merci de votre hospitalité, héla-t-il, comme Bomber ressortait, le manteau truffé de gâteaux.

L'araignée

6

Araignées et mouches ! Mouche-de là ! Cavale-toi !

Ils avaient le moral au beau fixe en sortant de chez Björn : ils avaient privé un homme désormais sombre et renfermé de neuf robustes poneys et d'un bon nombre de ses poulets premier choix. Björn semblait se contenter de rester assis dans un coin l'air lugubre. Il se lamentait sur son sort.

— Allez, 'luss ! lui dirent les nains en partant. À plus !

Il ne leur répondit pas.

Après une nuit au chaud sous les épaisses couvertures de Björn et un jour de chevauchée sans incident sur le dos de poneys dodus, ils arrivèrent au majestueux fleuve M. De l'autre côté des flots tranquilles s'étendait l'orée de la grande forêt. Au-dessus, le ciel, d'un mélange parfait de bleu limpide et de gris métallisé, inspirait la largeur d'esprit et promettait de grandes perspectives. Dans les bouches des voyageurs, l'air coulait frais comme l'eau pure.

— Comment traversons-nous ? demanda le posstit.

— Avec des coracles, mon garçon, répondit Lori en détachant son plastron nain de son torse. Tu n'en portes pas ?

— Eh bien, dit Bingo, j'avoue que non, je n'en ai pas.

— Eh bien, fit Lori en donnant un coup dans son gilet de velours côtelé [1]. Voyez-vous, on se demandait comment vous comptiez tenir cette chose à l'abri de l'eau.

— Mon gilet n'est pas du tout censé aller dans l'eau, expliqua Bingo. Sauf pour le laver.

Et cela faisait longtemps que ça n'avait pas été le cas.

— Oh ! dit le nain. Pas censé aller dans l'eau, dites-vous ? Bonté divine. À quoi il sert, alors ?

— Il me tient chaud à la poitrine.

— D'accord, on peut dire que ça coule de source, en quelque sorte, dit Lori d'un ton dédaigneux. Ça va, voyez, sans dire. Mais quelle est sa *deuxième* utilité ?

— Y en a pas.

Les nains marmonnèrent entre eux des choses comme quoi il était vraiment stupide de porter des vêtements qui ne servent qu'à une seule chose. Ils déchargèrent les fardeaux des poneys, les mirent sur leurs dos, firent glisser leurs coracles creux métalliques dans l'eau, y sautèrent avec une grâce remarquable, et ils partirent au loin en pagayant de leurs grosses mains de nains et de leurs puissants biceps de nains. Le courant donna une assez grande déviation latérale à leur itinéraire, et ils dérivèrent loin en aval. Bingo se retrouva tout seul avec le magicien et les poneys sur la rive gauche.

— Hé ! appela-t-il. Et nous ? Hé !

---

1. Mot qui, incidemment, se prononce « kotlé ».

Peu de temps après, cependant, il vit deux nains remonter à bord de leurs toutes petites embarcations, revenir près de leur berge et se faire emporter encore plus loin en aval. Bingo les perdit des yeux avant qu'ils ne reviennent sur la terre ferme mais, vingt minutes plus tard, ils revenaient en trottant le long de la rive, chargés de deux plastrons de secours.

— Et voilà, mon garçon, barbe, annonça Ouïn, qui était arrivé en premier. Vous sautez là-dedans, et vous pagayez de toutes vos forces.

Lori tenta de persuader Glandalf de rentrer dans l'autre coracle de rechange.

— Qu'est-ce qu'on fait des poneys ? demanda Bingo tout en essayant de stabiliser le plastron sur l'eau, penché sur le bord de la rive.

— Il va falloir qu'ils rentrent chez eux tout seuls, voyez, expliqua Ouïn.

Mais Bingo ne l'entendit qu'à peine, car il était à moitié tombé dans l'embarcation plate et se trouvait à présent à plusieurs mètres de la berge. Il se fit rapidement emporter en aval. Il tenta de pagayer, mais la torsion que cette action imposait à sa colonne vertébrale fut trop douloureuse. Il essaya de se mettre sur le dos et de pagayer avec les bras à l'envers, mais cette méthode se révéla plutôt inefficace. Il essaya de se mettre sur le ventre, mais le bord coupant du plastron lui rentrait dans la gorge. Finalement, il se força à endurer la douleur dans son dos ; laborieusement, il pagaya et pagaya, jusqu'à ce qu'il atteigne la rive opposée. Il n'y avait personne dans les environs. Il avait de l'eau dans les bottes, et ses vêtements étaient trempés. Il tira le coracle sur la berge et progressa d'un pas lourd vers l'amont en traînant son esquif dans la boue. Il finit par rejoindre le groupe, installé autour d'un feu de camp, magicien et tous les autres.

Le lendemain matin, après un petit déjeuner bien nourrissant lui aussi sorti des réserves de Björn – des harengs fumés nappés de miel, des tartines de miel grillées et du jus d'orange au miel –, Bingo se sentait mieux.

— On va où, maintenant ? demanda-t-il. Dans la forêt, c'est bien ça ?

— C'est ça, mon p'tit bonhomme, répondit Lori.

Ils emballèrent et marchèrent à deux de front en direction de la ligne des arbres. Mais, lorsqu'ils pénétrèrent les frondaisons sous un enchevêtrement de branches qui faisaient presque figure de porche, le long d'un chemin moussu et glacé, le moral guilleret de Bingo s'évanouit bien vite. Il faisait très sombre. Cet endroit ne ressemblait en rien à la forêt fragile mais ensoleillée du seigneur elfe Elcarré. Ici, l'obscurité s'était fait arbres. Des champignons poussaient en grappes pointues à côté de troncs pâles et mouchetés ne ressemblant à rien de plus qu'à un vieux fromage. Tout ce que les doigts ou le visage de Bingo touchaient, ou tout ce qui *le* touchait, était gluant.

— Quel endroit affreux ! déclara-t-il.

— Certes, convint Lori, qui marchait à ses côtés. Ceci est la maléfique Forêt Boire. Vous voyez ces ormes, là-bas ?

— Oui.

— Ce sont des chênes.

Bingo les examina.

— On dirait bien des chênes, effectivement, dit-il. Ils ont pris la forme d'ormes ?

— En partie, répondit le nain. Ils sont enchantés, voyez-vous. Et vous voyez ces frênes ?

— Des chênes, fit Bingo.

— Bien vu, dit le nain.

— Pas vraiment. Quand on regarde d'un peu plus près, on voit bien qu'ils ne veulent pas s'arrêter. Ce sont des chênes.

— C'est vrai, acquiesça Lori. Ce n'est pas un enchantement très efficace. Mais c'est un enchantement protéiforme, néanmoins. Ces bois sont remplis de mystère et de danger.

— Et on doit les traverser ? On peut pas faire le tour ?

— C'est la route la plus directe, répondit Lori d'un air morose. D'ailleurs, je pensais... Je veux dire, s'empressa-t-il d'ajouter en regardant autour de lui pour voir si l'un des autres nains l'avait entendu, je veux dire, notre Roi *Fhorïn* pensait – ahem – que nous pourrions apprécier la sensation d'avoir quelque chose au-dessus de nos têtes. C'est presque comme si on était sous terre, je, il s'est dit. Évidemment, c'est pas si agréable que ça, une fois qu'on y est, pas vrai ? Et il y a des araignées.

— Ça ne me gêne pas, les araignées, affirma Bingo d'un ton hésitant.

Il mentait.

— Je ne parle pas de *petites* araignées, s'expliqua Lori, pas celles qui font la taille d'un doigt, ou d'un poing. Je parle d'araignées aussi grosses que vous. Deux fois plus grosses.

— Si je devais me retrouver face à ce genre de péril, je suis convaincu que je pourrais compter sur mon courage de kloppld, répliqua Bingo.

Là aussi, il mentait. Il mentait même encore plus, en fait.

Ils marchèrent le reste de la journée et, le soir, campèrent près d'un courant paresseux d'aspect visqueux qui barrait le chemin.

— On ferait mieux de ne pas mettre les pieds là-dedans, conseilla Lori. Enchantée, cette eau, je pense, mes garçons, voyez. On trouvera un moyen de passer demain.

Cette nuit-là, ils dormirent inconfortablement et, le matin, Lori se tenait à côté du petit cours d'eau et se demandait comment ils allaient le traverser.

— On pourrait abattre un arbre, p'têtre, suggéra-t-il. Faire un pont ? Ou peut-être devrions-nous nous servir encore une fois des coracles ?

Mais Inri était un moqueur.

— Vous plaisantez, mon p'tit ? demanda-t-il (cela était, sans doute, une question rhétorique). Il y a deux centimètres d'eau, à tout casser. On peut pas faire flotter un coracle dans deux centimètres d'eau ! Et ça servirait à quoi ? On n'a qu'à traverser en marchant. Perdre du temps à couper un arbre ? Ab-surde. *Ab-surde.*

— Non non non, Inri, p'tit bonhomme, insista Lori. On est dans la Forêt Boire, voyez, et ses alentours sont enchantés.

— Ses *quoi* ?

— Ses alentours, répéta Lori d'un ton las avec une pointe d'étonnement.

Inri rit d'un air moqueur.

— Ses, dit Lori avec humeur en cherchant un mot plus approprié, son parc, son domaine, l'ensemble de sa région – tout est enchanté, voyez. On ne sait pas ce qui peut se passer dans ce courant ! Il pourrait vous endormir, barbe. Ce pourrait être un courant magique.

— Et ça *pourrait* simplement être un petit filet d'eau ordinaire et insignifiant de deux centimètres de profondeur qu'il nous est possible de traverser à pied, dit Inri.

— Je vous invite à essayer, déclara violemment Lori.

— Et je ne vais pas me gêner, déclara Inri.

Il s'avança jusqu'au cours d'eau, mit un pied dans l'eau et observa une pause. L'eau lui mouillait la semelle mais n'atteignait qu'à peine les flancs de sa botte. Voyant qu'il ne se passait rien, il se retourna pour lancer au groupe un regard victorieux et sournois, avant de mettre son autre pied dans le courant. En un rien de temps, il se retrouva à se débattre sur le dos en battant des jambes et, avant que quiconque puisse réagir, il fut rapidement emporté par le courant et disparut au beau milieu des arbres. Le minuscule ruisseau, incroyablement, faisait à présent plusieurs mètres de profondeur. Ses eaux s'étaient noircies et étaient devenues bien, *bien* plus vives.

— Au secours, gargouilla Inri. Au secours !

Mais il disparut au loin entre les arbres bas et sa voix fut vite effacée par le rugissement du grand torrent désormais écumant. Des rochers filèrent de gauche à droite devant la compagnie, capturés par la crue.

Puis, tous se tinrent de nouveau dans le crépuscule silencieux, et le courant n'eut plus l'air que d'un ru de deux centimètres de profondeur.

— Des haches, fit Lori après un long silence. Des haches, tout le monde.

— On ne devrait pas aller le chercher ? demanda Bingo d'une voix inquiète.

Mais les nains l'assurèrent qu'il serait idiot de quitter un chemin forestier bien tracé pour partir à la recherche de quoi que ce soit, même un cher frère et camarade.

— Nous péririons tous, voyez-vous, dit Lori. Inri s'est peut-être noyé, ou il se fera peut-être rejeter hors de la forêt dans la Rivière Qui Trace, qui court dans les terres orientales. Dans les deux cas, nous ne pouvons rien faire pour lui.

Ils tentèrent d'abattre un des arbres qui poussaient sur le bord du chemin, mais c'était une entreprise peu commode. L'écorce était très robuste et coriace, et présentait des excroissances gluantes écœurantes, ce qui faisait que les haches des nains glissaient et dérapaient au lieu d'y pénétrer. Après deux heures de travail futile et éreintant, les nains s'assirent en rond, maussades.

— Est-ce que le magicien pourrait nous aider ? se demanda Bingo.

Mais Glandalf semblait être entré dans une sorte de perte d'identité sénile. Il souriait et faisait des signes de la main lorsqu'ils lui hurlaient dessus, mais rien de ce qu'ils purent faire – de grands bruits, des mimes, des dessins dans la terre avec un bâton – ne put le faire réagir.

— C'est encore pire, maintenant, dit Lori. Il est presque entièrement sourd.

— Complètement ? demanda Bingo.

— Certes, répondit Lori. À quoi vous attendiez-vous ? C'est pas comme si ça pouvait s'arranger, à présent, si ?

— Ça ne veut pas dire que ça va empirer, cela dit. Vous faites comme si vous vous étiez toujours attendus à ce qu'il perde totalement l'ouïe.

Lori regarda le posstit comme s'il s'était agi d'un débile, avant de donner l'impression de se ressaisir.

— Bien sûr, vous ne *savez* pas, lala. Voyez ! J'avais presque oublié que vous n'étiez pas un nain ! Marrant, ça.

L'habitude, je suppose. Me suis fait à vous, voilà ce qui s'est passé.

—Je ne sais pas quoi ? insista Bingo. Qu'est-ce qu'il y a que je ne sais pas ?

—Vous occupez pas de ça, marmonna Lori.

—Non… sérieusement. Qu'est-ce qu'il y a ? Tous, là, vous avez omis de me dire un truc depuis le début. Qu'est-ce que c'est ? Pourquoi, exactement, *voyageons-nous* jusqu'à la Seule Montagne ?

—L'or, répondit un des nains sans conviction.

—Ce n'est *pas* pour l'or, n'est-ce pas ? dit Bingo. Allez, je suis pas crétin à ce point-là. Je sais que ce n'est pas pour l'or, c'est juste que je ne sais pas pour quoi *c'est*. Pourquoi sommes-nous partis ?

—L'or, grommela Lori. De l'or et c'est tout.

—Pffff! s'exclama Bingo de désespoir.

Il se leva et avança jusqu'au bord du cours d'eau enchanté. Le filet d'eau avait l'air si inoffensif. La distance entre les deux rives ne faisait pas trois mètres. Ne pouvaient-ils pas sauter par-dessus ? Non, bien sûr que non.

Il retourna voir le groupe.

—Si on ne peut pas construire de pont en bois, il faut qu'on fasse un pont avec autre chose. Il y a des rochers enfoncés dans la boue, sur le côté. Pourquoi ne pas les dégager et s'en servir comme pierres de gué ?

—C'est une idée, fit Lori en s'animant.

Les six nains restants et le posstit tirèrent de toutes leurs forces, libérèrent un rocher, et le firent rouler tortueusement jusqu'à ce qu'il prenne place dans le ruisseau. Aucun changement.

—Vous deux, fit Lori à Mahlïn et Bomber. Tenez-vous à mes bras.

Ils se mirent en position. Avec précaution, Lori tendit une jambe et mit un pied sur un côté de la grosse pierre. Tout le monde retint son souffle. Mais rien ne se passa.

— C'est parti, dit Lori en poussant avec son autre pied. Mais, dès que ce pied quitta la rive, il y eut un grand grondement et la pierre changea de place. De l'écume vint en lécher la pointe. Mahlïn et Bomber tirèrent vers l'arrière et Lori vint s'écraser dans la boue.

Le ruisseau était redevenu calme.

— Je suppose qu'il faut qu'on traverse ce courant sans que rien ne touche l'eau, dit Bingo.

— J'imagine, fit Lori d'un air maussade.

— Qu'est-ce qu'on fait, maintenant ?

— Cette liane, indiqua Bingo. Vous la voyez ? Elle pend de la branche, là, au-dessus du ruisseau. On pourrait l'atteindre ?

— Avec un de ces bâtons, peut-être, proposa Lori en ramassant une branche morte détrempée qui traînait sur le bord du chemin. On pourrait l'accrocher et la tirer vers nous. Vous voulez qu'on se balance par-dessus ?

— Oui, répondit Bingo.

— Allez-y, dit le nain. Vous êtes le plus léger d'entre nous. Si elle ne supporte pas votre poids, elle ne supportera personne d'autre. Mais si vous passez de l'autre côté, je tenterai le coup.

Bingo n'était pas satisfait de ce plan, mais il ne pouvait pas nier ses bases en physique des masses et des poids.

Les nains attrapèrent la liane assez facilement et la tirèrent en direction de leur rive du petit ru.

— Je vais prendre de l'élan, déclara nerveusement Bingo.

Il fit quelques pas en arrière et commença à courir en direction du ruisselet. Ou, pour être précis, pas vraiment à courir. C'était plus une *hâte*, une petite précipitation affolée. Il s'empara de la liane, se lança dans les airs en vagissant, remonta les jambes pour qu'elles ne traînent pas dans l'eau, et se retrouva propulsé dans les airs en direction de l'autre rive.

— Lâchez tout, mon garçon, hurlèrent les nains derrière lui.

— Vous êtes au-dessus ! Hourra ! Lâchez tout ! Essayez d'*accompagner* la chute lorsque vous retomberez.

— Bonne idée ! couina Bingo.

Mais il ne put lâcher la liane. Ses mains semblaient y être collées. Le bâton dont s'étaient servi les nains pour l'attraper était encore accroché, un peu plus bas. Et, lorsque sa trajectoire atteignit son apogée, il ne revint pas non plus en arrière. Les feuilles qui l'effleuraient semblaient désagréablement visqueuses. Il se retrouva presque à l'horizontale, coincé dans une masse de frondaisons adhésives, deux mètres au-dessus du sol.

— À l'aide ! cria-t-il.

Mais personne ne vint lui porter secours. De là où il était, Bingo ne voyait pas grand-chose : au-dessus, les taches sombres de la voûte des arbres, et ses mains engluées à un bout de ce qu'il était maintenant moins disposé à désigner sous le nom de liane. Il entendit un bruissement à côté de lui.

— Bonjour, fit une voix sournoise à son oreille. Qu'est-ce qui peut donc bien traîner par là ?

Bingo tourna la tête.

Perchée sur un fil gris et raide au milieu du feuillage, se tenait la plus grosse araignée qu'il ait jamais rencontrée.

Huit pattes noires, épaisses et robustes bourgeonnaient à des angles impossibles sur son gros corps laineux. Cela vaut le coup de s'attarder là-dessus quelques instants. Pas *deux* pattes comme les êtres normaux, non ; ni même quatre, à la façon de certains animaux à l'œil placide de nos champs. Mais huit, complètement superflues et franchement affolantes. C'est ça, *huit*. Dégueu, hein ? Oh oui. L'abdomen de la créature était recourbé à son extrémité. Son visage pincé arborait deux mandibules frémissantes au-dessus de lèvres en V, telles une moustache surréaliste invraisemblablement, désagréablement vivante et mobile. Elle avait huit yeux, bien que six d'entre eux fussent petits et regroupés de chaque côté de sa tête comme des taches de rousseur. Mais les deux yeux principaux étaient rouges et énormes, à l'instar de globes de verre que l'on aurait remplis de bordeaux, et la lumière faisait d'étranges effets de spirale sur tout ce qu'ils reflétaient. Le visage de cette araignée avait, en dépit de tout cela, un air étrangement humain, ressemblant un peu à quelqu'un de grassouillet affublé de grosses lunettes rouges.

— On nous rend visite, alors ? railla l'araignée. Comme c'est gentil de votre part. Ou peut-être venez-vous nous coloniser, hein ? Essayer d'occuper et d'exploiter le territoire d'araignées honnêtes et travailleuses ?

— Pas du tout, répondit Bingo en tremblant. Non, non.

— C'est exactement ce qu'un impérialiste répondrait. Tiens, puisque j'y pense, vous avez froid, là-dedans ? Vous grelottez ? Laissez-moi vous envelopper.

Avec d'adroits mouvements de son vaste corps, l'araignée tourna à vive allure autour de Bingo en crachant un fil épais de son arrière-train, tout en le manipulant avec ses deux pattes postérieures – lesquelles ressemblaient plus à des fuseaux ou à des aiguilles à tricoter que les six autres. En quelques instants, Bingo fut entièrement emmailloté. Seul son bras droit, encore collé à la liane (qui, cela était à présent clair, n'en était pas une, après tout), était encore libre.

—Laissez-moi partir ! couina-t-il.

Mais l'araignée n'avait aucune intention de le laisser filer. Poussant des tss-tss de désapprobation dans sa barbe, elle étala une sécrétion sur la main de Bingo pour dissoudre la glu, lui plaça le bras sur le flanc et l'enroula dans un autre rouleau de câble. Heureusement pour Bingo – en fin de compte –, elle fit cela à la va-vite et, comme elle ramassait le petit posstit et commençait à l'emmener par les sommets des arbres, le câble se détendit et Bingo put libérer son bras. Mais, rusé, il le garda contre lui, de peur que l'araignée ne le ligote à nouveau si elle remarquait qu'il n'était plus entravé.

Bingo fut transporté loin dans la forêt. Tout le long de ce voyage agité et désagréable, il se tritura la cervelle pour trouver un moyen de faire un signe aux nains, de les prévenir du danger et de les inciter, peut-être, à le secourir. Mais il ne put rien imaginer et, lorsqu'ils arrivèrent à la communauté de l'araignée, il vit que cela n'aurait servi à rien. Sept silhouettes pendouillaient à une branche, chacune d'elle soigneusement enveloppée : six d'entre elles étaient des nains, la septième, un magicien.

—Bonté divine, dit Bingo.

—Bonjour, p'tit bonhomme, fit le nain le plus proche de lui. (C'était Ghili.) Vous ici ?

—Que vous est-il arrivé ?

—On vous a vu vous retrouver coincé, voyez, et Lori a crié que le meilleur plan était celui avec les haches. Alors on s'est précipités auprès de nos paquetages, mais les araignées avaient répandu des fils collants sur le chemin, sur environ quinze centimètres de haut. On est tous tombés, on avait les mollets et les bottes prises. On aurait pu se débarrasser des bottes et nous en sortir, mais les barbes, c'était une autre histoire. Alors après elles sont toutes venues sur nous, et nous voilà.

— Au moins, fit une voix plus loin – Bingo reconnut Lori –, au moins nous avons traversé le ruisseau enchanté. Emportés par les araignées, voyez.

Bingo estima difficile de trouver un quelconque réconfort dans ce dénouement-là.

Les araignées se hâtaient, de branche en branche, de fibre en fibre. Elles formaient une bande d'aspect imposant. Là où la plupart des gens se contentent de se laisser pousser la barbe seulement sur le visage, les araignées adorent se faire pousser la barbe sur toutes les pattes. En plus de ça, elles ont des soies, d'épais boucs noirs de trois jours, des cils à l'air bien taillé et d'autres formes de pilosité plus courte sur tout leur corps. Elles produisaient de grandes quantités de soie, des fils aussi épais que de la laine, qu'elles tissaient pour en faire un certain nombre de choses, parmi lesquelles seulement quelques-unes étaient susceptibles de tuer. Leurs écharpes, par exemple, étaient hautement recherchées : c'étaient des ornements chauds, quoiqu'un peu effrayants. Des pulls, des chaussettes, des couvertures, des meubles, des tuiles, des bottes, des perruques, des outils agricoles et des épées ; ces infatigables araignées tricotaient tout cela. Certains de ces produits, franchement, fonctionnaient mieux que d'autres ; mais les araignées en faisaient commerce auprès des peuples moroses et plutôt démunis qui vivaient à l'est de la Forêt Boire. Les araignées se chargeaient également de travaux spéciaux, pour les clients prêts à payer un supplément – par exemple, pour le Premier Avril, elles pouvaient se rendre dans les maisons des gens et tout recouvrir de toiles très légères. Ou, si une femme était abandonnée devant l'autel par un fiancé apathique, on appelait une araignée, afin d'entoiler les chambres nuptiales et la mariée elle-même, de façon qu'elle puisse se sentir convenablement malheureuse.

Mais leurs activités commerciales ne les avaient pas fait aimer des populations des plaines. C'était plutôt l'inverse, en fait. Les gens, pour parler franchement, les détestaient. Pas tous, mais la plupart. Pire, le peu d'entre eux qui appréciaient activement les araignées étaient – il n'y a pas d'autre mot – des cinglés[1]. Toutes les personnes raisonnables haïssaient les araignées d'une haine réflexe. Elles tressaillaient, elles hurlaient, elles fuyaient, elles disaient des choses comme : « Iiiii ! Beurk ! Beurk ! Beurk ! Rachel ! Tu peux venir m'aider, il y a une araignée absolument gigantesque dans le salon… ». Les gens commerçaient avec elles, bien entendu, parce que les gens commerceraient avec n'importe qui et n'importe quoi, si ce n'importe qui ou ce n'importe quoi détenait une chose dont ils ont besoin. Mais les gens les trouvaient horribles à en avoir la chair de poule.

Ce climat dans l'opinion avait fait son œuvre dans l'esprit des araignées. Les araignées de la Forêt Boire étaient amères. Elles l'avaient été de façon non spécifique pendant de nombreuses années, jusqu'à ce que l'une d'entre elles revienne de ses voyages avec quantité de tracts et de travaux

---

1. Je me fiche de ce que vous direz – les gens qui aiment les araignées sont bizarres. Bizarres. BIZARRES, J'AI DIT.

clés socialistes [1]. Toute la communauté s'était alors politisée. Les araignées s'étaient, de simples travailleuses amères, transformées en gauchistes au cent quarante-quatrième dessous [2]. Elles étaient nettement conscientes des préjugés anti-araignées de la société dans son ensemble, de la place idéologique oppressante des araignées au sein de la culture de la Terre du Milieu du Haut, dans laquelle les araignées occupent la position de boucs émissaires, de « l'autre » que l'état fasciste définit ainsi comme étant sa propre identité sociale – et pourquoi ? Pourquoi ? Laissez-moi vous *dire*, camarades, *uniquement* parce que les araignées sont les archétypes de l'individu prolétaire, des travailleuses infatigables dont le labeur exploité profite à tout le monde – désinsectisation, dératisation, tissage et textile. Ne vous y trompez pas, camarades, nous parlons ici de pattophobie impérialiste rampante, voilà ce que c'est, une atroce et irréductible mandibulophobie. Eh bien, camarades, il est temps que les araignées s'unissent, qu'elles forment un syndicat et qu'elles aillent protester dans les rues. Araignées du monde entier, unissons-nous ! Nous n'avons rien à perdre que nos toiles gluantes.

---

1. Parmi lesquels *Das Kamigal*, *Le Manifeste de L'Épeirti Communiste* et *Situation de la Classe Laborieuse à Huit Pattes*. Pour reprendre le célèbre Karl Marachnoïde : « Tous les grands événements et personnalités de l'histoire mondiale refont surface d'une façon ou d'une autre ; la première fois sous forme de tragédie, la seconde en tournant sans cesse en rond comme une bille de roulette. Les philosophes n'ont fait qu'*interpréter* le monde ; le *but*, c'est de l'envelopper dans la soie et de le mordre pour l'empêcher de gigoter ».
2. Les araignées peuvent descendre quatre fois plus vite qu'un être humain les étages de la dépression. Elles sont efficaces, dans ce domaine.

Lorsqu'il réalisa le sérieux de sa situation, la première pensée de Bingo fut d'être reconnaissant d'avoir son bras droit de libre. Mais une longue et infructueuse tentative pour défaire ses liens n'eut pour résultat que quelques ongles cassés. Le fil était trop résistant, et trop poisseux. Il chercha autour de lui, mais son bras ne put atteindre qu'une poignée de feuilles.

Bingo se dit qu'il ne lui restait plus qu'à négocier sa liberté et celle des nains.

— Hé ! appela-t-il. Ohé ! Excusez-moi !

Une des araignées les plus grosses se dégagea de la mêlée arachnide ambiante et approcha son visage luisant de celui de Bingo.

— Oui ?

— Monsieur, je me demandais, ô puissant arachnoïde, fit Bingo d'une voix quelque peu roucoulante, si vous pouviez m'accorder une brève entrevue avec votre puissant et redouté monarque – reine ou roi, hélas, je l'ignore, mais bon, le haut dirigeant qui règne sur votre peuple. Si cela ne vous dérange pas, monsieur.

Ça, c'est la pire façon de s'adresser aux araignées.

Les énormes yeux rouges de l'araignée se contentèrent de fixer Bingo un bon moment. Le posstit pouvait y voir son visage reflété, étalé en un arc étrange – deux fois –, qui lui renvoyait son regard.

Puis, l'araignée dit :

— Eh bien, en premier lieu, je pourrais mettre en doute votre hypothèse automatique supposant que je suis un homme – je pourrais, je suppose, me demander, bien que ce fût manifestement le cas, si cette hypothèse s'est fondée sur un essentialisme de genre, un masculinisme irréductible et une préférence phallocentrique typique du mâle. Il se trouve que j'en suis un, mais mon sexe n'a aucune pertinence politique.

Bingo n'avait pas vraiment suivi.

— Ah ? fit-il. Bien.

— Et, en *second* lieu, poursuivit l'araignée, toute votre déclaration présuppose l'idée selon laquelle notre collectif est gouverné hiérarchiquement par un individu monarchique dictatorial de type fasciste, et serait insultante s'il n'était pas autant flagrant qu'elle est l'héritage d'une pratique idéologique éclatée qui en deviendrait presque postmoderne de par son ironie.

Bingo essaya de digérer cette phrase, mais le tout s'installa désagréablement dans son esprit comme un œuf cru dans un estomac délicat.

L'araignée, loin d'être apaisée, eut l'air d'enrager encore plus.

— Si ça, ce n'est pas caractéristique des ennemis de la gent à huit pattes, aux yeux porcins, décharnés, veules, destructeurs de toiles, impérialistes et plats comme des limandes…, poursuivit-il avant de repartir d'un pas lourd.

— Où va-t-il ? demanda Ghili.

— Il est parti chercher son chef, répondit Bingo avec une gaieté pétillante. Je crois. Je vais brièvement parlementer et tous nous sortir de là.

Mais une heure passa, puis deux, et Bingo parvint à la conclusion que les araignées allaient les laisser pendouiller là jusqu'à leur mort.

— Vous pensez qu'elles ont l'intention de nous manger ? demanda Ghili.

— Ça, à moins qu'elles aient dans l'idée de nous mettre dans un sapin de Noël…, rétorqua le nain.

Bingo réfléchit.

— Lori ! appela-t-il. Lori ! Il faut qu'on arrive à communiquer avec Glandalf. Il peut nous sauver avec un de ses puissants sorts magiques ! Il peut nous sauver.

— Votre optimisme me touche, mon garçon, répliqua Lori. Bien qu'un peu déplacé. Mais bon, barbe, je vais tenter le coup.

Le magicien dormait. Bingo n'arrivait pas à comprendre comment il pouvait dormir dans une situation pareille. Lori cria et hurla, mais aucun son ne put pénétrer les oreilles de Glandalf.

— C'est comme j'ai dit, p'tit bonhomme, héla le nain. Aussi sourd qu'un ballon de rugby.

— Deux secondes, fit Bingo.

Il étendit sa main libre et attrapa autant de feuilles qu'il le put. Se servant de ses muscles comme jamais il ne l'avait fait, il tira de toutes ses forces et, lentement, son corps pendouillant se mit à décrire un arc, s'éloignant un peu de Ghili, vers le haut. Il tira très fort. La sueur perla. Il gémit sous l'effort et tira encore plus. Lorsqu'il fut incliné d'environ quarante degrés, il lâcha tout. Il revint à sa position initiale et rentra dans Ghili, ce qui lui coupa le souffle. Surpris, Ghili grogna mais ne bougea pas ; et Mahlïn, Ouïn, Fhorïn, Bomber et Lori non plus. Mais Glandalf, à l'autre bout de la rangée, se retrouva subitement propulsé dans les airs.

— Hein ? fit-il, réveillé en sursaut.

Il se balança vers le haut, puis vers le bas, et Bingo se sentit repartir.

— Vite, couina-t-il. Glandalf ! Au secours !

Haut, pause, bas, clac.

La voix grincheuse de Glandalf ne tarda pas à se faire entendre.

— Bande de sans-gêne ! Hé ! Wo-oh !

Haut, pause, bas, clac.

Le troisième mouvement de pendule de Bingo attira l'attention des araignées. Elles passèrent rapidement et habilement de branche en branche en fil pour mettre fin à l'agitation.

— Qu'est-ce que vous faites ? Arrêtez ça ! ordonnèrent-elles en attrapant Bingo et Glandalf dans leurs puissantes pattes antérieures tout en immobilisant tout le monde. Pendouillez comme il faut, intimèrent-elles.

— Nous exigeons de parler à un responsable, glapit Bingo. Ou ça va mal aller pour vous ! Il y a un puissant magicien parmi nous – il va vous ensorceler ! Laissez-nous partir, je vous préviens.

Il était impossible de savoir ce qu'exprimaient les yeux rouges et globuleux de l'araignée la plus proche.

— C'est lequel, le magicien ?

— Quoi ? hurla Glandalf, brusquement réveillé et en colère. C'est quoi tout ce bazar ? Vous pouvez pas laisser pioncer un pauvre magicien ?

— Glandalf ! cria Bingo. Faites quelque chose !

— Votre sort d'audition ! vociférèrent les nains.

— Pourquoi est-ce que je peux pas bouger les bras ? se plaignit le magicien. Pourquoi est-ce que tout le monde marmonne ? C'est quoi ce cirque ?

Plusieurs araignées se massèrent autour du mage.

— Ah ! fit Glandalf en en fixant une d'un regard sévère. C'est toi, Lori ?

Le cœur de Bingo se serra.

— Une tourte, je pense, déclara le magicien d'un air méditatif. Une tourte au foie. Et pour le dessert, une tarte aux cerises. En fait, pour gagner du temps, amenez-moi simplement une tourte foie-cerises.

— Alors, dit l'une des araignées. C'est lui, votre magicien, vous dites ? Il m'a l'air un peu bigleux. Et un peu bouché.

— Un peu, concéda Lori. Mais faut pas le voir énervé, croyez-moi.

L'araignée se recula sur une branche plus élevée pour s'adresser à l'ensemble du groupe et déclara :

— Nous avons débattu de votre sort au sein du Conseil Ordinaire, lequel prend ses décisions à la majorité simple, même s'il nous faudra peut-être adopter la motion finale en débat ouvert plus étendu et avec un seuil de deux tiers.

Tous s'étaient tus. Tous, sauf Glandalf, qui chantait : « *On ira, où tu voudras, quand tu voudras, est-ce que tu m'aimeras encore, lorsque l'amour sera mort ?* » d'une voix gazouillante.

— Notre dilemme, déclara l'araignée, a rapport avec une motion antérieure de solidarité avec les opprimés barbus du monde, ratifiée au cours de la session de printemps du Conseil Général des Araignées Prolétaires de l'an passé. Manifestement, votre magicien, et vous, les nains, entrez dans cette catégorie. Pouvons-nous présumer que vous avez, vous aussi, souffert de l'oppression et que vous avez lutté sous le joug de l'antagonisme antibarbiste ?

— Oh que oui, répondirent les nains.

— Et que vous n'avez jamais été tentés, bassement, de raser vos barbes et de singer la décadence impérialiste d'un menton glabre ?

— Oh que non, monta le chœur des nains.

— Il est peut-être possible, poursuivit l'araignée, de vous réhabiliter. Nos ateliers pourront peut-être vous tricoter des prothèses, quatre pour chacun d'entre vous, à porter autour de vos torses. Et nous disposons d'ores et déjà de certains accessoires oculaires, fabriqués avec du verre rouge, que vous pourriez porter. Mais votre huitième compagnon, celui qui n'a pas de barbe…

Tout le monde dirigea son regard sur Bingo.

— Ses vêtements et son visage lamentablement glabre le condamneraient, même si son vocabulaire crypto-féodal ne l'avait pas déjà fait. *Est*-il un nain ? Nous n'avons jamais vu de gens comme lui.

Une certaine confusion régna au sein des nains à ce sujet.

— Non, hurlaient quelques-uns.

— Oui ! criaient d'autres.

— Bien sûr que c'est un nain ! vociférait Lori.

Les araignées conférèrent.

— Nous ne sommes pas convaincues, déclara l'araignée de tête. Il nous semble que, soit c'est la cinquième roue du carrosse, et que donc le reste d'entre vous êtes des camarades de barbe (peut-être est-il un membre de la neuvième colonne [1], un espion en votre sein), ou alors – et ceci reste à déterminer – vous êtes tous de la même bande, des insurgés aux yeux porcins, ennemis des ouvriers, et toutes vos barbes sont des fausses.

— N'importe quoi ! tonna Lori en tordant légèrement sa carcasse soigneusement chrysalidée sur son fil. Personne

1. Ceci est l'équivalent de ce qu'une blatte désignerait sous le nom de « septième colonne », et un mille-pattes, la « mille et unième colonne ». Que les humains appellent ça la « cinquième colonne » en a conduit beaucoup dans le règne animal à prétendre que nous n'avons simplement pas, tout au fond de nous, accepté notre bipédie et que nous désirons secrètement marcher à quatre pattes où que l'on aille.

ne porte de fausse barbe ici, voyez-vous ! Tirez, tirez sur n'importe laquelle de nos barbes, et vous ne trouverez rien, si ce n'est une bonne vieille pilosité faciale de prolétaire. Pas de postiches de bourgeois chez nous, ajouta-t-il.

Une araignée plus petite, au ventre et au dos légèrement tachetés, s'avança nerveusement.

— Je vais vous prendre au mot, dit-elle avant de se hâter sur le côté, juste en face de Glandalf.

— Ah, Bongo, dit le magicien, les yeux fous. Vous savez ce que je déteste ? « *Salut, Térus* ». Cette phrase est grotesque.

— Mais qu'est-ce qu'il raconte ? demanda l'araignée.

— Rien, s'empressa de répondre Lori. Il… heu… s'est pris un coup sur la tête, et ça a un petit peu tout dérangé, là-dedans. Mais c'est encore d'un intellect prolétaire jusqu'au bout de la faucille que nous parlons, même dans cet état.

— Si on creuse le haut d'un navet, on peut mettre une chandelle dedans, observa Glandalf.

— Vérifiez sa barbe ! encouragèrent les araignées de derrière.

Celle qui se trouvait devant Glandalf tendit son appendice antérieur et s'empara de sa barbe luxuriante.

— Aïe ! objecta le magicien.

L'araignée tira vers le bas. La barbe de Glandalf lui resta dans la griffe.

Bingo en eut le souffle coupé.

Le menton nu et parsemé de taches brunes dansait dans la brise.

— Il gèle, déclara-t-il. Qu'est-il arrivé à ma barbe ? C'est pas elle, là ?

Les araignées s'étaient rassemblées pour conférer. L'une d'entre elle fit rapidement le tour des nains captifs et enchevêtrés, tirant chaque barbe. Aucune autre occurrence de pilosité faciale ne put être arrachée. Au bout de quelque discussion, l'araignée de tête se retourna pour parler à la compagnie.

— Nous avons décidé la clémence, annonça-t-elle. Nous mangerons la plupart d'entre vous, et nous déposerons nos œufs dans ceux qui n'ont pas de barbe.

Sur ce, elles filèrent.

— Oh mon Dieu, dit Ghili au bout d'un moment.

— Je ne comprends pas, insista Bingo. Que s'est-il passé ? Pourquoi est-ce que Glandalf portait une fausse barbe ?

— Il ne portait pas de fausse barbe, répliqua sèchement Lori.

— Alors pourquoi sa barbe est-elle restée dans les pattes de l'araignée ? C'était de la magie ?

— Non, répondit Lori. C'est juste la vieillesse, voyez-vous.

— Je ne comprends pas, répéta Bingo.

— Quand on vieillit, expliqua Lori d'un air las, les humains et les posstits perdent parfois leurs cheveux. Les magiciens, eux… eh, hum, ils perdent parfois leur barbe.

— Mais tout d'un coup ? En une seule touffe ?

— C'est pour ça qu'ils sont étranges, grommela Lori. Les magiciens.

— C'est fou, dit Bingo. Il y a quelque chose qui cloche. Ça n'a aucun sens. Vous me cachez quelque chose. En fait, il y a tout un tas de trucs que vous ne me dites pas.

— Ça n'a que peu d'importance, maintenant, dit le nain. On va se faire boulotter. Et vous, on va vous mettre des œufs dedans. Et c'est comme ça que ça finit. Chabada.

Bingo se tut quelques instants. Il essayait, de sa main libre, de séparer les épais fils de soie arachnéenne qui lui enserraient la taille et de glisser ses doigts dans la poche de son gilet.

— Il reste peut-être encore de l'espoir, annonça-t-il. Quand j'étais sous les Monts Ruineux, je suis… tombé… sur un Truc®. Un Truc® Magique, en fait. Il est possible que ça puisse nous venir en aide.

Cela agita beaucoup les nains. Ou, pour être précis, cela leur causa la plus forte émotion, ce qui, vu qu'ils étaient tous étroitement ligotés par la toile, ne les fit pas bouger des masses.

— Pourquoi ne nous en avez-vous pas parlé avant ? demanda Lori.

— J'étais timide, répondit Bingo.

— Une vraie *timorée*, ouais, rétorqua Mahlïn.

— Timide… humide, opina Bomber, du dégoût dans la voix.

— Je voulais garder ça pour moi, c'est tout, insista le posstit. Mais c'est vraiment un Truc® magique. Ça intéressait drôlement Phyllum, de le récupérer. Il en aurait tué. Cette chose pourra peut-être nous sortir d'affaire.

— Est-ce que vous pouvez le sortir de votre poche ? demanda Ghili, tout en se tortillant pour essayer de se tourner et de mieux voir Bingo.

— C'est compliqué, répondit Bingo, en mettant ses doigts en pointe pour les glisser entre les câbles étroits. Il put à peine faire passer son index et son majeur. En fait, il était plus chanceux posstit qu'il ne l'avait cru : en répandant un dissolvant chimique sur sa main et son bras, son ravisseur à huit pattes l'avait libéré du fil poisseux qu'il avait pris pour une liane. Il restait quelques traces de produit sur sa peau, et, si ce n'avait pas été le cas, sa main droite serait restée collée et il se serait retrouvé piégé. Dans l'état actuel des choses, il pouvait à peine atteindre l'intérieur de sa poche avec deux doigts, et ne pouvait cruellement que *toucher* le Truc® qui s'y trouvait.

— Un instant, fit-il.

— Dépêchez-vous, dit Lori. Je vois les araignées dans le feuillage. Je crois qu'elles sont en train de rassembler leurs œufs.

Bingo mit ses doigts en ciseaux et sentit le Truc® se trémousser au fond de sa poche. Il tenta à plusieurs reprises de glisser son ongle en dessous et de le recueillir, mais sans succès. Une araignée mauve-gris d'une obésité grotesque les dépassa lourdement, tout à ses affaires. Le cœur de Bingo battait à tout rompre.

— Presque, fit-il.

Il essaya de tordre un de ses doigts et d'en aligner un autre dans le sens opposé de ses articulations, en vue de former une espèce de pince. Mais de telles distorsions digitales ne sont accessibles qu'aux guitaristes, et Bingo n'était pas mélomane.

— Presque, répéta-t-il.

Puis, encore une fois aidé par la chance, le Truc® finit par se mettre en place entre deux de ses doigts. Il le sortit très lentement, le fit passer au travers des mailles qui l'entravaient et, une fois dégagé, le fit glisser au creux de sa main.

— Voyons voir ce que nous avons là, pressa Ghili.

Bingo lui montra le Truc®.

— Ooh ! s'exclamèrent les nains, même ceux qui ne voyaient rien. Ooh !

— Vous savez comment ça marche ? demanda Bingo. Vous savez ce que c'est ? Lorsque j'étais coincé sous les Monts Ruineux, ça m'a aidé à m'orienter. Je ne sais pas comment, mais on dirait que ça m'a fait courir plus vite, et dans la bonne direction.

— C'est un des fameux Trucs® de Ronron, fit Lori dans un souffle. Les prodiges dont vous parlez ne sont que les moindres de ses talents. Le Maléfique Ronron l'a forgé dans le vaste atelier de Kuh, et il a longtemps été oublié des…

— Pour l'instant, on se fout de tout ça, l'interrompit Bingo. Est-ce que vous savez *comment ça marche* ? Les araignées peuvent revenir déposer leurs œufs à tout instant. Y a-t-il un truc que je puisse faire avec cette chose ?

— D'accord, mon garçon, d'accord, fit Lori d'un ton boudeur. Je ne vous donnais que quelques détails d'ensemble, c'est tout, lala. C'est un Truc® très puissant, ça pour sûr. Une puissante magie.

— Mais est-ce que vous savez comment ça *marche* ?

— Eh bien…, répondit Lori, transformant une expression normalement énoncée en un instant en déclaration de plusieurs secondes. Non, finit-il par conclure.

— Moi fi, dit une petite voix.

— Alors ça nous sert à rien, c'est ça ? dit sèchement Bingo. Pourquoi est-ce que vous ne l'avez pas dit depuis le début, à la place de… Attendez, attendez, c'est qui qu'a dit ça ?

Un ange passa.

— Moi, répondit la petite voix.

— Qui ?

— Fhorïn, fit la voix, encore plus bas.

— Vous savez comment ça marche ?

— F'est vuste une des soses que nous devons connaître, nous les Rois, répondit Fhorïn.

— Alors ? intima Bingo.

— Fa a pluvieurs foncfions, reprit Fhorïn. Le maléfique Ronron, qui l'a forgé, y a incorporé de nombreux vafpects maziques. Mais le plus vimportant, f'est fon puiffant encentement de réverfibilité oppovée.

— Un enchantement de quoi ?

— De réverfibilité oppovée, répéta Fhorïn d'une voix encore plus minuscule.

— OK, fit Bingo. On verra comment ça s'appelle plus tard. Ça marche comment ?

— Parlez *dans* le Truc®, répondit Fhorïn. Et fa fera en forte que le *contraire* de fe que vous dites devienne réalité.

— Le contraire de ce que je dis ? demanda Bingo.

— Mais fe doit être une affirmafion ! insista Fhorïn. Ne vous fervez pas du Truc® pour faire un fouhait convenfionnel – il ne fera qu'inverfer le fouhait et en faire fe que vous dévirez le *moins* au monde. Une fimple affirmafion.

» Les varaignées arrivent !

— Les araignées arrivent, répéta Bingo.

Mais Fhorïn disait vrai, simplement. Effectivement, les araignées progressaient sur eux, avec en leur sein des femelles gorgées d'œufs, une expression inconfortablement déterminée sur leurs faciès arachnéens.

— Eh bien, ça passe ou ça casse, fit Bingo.

Il porta le Truc® à sa bouche et dit :

— Les araignées arrivent.

Et, dès qu'il eut fini de prononcer sa phrase, les araignées filèrent droit dans la direction opposée, s'éloignant d'eux d'un pas décidé.

— Fichtre, dit Bingo.

Mais ce sortilège n'était que mineur. Une fois que les araignées eurent réalisé qu'elles se dirigeaient dans la mauvaise direction, elles firent halte, légèrement étonnées, firent pivoter leurs gros corps sur leurs huit pattes et se remirent à avancer vers eux.

Ça, et même si Fhorïn n'avait pas eu le temps de l'expliquer, c'est la deuxième chose importante à garder en mémoire à propos du Truc® magique : son enchantement consistait effectivement à inverser la véracité des déclarations qu'on lui soumettait, mais il dépendait *aussi* de l'équilibre subtil de toutes les forces magiques mondiales. Ses capacités n'étaient pas infinies. Si on disait quelque chose d'assez énorme – disons, « La Terre tourne autour du Soleil » –, il aurait très bien pu dépenser toute son énergie magique à essayer de faire en sorte que le contraire soit vrai. Dans l'état actuel des choses, au cours des millénaires, sa magie avait considérablement faibli. Au sortir de l'établi de Ronron, il aurait pu, peut-être, faire tourner le soleil autour de la terre, avec toutes les conséquences cataclysmiques que cela aurait pu entraîner. Mais à présent, depuis si longtemps séparé de son créateur, il aurait été bien incapable d'accomplir une inversion aussi massive. À la place, il ferait de son mieux, ou de son pire, pour satisfaire à l'énoncé. Il pourrait inverser la direction orbitale de la terre – de façon qu'elle *vienne* autour du soleil –, ou il pourrait (si même ceci nécessitait trop de puissance magique) tout simplement fondre, tirer le rideau, se briser et laisser échapper sa magie résiduelle. En conséquence, il fallait s'en servir avec la plus grande précaution : un utilisateur imprudent pouvait le briser ou occasionner, à eux ou au monde, de grands dégâts.

Bingo, bien entendu, n'était pas du tout conscient de tout ça.

À présent, les araignées revenaient vers eux à toute hâte. Elles n'avaient pas l'air contentes.

Bingo porta une seconde fois le Truc® à sa bouche.

Il y a une autre qualité du Truc® qu'il est important de préciser : c'est la façon dont il reflète la malignité perverse de l'imagination de son créateur. En général, une affirmation a plusieurs opposés possibles. Le Truc® a tendance à choisir celle qui sera le plus susceptible de faire du désordre, en accord avec les vues du monde déviantes et particulières de celui qui l'a forgé.

Si Bingo avait dit : « J'aimerais être libre », il aurait accompli l'inverse, de façon que Bingo ne souhaite plus être libre, soit heureux d'être captif et se réjouisse du sort que lui réservaient les araignées. S'il avait dit : « J'aimerais être prisonnier », rien n'aurait changé : le Truc® aurait été satisfait de voir le monde en l'état, un monde dans lequel Bingo ne souhaite *pas* être captif. Mais supposons que Bingo fût assez sagace pour suivre les conseils de Fhorïn, et ne faire que des affirmations, et non des souhaits. Imaginons qu'il dise : « Nous sommes prisonniers ». Là, le Truc® aurait pu choisir de libérer les nains, le magicien et le posstit. Mais il aurait tout aussi bien pu – et c'est là le plus probable – choisir d'interpréter « nous » comme désignant tous les prisonniers des geôles du monde entier ; ou alors seulement Bingo et les araignées ; ou bien tout ce que son imagination perverse lui fera apprécier. C'est une vérité qui s'applique à tous les objets magiques, et au Truc® en particulier : quand on s'en sert, il faut tourner ses souhaits *avec vraiment beaucoup de soin.*

En l'occurrence, l'imagination de Bingo lui fit défaut au moment crucial. Il voyait les araignées s'approcher. Il se tritura les méninges pour trouver une phrase qui, inversée, signifierait qu'elles s'éloigneraient de lui de façon permanente, mais en vain. Et les monstres étaient presque sur eux.

— Décrivez fe que vous voyez ! pressa Fhorïn.

— Les araignées sont des créatures à huit pattes, déclara Bingo.

Toutes les araignées qui s'approchaient s'effondrèrent. Plusieurs tombèrent des arbres sur le sol. Quelques-unes se retrouvèrent à chuter parmi les enchevêtrements de branches, ou dans leurs toiles ; aucune ne put se relever.

Bingo mit du temps à voir ce qui s'était passé. Les araignées géantes qui les avaient menacés de si terrible façon n'avaient plus huit pattes. Il s'agissait à présent de créatures à une patte et huit corps. Ces huit corps étaient reliés entre eux à la base du cou et à l'abdomen, mais sinon étaient distincts, avec huit estomacs, systèmes sanguins et autres organes internes séparés. On aurait dit de monumentales grappes de raisin dotées d'une patte flexible, désespérément coincées dans la position de leur chute.

C'était comme ça que fonctionnait la magie du Truc®.

— Hourra ! s'exclamèrent les nains, en même temps que Bingo applaudissait.

— Maintenant, mon p'tit bonhomme, intima Lori. Servez-vous de votre objet pour nous défaire de nos liens.

— Faites *vraiment* très attenfion, insista Fhorïn. Si vous laiffez ne ferait-fe qu'une poffibilité d'interprétafion, une liberté de manœuvre au Truc®, il f'en fervira à notre détriment. Croyez-moi, fet obzet est *ecftrêmement danzereux*.

— Pourquoi ne dirais-je pas simplement : « Nous sommes attachés » ? suggéra Bingo en empoignant fermement le Truc®. Ça pourrait nous libérer.

— Fa pourrait finir en puzilat, intervint Fhorïn. Non. Dites fa : « Les fils qui me retiennent, moi, les six nains et le mazifien à ma gausse, *collent* ».

— Les fils qui me retiennent, moi, les six nains et le magicien à ma gauche, collent, répéta Bingo.

Les fils se détachèrent de leurs personnes, instantanément dotés d'une puissante capacité répulsive. Celle-ci fut si violente que plusieurs des nains subirent de sévères brûlures. Puis, la toile qui les retenait quitta les branches, faisant chuter la compagnie dans la voûte feuillue. La plupart d'entre eux tombèrent sur les octocorps accroupis des araignées déchues et se retrouvèrent vite hors d'atteinte. Quelques nains atterrirent sur le sol, mais les nains sont des créatures robustes, et aucun d'entre eux n'eut à subir de dégâts permanents – à l'exception de Ghili, qui se ramassa maladroitement sur la cheville. Glandalf se réceptionna comme un charme et sans dommage, quoiqu'un peu agacé. Bingo se retrouva sur une confortable pile de feuilles mortes.

Les araignées à huit corps lancèrent leurs toiles en direction du groupe et tentèrent de les atteindre avec l'unique patte qu'il leur restait, mais les nains eurent de la chance : ils se rassemblèrent et se pressèrent hors d'atteinte du territoire arachnéen sans se faire prier, traînant un Ghili geignant à leur suite.

Ils croisèrent de nombreuses araignées aux multiples corps étendues sur le sol, et prirent bien soin de les contourner. Certaines de ces bestioles les hélèrent pitoyablement, de leurs voix étranges à huit pistes :

— Au sssssssscours ! Au secccccccours !

Mais la compagnie passa son chemin.

Enfin, une fois qu'ils eurent laissé la foule d'araignées déformées loin derrière eux, ils observèrent une pause et tinrent concile.

— Donnez-moi le Truc® ! intima Ghili. Donnez-le-moi – juste une seconde.

— Et qu'est-ce que vous allez en faire ? demanda Bingo.

— Je vais m'en servir pour empêcher ma foutue cheville de me faire mal, p'tit bonhomme, répondit le nain.

Mais Bingo commençait à pénétrer les voies du Truc® :

— Et vous allez faire comment ?

— Je vais dire : « J'ai mal à la cheville », répondit sèchement le nain. C'est la pure vérité, voyez.

— Et après, il fera en sorte que votre cheville ne soit plus douloureuse, dit Bingo. Ou, peut-être, fera-t-il en sorte que tout votre corps, *sauf* votre cheville, vous fasse mal.

Ghili grommela, mais ne dit rien de plus.

— Z'ai pris un rifque, tout à l'heure, en formulant une fi longue phrave, dit Fhorïn. La meilleure idée, f'est de faire court et efficafe. Pluf il y a de mots, pluf le Truc® pourra zouer avec, et pluf il pourra mettre le bavar.

— Alors réfléchissons bien sur ce coup-là, déclara Lori. Pourquoi ne dirions-nous pas, voyez-vous, un truc du style « Nous sommes dans la forêt ». Ça, c'est carré et ça se tient, vous ne trouvez pas ? Et après, le Truc® fera en sorte que nous nous retrouvions *hors* de la forêt.

— Je crois que je commence à comprendre comment ça marche, dit Bingo en regardant l'objet. Oui, il pourrait faire ça, mais s'il le faisait, il nous ferait ressortir du mauvais côté de la forêt, rien que pour faire chier. Ou, si l'envie l'en prenait, il inverserait cette affirmation différemment – il pourrait peut-être s'arranger pour que ce soit la *forêt* qui se retrouve en *nous*.

— Pff! fit Lori. Ça ne veut rien dire, barbe.

— Ou peut-être, poursuivit Bingo, pour nous désintégrer en un million de fragments pour les disposer en file indienne tout autour du périmètre de la forêt.

Tout le monde se tut quelques instants.

— Nous ne devrions nous servir de ce Truc® qu'en tout dernier recours. En tout, *tout* dernier recours, dit Bingo.

— Bien dit, fit Fhorïn.

Et c'était effectivement le cas. À vrai dire, même si Bingo n'en savait rien, le Truc® avait usé beaucoup de ses capacités magiques. Lorsque le posstit avait dit : « Les araignées sont des créatures à huit pattes », il avait transformé *toutes les araignées du monde*, grosses ou petites, en créatures à huit corps et une seule patte. Bien entendu, ceci avait nécessité beaucoup de carburant ésotérique, et allait avoir de sinistres conséquences pour une grande partie de la Terre du Milieu du Haut dans les années à venir – les mouches allaient se reproduire à gonades rabattues, les sauterelles ne se contenteraient plus de l'Égypte, il y aurait des parasites en veux-tu en voilà. Mais cela restait à venir, et il n'appartient pas à ce récit d'en faire part.

Deux nains bourrés

7

Lourdauds en liberté

Heureusement pour la compagnie, le Truc® avait d'autres options venant s'ajouter à son pouvoir de réversion. Parmi lesquelles, une boussole, qui leur indiqua l'est. Ils levèrent le camp et s'occupèrent chacun son tour d'un Ghili gémissant.

— Je suis inquiet pour Glandalf, dit Bingo à Lori. Il n'est plus aussi cohérent qu'avant.

— Dur de dire le contraire, mon p'tit bonhomme.

Le magicien agitait ses mains dans le vide devant lui tout en marchant. À mesure que Bingo le regardait, il devint manifeste que la main droite de Glandalf, dans son esprit, symbolisait un aigle, et sa main gauche, un dragon. À l'évidence, ces deux créatures imaginaires participaient à une joute aérienne. Lorsque « l'aigle » descendait en piqué, Glandalf faisait de grands bruits d'aigle fondant sur une proie : « Whii ! Arh ! Arh ! Neeeaaoow ! » Lorsque le dragon virevoltait et esquivait, le mage faisait : « Ggrrrrr ! ».

— Qu'est-ce qu'il lui est arrivé ?

— C'est comme je disais dans la forêt, répondit le nain. Il se fait vieux.

— Mais il sert à rien, dans cet état-là, fit remarquer Bingo. Il est censé nous accompagner pour nous guider et nous protéger, non ? Mais il ne peut faire ni l'un ni l'autre dans la condition qui est présentement la sienne. Vous pensez qu'il va se remettre ?

— Je pense qu'il va…, fit Lori en regardant fixement les frondaisons. Qu'il va être différent, conclut-il. Faisons camp ici pour la nuit.

Ils crevaient tous de faim mais, malgré une heure de traque dans les bois en quête de champignons ou de petites créatures goûteuses, ils ne trouvèrent rien à se mettre sous la dent. Le groupe s'assit en rond et discuta pour savoir s'il était possible d'utiliser le Truc® pour essayer de conjurer de la nourriture. Bingo n'était pas du tout d'accord, mais son estomac était vide à en miauler. Il avait l'impression d'avoir passé le dernier mois à bouffer de l'ozone. Les nains insistèrent sur le fait que les vivres étaient une nécessité, non un luxe, là, maintenant, que le Truc® était le moyen de s'en procurer et, finalement, ils finirent par abattre les objections de Bingo.

— On choisira soigneusement la phrase, dirent-ils.

Ils proposèrent et en rejetèrent plusieurs brouillons avant de se décider :

— Il n'y a aucun tas de bouffe devant moi.

S'armant de tout son courage, Bingo parla dans le Truc®. Rien ne se produisit. Il examina attentivement l'artefact, se demandant s'il était cassé ou sa magie, dépensée, jusqu'à ce que Lori, l'air de lui faire une révérence, lui fit remarquer qu'il se trouvait en fait un petit tas de nourriture sur le sol de la forêt.

— On pourrait servir ça sur une tête d'épingle, lala, fit-il.

— Je ne pense vraiment, vraiment pas, que nous devrions continuer à nous servir du Truc®, annonça Bingo en l'enfouissant dans la poche de son gilet.

Immédiatement, les nains se mirent à se plaindre.

— Et si on essayait « Il n'y a pas de grand tas de bouffe devant moi » ? suggéra Bomber (mais – comme Bingo s'en était rendu compte –, cette phrase pouvait très bien résulter en l'apparition d'un tas de nourriture assez grand pour tous les écraser).

— Et, poursuivit Bingo, vu le choix entre se faire aplatir par des œufs brouillés, des ananas et des pois gourmands d'un côté et partir au lit sans manger de l'autre, je préfère aller pioncer.

Grommelant, les nains en convinrent.

La compagnie partit se coucher.

Bingo fut réveillé par des hurlements.

— Hé ! criait Lori, empêtré dans sa barbe (dans laquelle il dormait, bien entendu). Hé ! Ghili ! Reposez ça, mon garçon !

Le regard voilé, Bingo mit du temps à se rendre compte de ce qui venait de se passer. Ghili ne s'était pas endormi. Sans doute exaspéré par la douleur de sa cheville, il s'était rapproché de l'endroit où Bingo s'était allongé et avait sorti le Truc® de la poche du posstit. Il était à présent assis non loin, penché sur l'objet.

— Bingo, p'tit bonhomme, héla Lori. Arrêtez-le ! Fissa !

Bingo se précipita en hurlant :

— Ghili ! Non !

Mais il était trop tard. Ghili parlait au Truc®.

— Ma cheville me fait mal, dit-il. Et *rien* d'autre.

En un instant, il fut vrai d'affirmer que la cheville de Ghili avait cessé de le faire souffrir. Mais, en même temps, *quelque chose d'autre* devint réalité. Ce quelque chose était hideux et horrible et, sur une période d'environ trente secondes, le nain suffoqua en se tordant de douleur ; cela lui fut fatal.

Ce fut indicible [1].

Le groupe se tint coi quelques minutes.

— Plus personne n'utilise cet objet, dit Bingo en arrachant violemment le Truc® des doigts glacés et déformés de Ghili. On est bien d'accord là-dessus ? C'est bien pigé ?

Ils grommelèrent tous leur assentiment. Sauf Glandalf, en fait, qui déclara :

— Le gâteau au carvi, c'est meilleur quand y a un znin pour le faire passer.

Personne ne lui demanda ce qu'il voulait dire par *znin*.

Ils creusèrent une fosse peu profonde à l'aide de leurs plastrons et y enterrèrent Ghili. Lorsque cela fut fait, l'aube perçait dans la voûte de la forêt. Personne n'avait plus envie de dormir, de toute façon. Ils rassemblèrent toute leur énergie et repartirent d'un pas lourd vers l'est.

*

Au bout de quelques heures, les arbres commencèrent à se faire moins nombreux et un bruit d'eau se fit entendre. Une demi-heure plus tard, le groupe déboucha dans une clairière, c'est-à-dire un cercle de terrain découvert avec un gros chêne au milieu. Glandalf se mit à trotter en riant autour de l'arbre, mais les nains restants et Bingo étaient trop las et affamés pour se mettre à sa poursuite. Une fois passés les derniers arbres isolés, la compagnie progressa

---

1. C'est bien pour ça que je ne vous en parle pas. Vous l'aviez certainement trouvé tout seuls, non ?

d'un pas pesant par les champs, traînant derrière eux le magicien imberbe par son poncho.

Ils arrivèrent bientôt en vue d'un grand bâtiment rectangulaire érigé sur la rive de la rivière. La grande porte en était fermée, la barre, mise, et une enseigne peinte y pendait, annonçant : « Poivrades et Roteuses » et, en toutes petites lettres : « C'est où la mousse ? Ici, blonde, noire et rousse ! »

— Une brasserie, déclara Lori.

— Un nain qui fait des lapalissades, dit Bingo.

Ils se jetèrent un regard noir.

— Allons, allons, les garfons, s'interposa Fhorïn. Ne nous battons pas. Là où il y a de la bière, il y a du grain et de l'orze. Là où il y a du grain et de l'orze, on peut manzer. En pluf, une bonne pinte ne nous ferait pas de mal.

— Sire, dit Lori. Vous dites vrai.

— Bien fûr que ze dis vrai, rétorqua Fhorïn. Puifque f'est moi qui me traîne la couronne. F'est lourd à porter, mais ze favais à quoi m'attendre.

Lori le regarda, l'air fatigué et vaguement étonné, mais finit par hocher la tête comme pour dire qu'il n'allait pas s'embêter à chercher ce que cela pouvait bien vouloir dire.

Au bout de quelques instants, un petit judas s'ouvrit à hauteur d'homme.

— Qui c'est ? fit une voix enrouée. Quoi ? Qui c'est qu'est là ?

Lori appela vite Mahlïn et Ouïn, afin de pouvoir grimper sur leurs épaules.

— Monsieur ! héla-t-il. Ici.

L'homme qui les dévisageait par le judas avait le visage d'un coucher de soleil pourpre et un nez de demeuré couleur corail. Ses petits yeux, qui ressemblaient à des *o* minuscules, filèrent à droite, à gauche, en bas, en haut, et finirent par le repérer.

— Oh, fit-il. Qui êtes-vous ?

— Des nains, répondit Lori.

— C'est vous, la jubile ? demanda le gardien.

Lori n'hésita pas.

— Bien sûr, que c'est nous, déclara-t-il.

— Un instant. Je vous ouvre.

Le judas se referma, et ils entendirent quelqu'un affligé d'une légère toux traîner les pieds derrière la porte. Un bruit suggéra que l'on retirait lentement une poutre de bois de quelque verrou.

— Pourquoi avez-vous dit que nous étions la jubile ? siffla Bingo. C'est quoi, la jubile ?

— J'en ai aucune idée, mon garçon, répondit Lori. Mais ça nous permet de rentrer, non ?

La porte s'ouvrit d'environ un mètre en grinçant.

— Rentrez, alors, renifla le gardien.

À présent entièrement visible, il s'agissait d'une créature qui aurait pu déclarer au monde sans se faire contrarier : « Contemplez l'homme que la bière a façonné ». Son ventre était presque entièrement sphérique ; ses jambes, aussi fines que des lianes ; la peau de ses mains et de son cou, rougeaude, et celle de son visage, un rouget[1]. Il renifla à plusieurs reprises tout en parlant, sorte de *whhsht* produit lors de l'inspiration.

— Allez, quoi, on n'a pas *whhsht* toute la nuit, dit-il. *Whhsht.*

Les nains et le posstit se précipitèrent à l'intérieur, traînant le magicien derrière eux.

---

1. Désolé. Manifestement, j'aurais dû faire un truc avec « rougeurs », le sens voulu étant « taches rouges sur la peau » plus que, disons, « barbet », « grondin » ou « maladie infectieuse des porcs ». Mais bon, certaines erreurs arrivent à passer les mailles du filet…

— Merci, mon bon monsieur, fit Lori.

— On était en train d'se d'mander si vous alliez finir par, *whhsht*, arriver, dit le gardien en tirant la lourde porte derrière eux. Derek ! Derek ! La jubile est là.

— 'L'était temps, répliqua une voix tonnante dans les ténèbres.

Les nains se mirent en rang et adressèrent un grand sourire au gardien. De son côté, lui leur rendait leur regard en baissant la tête, mais sans aménité. À vrai dire, son visage était bulbeux de suspicion.

— Alors c'est ça, la jubile, alors ? fit-il. Six nains et un vieux con ?

— Non, je vous assure, intervint Lori en secouant la chemise du gardien, là où elle pendait de la courbe de son ventre en croissant de lune. Je vous assure que nous sommes la jubile dont vous parlez. La jubile, c'est nous. Nous sommes la jubile. Oh oui. Si c'est de la jubile que vous voulez, alors nous sommes les nains qui vous la donneront. Jubile jubile jubile.

Le gardien les toisa de son regard en umlauts.

— Jubile, ajouta Lori. Oh oui.

— Vous feriez mieux, *whhsht*, de venir par là, dit le gardien en adoptant une démarche bondissante [1].

La compagnie lui emboîta le pas. Ils passèrent une entrée au toit de bois, pour déboucher dans une salle bien plus vaste. De grandes cuves de cuivre étaient alignées sur les murs, et une odeur mousseuse, savonneuse, répugnante et poisseuse

1. Vous n'allez pas le croire ; dans la première édition, les imprimeurs avaient écrit : « une débauche salissante », ce qui donnait à cette phrase une allure tarte à la crème pas forcément nécessaire (je crois). Des imprimeurs ? Des coquilleurs, ouais. (Non, pas toi, Aurélie, toi t'es cool. C'est juste les autres.)

imprégnait l'endroit. Un deuxième homme, doté des mêmes proportions stomacales et au visage semblablement coloré, se tenait sur un petit escabeau, près d'une cuve.

— Derek, héla le gardien. La jubile est arrivée.

Derek descendit lentement de l'escabeau et avança d'un pas traînant dans leur direction. Ses yeux, à la différence du gardien, étaient grands et considérablement protubérants, comme deux bubons blancs à tête bleue. Il s'essuya le nez d'un geste caractéristique et se passa la paume directement sur les narines, en la déplaçant du menton au crâne en un mouvement fluide, un peu comme un salut. Les années avaient aplati son nez, tel une grosse coche accusant réception de son visage.

— Une bande de nains et un vioque ? fit-il d'un ton d'incrédulité voilée.

— Je ne suis pas un nain, dit Bingo.

— Ce n'est pas ce que l'agence nous avait promis, fit Derek. (On aurait dit que ses yeux pouvaient pivoter sur un nombre d'angles surprenant : ils se posèrent sur les murs, au plafond, sur l'autre mur et de nouveau sur la compagnie.) Des nains ? C'est quoi, comme jubile ?

— La meilleure, répondit fermement Lori.

— Des danseuses, dit Derek, c'est ça qu'ils nous ont promis. Des danseuses et un prestidigitateur. Mais vous êtes pas des filles.

— Lui, si, dit Lori en désignant Bingo. Et lui, (pointant Glandalf du doigt), c'est le meilleur presse-digitatoire actuel au monde.

Derek n'eut pas l'air convaincu.

— Non, vraiment, reprit Lori. Vous avez sûrement entendu parler de lui ? Glandalf, l'homme aux doigts ?

— Jamais de ma vie, répondit Derek. Et de vous non plus.

— *Whhsht*, ajouta le gardien.

— Même pas la *peine*, réprimanda Derek en se retournant sur son compagnon.

— Je n'ai rien dit, répliqua le gardien.

— Je sais ce que tu penses, fit Derek d'un ton blessé. Mais laisse-moi te dire, je vais organiser cette jubile *comme il faut*, même si c'est la dernière chose que je fais.

— Et ce sera la dernière chose que tu feras, fit remarquer le gardien, si Al l'Ale se rend compte que t'as tout foiré.

— Que j'ai foiré quoi ? demanda Derek en roulant des yeux. 'Y a rien de foiré. La jubile est là, juste comme on m'a délégué de le faire. Allez, les mecs, et, euh, Mademoiselle. (Il se repassa la main sous le nez.) Par ici.

— On se demandait, fit Lori tout en trottinant aux côtés de Derek. Est-ce que les rafraîchissements sont compris dans la, euh, l'histoire ? L'histoire de la, la, la jubile, voyez ?

— Des rafraîchissements, dit Derek. De la bière.

— Ah, excellent. Et… à manger ?

— La bière, ça se mange, répondit Derek. Il sort d'où, ce bide, à votre avis ?

Ses yeux parfaitement sphériques se portèrent sur un estomac du même tonneau.

— Excellent, enchaîna Lori. Excellent. Alors il n'y a pas, je ne sais pas, moi, du poulet ? Du pain ? Des patates ?

— De la bière, insista Derek. Voilà.

Ils étaient arrivés dans une salle tout en longueur. De grandes piles de fûts étaient empilées contre les murs. Derrière ces fûts, on distinguait d'autres piles de fûts, soigneusement empilées, juste derrière les autres piles.

— Je vais chercher Al l'Ale, déclara Derek. Et les autres. Vous, vous faites ce que vous avez à faire ici, enchaîna-t-il en indiquant une zone imprécise. On se retrouve là.

Il fit un signe de tête en direction de deux tables de bois flanquées de bancs. Sur chacune, une rangée de fûts à robinets. Partout, des pichets et des gobelets de faïence.

Lori se rua sur un fût et cogna dessus de son poing. Puis sur un autre, et un autre.

— C'est de la bière, fit-il. Ils contiennent tous de la bière. Y en a pas *un seul* rempli de soupe.

Les nains couraient partout dans la pièce, occupés à examiner les tables et à heurter les fûts de leurs phalanges.

— Il n'y a rien de solide à se mettre sous la dent ? demanda Bomber. Ce n'est pas, voyez, qu'une petite roteuse me *dérange*, mais un ragoût de poulet ne me ferait pas de mal, lala.

— Ou un ragoût de bœuf, intervint Ouïn.

— Ou un ragoût de légumes, même, enchaîna Bomber.

— Ou bien jufte un légume, dit Fhorïn. Même f'il est tout petit.

Mais il n'y avait pas une miette de tout cela. La compagnie commença à se dire que les employés de cette brasserie ne mangeaient et ne buvaient rien d'autre que de la bière [1].

---

1. Il y a, bien entendu, plusieurs stades. Le premier, c'est quand on s'enfile un demi de blonde au déjeuner en se pourléchant les babines d'un air suffisant : « C'est très bon ». Le deuxième, c'est quand on sort au pub un soir sur deux, et qu'on se retrouve à admirer un compagnon de beuverie parce qu'il est capable d'ouvrir grand la gorge et d'engloutir une pinte en quelques secondes, là où il nous faut une dizaine de goulées pour faire de même. Le troisième est également le dernier : on ne boit que de la bière ; le soir, on se brosse les dents et on se rince la bouche à la bière ; on garde un verre de bière sur sa table de chevet au cas où le besoin de se rafraîchir la glotte se ferait sentir pendant la nuit ; on remplace le thé en sachet par du houblon, et on commence à dire des choses comme : « La bière… voyez ce qu'elle a fait de moi, la bière » et « La bière… c'est comme un frère, la bière ».

— J'ai les crocs, se plaignit Bingo. Et puis c'est quoi, une jubile ? On est censé faire quoi ?

— Jouez le jeu, répondit Lori. Faites exactement comme moi. C'est de la sciure, qu'il y a par terre ?

— Oui.

Lori soupira :

— Non, c'est juste que je me demandais si c'était de l'avoine ou un truc dans le genre.

— Y a à manger sous cette trappe ? demanda Bingo.

Tout le monde porta son regard sur la trappe.

Lori s'y déplaça et tira sur l'anneau de métal ; il l'ouvrit de quelques centimètres et jeta un œil.

— Ça donne sur la rivière, déclara-t-il.

— Il y a peut-être quelques poissons..., suggéra Bomber.

À l'autre bout de la pièce, ils entendirent des hommes d'âge moyen s'approcher. Lori laissa retomber la trappe et les nains se hâtèrent de se remettre en rang. Une joyeuse bande de soudards fit son apparition. Parmi eux, Bingo reconnut Derek et le gardien renifleur. Dix hommes, peut-être plus, dans des états similaires de décrépitude physique, les entouraient : des ventres sur échasses, des bajoues rougeaudes et déchiquetées, des fronts hauts et cagneux, des mèches plaquées sur des cuirs chevelus croûteux.

Un homme imposant était à leur tête. Bingo se dit que ce devait être lui, Al l'Ale. Là où les autres avaient un gros bide, lui avait trop de bide. Là où ses comparses arboraient des joues couperosées et des nez bulbeux, lui avait le visage profondément cramoisi, encastré de veinules écarlates que l'on aurait pu prendre pour une parodie de voirie démente. Il avait le blair si énorme, si déformé et enflé, qu'il donnait l'impression d'avoir collé sa tête contre un sac à patates, avant de s'en séparer, désormais muni d'un accessoire facial permanent. Bref, son pif ressemblait aux pieds de Bingo.

— Okay, fit-il d'une voix presque aussi graveleuse que du gravier. C'est quoi, alors, cette histoire de jubile organisée par Derek ?

— Ils sont là, chef, dit Derek en se précipitant à ses côtés. Une jubile de première, comme promis.

Al observa une pause et jeta un œil circonspect sur la compagnie.

— Des nains et un vieux débile ? s'étonna-t-il.

— Celui-ci, c'est une femme, dit Derek en indiquant Bingo.

Al les ratissa tous du regard.

— Okay, reprit-il d'un air suspicieux. Si c'est toi qui l'as organisée, Derek, alors je veux bien te croire. Mais y a intérêt à ce que ce soit une sacré bon dieu de jubile, sinon il va t'arriver des bricoles. Houblon sait qu'on a besoin de bonne jubile, dans le coin. (Il se retourna sur ses hommes.) Vous, là ! (Les brasseurs traînèrent des pieds et adoptèrent un air fuyant.) Ramenez vos fesses autour de cette table. Installez-vous confortablement, et *picolez*.

Les brasseurs gémirent.

— Quoi ? tonitrua Al. Quoi ? Ça gémit, maintenant ? Mettez-vous bien minables… Je vous paye pas à rester à jeun. Comment peut-on se faire une jubile en restant sobre ? Hein ? Comment ? Larry, c'est à *toi* que je parle.

— C'est pas possible, chef, vous avez raison, chef, dit Larry d'un air boudeur. J'étais déjà bourré au p'tit déj', ajouta-t-il, plein d'espoir.

— Au p'tit déj' ? tonna Al l'Ale. De quoi tu causes ? Tu t'la pètes, c'est ça ? *Double ration* pour Larry, les gars, vous m'entendez ? Tu ferais mieux de t'écraser, Larry, et de te concentrer sur la roteuse que t'as en main. On n'aime pas les ex-porcs [1], ici, mecton. Le p'tit déj', c'était tout à l'heure, ça reviendra pas avant demain. Maintenant, c'est la jubile. Derek l'a organisée, et c'est de la jubile qu'on va s'occuper ou ça va mal aller pour toi. Vous allez vous marrer, ou laissez-moi vous dire que je vous désosse tous un par un en me grattant les noix.

Accablés, les brasseurs s'assirent aux deux tables, remplirent leurs chopes de bières et commencèrent à boire. Leurs mentons dégoulinèrent de mousse. Certains d'entre eux hoquetèrent à chaque gorgée, produisant un bruit semblable à celui qu'un bièreölique fait quand il finit un verre – mais en plus désespéré.

—Allez, vous tous ! hurla Al à l'adresse des nains, tout en manœuvrant son estomac prodigieux entre les tables et les bancs et s'emparant d'un pichet de bière. C'est parti.

Les nains regardèrent Lori. Lori regarda Bingo. Bingo essaya de regarder Glandalf, mais le magicien s'était endormi derrière eux, debout contre un fût.

—La jubile ! cria Al en écrasant son poing sur la table (Son poing était d'ailleurs bien taillé pour ça. Un bon gros poing).

Lori s'avança.

—Bon, euh, bonjour, mes bons messieurs. Nous *sommes* la jubile, et je me demandais juste, c'est une question, voyez, que je pose toujours, à chaque fois qu'on nous embauche, et cette question, c'est : c'est *quoi*, la jubile que vous aimez ? Nous avons tellement de jubiles à offrir, comprenez-vous.

---

1. Faut dire qu'ils tournent tous à la Kwak (!), maintenant.

Al l'Ale fixa Lori.

— Qu'est-ce que tu veux dire ? dit-il d'un ton fort. Mais de quoi diable parles-tu ? *Fais*-nous juste une *putain de jubile.*

— C'est vous le taulier, c'est vous qui payez, s'empressa Lori. Dans ce cas, permettez-moi de vous présenter le meilleur des jubileurs, le plus jubileux p'tit bonhomme de l'histoire de la jubile… Jubilgo Pacquet.

Lori reprit sa place dans le rang et Bomber (qui se tenait aux côtés du posstit) donna un coup de coude à Bingo.

Bingo manqua tomber et s'avança. Tous les brasseurs le dévisageaient, certains d'entre eux par-dessus leurs chopes.

— Okay, fit le posstit. Un coup d'jubile. C'est parti. (Il se pinça les lèvres et le nez pour prendre une voix plus comique.) Alors c'est un juge, qui demande son âge à un type, et le type répond : « Monsieur le Juge, j'ai huit et quarante-huit ans » ; et le Juge fait : « Et pourquoi pas cinquante-six ans ? ». Alors le type fait : « Passque c'est la coutume, passque, à vrai dire, j'ai eu huit ans et après j'en ai eu quarante-huit. »

Une surprise feinte lui fit ouvrir la bouche, écarquiller les yeux, écarter les bras et mettre le pied droit devant lui.

Seules les goulées tristes d'un buveur de bière vinrent troubler le silence qui s'installa dans la salle.

— Mais qu'est-ce que c'est que ce *bordel*…, fit Al en fronçant les sourcils comme des nuages d'orage.

— Vous connaissez la différence entre ma mère et ta femme ? balbutia Bingo. C'est que ma femme, c'est ta mère ; merciii, merciiiii.

— Des chansons ! rugit Al l'Ale. Des Chansons, Pas Des Blagues, Bandes De Cons ! s'égosilla-t-il d'une façon qui mettait sans faute à chaque mot sa capitale.

— Des chansons ? demanda Bingo.

— *Évidemment*, des chansons ! Vous êtes quoi comme jubile, vous ?

— Oh, des *chansons*, intervint Lori. Des chansons. Bien sûr. Bien sûr, des chansons. Vous voulez une jubile *chantante*. Bien sûr que c'est ça.

— J's'rai bien curieux de savoir c'qu'il y a d'autre, comme jubile…

À l'autre bout de la table, un des brasseurs poussa un rot. Puis un autre. Lorsqu'il rota pour la troisième et quatrième fois, Bingo se rendit compte qu'il s'agissait en fait d'un rire.

— Cinquante-six ans ! s'exclama-t-il en gloussant de façon lugubre. Huit et quarante-huit ans !

— La ferme, sale con, grogna Al. (Il se retourna sur les nains.) Bon, écoutez-moi bien, vous…

— Nous avons des chansons, bien entendu, déclara Lori en s'avançant tout en donnant des coudes à Bingo pour qu'il revienne. Une chanson ? Pourquoi pas ?

Il s'éclaircit la voix et se mit à gazouiller, d'une voix de fausset poussif :

Oh là là la vie en mousse
La mousse qu'on nous propouge
D'avoir des quantités de rousses
Qui donnent envie d'autres bouges

Allez on nous fait croire
Que le bonheur c'est de boire
Des quantités de bière noire
Des tas d'Guinness plein l'tiroir

Car mousse sentimentale
On a soif c'est d'la balle
Des roteuses dans tous les bars, génial
De la 16 plein nos armoires

Mousse sentimentale [1]

— Normalement, c'était *propose*, bien entendu, clarifia Lori. Pas *propouge*, voyez. Ma fangue a lourché.

Al l'Ale l'observait, bouche bée.

— J'en connais une autre, déclara Lori, enthousiaste.

— Non ! hurla Al. Non ! Non ! Non ! C'est quoi cette chanson de merde ?

— Allons, fit Lori d'un ton menaçant. C'est pas la peine de le prendre perso.

— Une chanson *à boire*. Une chanson qui fait tinter les chopes… Bande d'abrutis, de crétins, de kékés. Sales blaireaux ! Puceaux du foie ! Que… qui… *Derek* !

Ces dernières paroles avaient été exprimées avec une telle force et une telle véhémence que même Bingo, grimaçant, en ferma les yeux.

— Derek ! hurla Al en martelant la table de ses poings, faisant tressauter les bocks et les chopes encore orphelins de brasseurs au rythme de ses coups [2]. C'est ta dernière rasade, Derek. C'est ton dernier verre dans le rade de la dernière chance. T'as été trop loin sur ce coup-là.

---

1. Merci A.S. J'adore tout ce que vous faites… Vraiment. (*NdT*)

2. Pour être vraiment honnête, ces bocks et ces chopes tressautaient une fraction de seconde *après* cette avalanche de coups, mais je ne vois pas ce qui me donnerait le droit de faire ma bégueule ou ma chochotte à ce sujet.

— Chef ! couina Derek.

Al l'Ale tentait péniblement de se remettre sur pied, mais son ventre semblait s'être coincé sous la table.

— Tu bouges pas de là où t'es, Derek. Je te tords le cou dans un instant. Vous, en attendant… (Il fit de grands gestes furieux en direction des nains.) Je vais faire *mieux* que de vous tordre le cou. J'vais vous *arracher* la tête – un par un.

Il se releva dans un grand bruit de succion, et sa bedaine vint fondre sur la table.

— Vous, là, tous autant que vous êtes, tonna-t-il en désignant les nains tour à tour d'un doigt gras. C'est simple, c'est fini pour vous. 'Vouliez vous faire passer pour une jubile ? Les mecs, prenez-les et noyez-les tous dans un fût de bière. En commençant, ajouta-t-il en se tournant pour que son bras indique Bingo, avec *elle*.

— Non, juste une seconde, mon garçon, fit Lori.

Mais Derek, soucieux de se faire bien voir d'un patron en colère, était déjà en route sur le posstit. Plusieurs autres brasseurs venaient à sa suite. Les nains, qui se jetaient des regards sidérés, les mains sur les manches de leurs haches, se firent capturer par un autre groupe de soudards. En un instant, la compagnie fut mise hors de combat.

Bingo, hurlant et battant des jambes, fut emmené et tenu au-dessus d'un fût.

— Attendez ! haleta-t-il. Arrêtez une minute ! Je connais une chanson à boire ! C'est vrai !

Mais il était trop tard. Le couvercle avait été enlevé ; le contenu, à ras bord, promettait une mort bien mousseuse. On y jeta le posstit. Un peu de bière déborda et moussa sur le cercle et, en un rien de temps, le couvercle fut remis. Des coups pathétiques se firent entendre à l'intérieur, et le fût vacilla quelque peu sur sa base. Puis, tout se fit très calme.

Comme un seul homme, la foule de brasseurs se retourna pour s'occuper des nains.

— Vraiment, mes garçons, vous n'êtes pas obligés de faire ça, dit Lori.

— En fait, rétorqua le chef, la bouche dans son oreille et un bras autour de son cou (ou du moins ce qui en faisait guise). Pour te dire la vérité, noyer les gens, ça nous fait un bon changement. D'habitude, on picole toute la journée. Là, si on vous noie, on tise pas.

— Arrêtez ! s'écria Lori. Attendez, j'ai une idée.

Mais un deuxième fût se préparait, couvercle décloué. Lori fut hissé et suspendu.

— Arrêtez, geigna-t-il.

— Arrêtez, intervint quelqu'un d'autre.

Il s'agissait d'Al l'Ale.

Tous les brasseurs se retournèrent. Al était à côté du fût dans lequel Bingo avait été plongé.

— Y's passe un truc louche, là-dedans, fit-il. Reposez ce nain deux secondes. Écoutez.

Il tendit une phalange et en frappa le flanc du fût.

Creux.

— Retirez le couvercle, ordonna Al.

Les clous arrachés et le couvercle une fois de plus ôté, ils découvrirent Bingo, assis au fond du tonneau vide. Ses vêtements n'étaient même pas humides. Il souriait.

— Notre bière qui êtes aux cieux, fit Al. Que ta canette soit sanctifiée. La vache. (Il regarda de nouveau dans le fût.) Tu veux me faire croire que tu t'es enfilé toute cette bière ? grogna-t-il.

— Ah, répondit Bingo en se levant. (On voyait son front dépasser au-dessus du rebord.) Oui, c'est ça. C'est ce que j'ai fait. Ou-uu-ii. Tout avalé, c'est ça. Et pas noyé, voyez. En plus, j'avais la soif.

Al pencha la tête en arrière et rit. C'était un bruit effrayant, qui ne cessa pas de suite.

— Bon, fit-il, lorsqu'il reprit le contrôle de son diaphragme. Ça c'est boire ! (Il tendit la main et ramassa Bingo, le tira jusqu'à la table et lui servit un pichet de bière.) Moi, il faut que je me traîne un tas de tafioles et de bièrophobes patentés, alors que cette naine pourrait tous les faire rouler sous la table !

Il se remit à rire.

— Non, vraiment, fit Bingo d'une petite voix un peu nerveuse. Ce n'était rien.

— N'importe quoi ! tonna le brasseur. Garçons, libérez ces nains. Faites-les s'asseoir à notre table. On a enfin quelque chose à fêter. Bière ! hurla-t-il. Bière !

Ils burent des heures et des heures. Ils chantèrent plein de chansons à bière, parmi lesquelles : *What You Need Is Beer*, *Sympabeer for the Trappist*, *Elle a fait une 8°6*[1] *toute seule* et *Beerway to Heaven*. À un moment, Lori agrippa le bras de Bingo et lui souffla à l'oreille :

— Je croyais que vous aviez dit que *plus personne* ne devait se *servir* du *vous-savez-quoi*.

— C'était une situation de vie ou de mort, un risque qui valait la peine d'être pris, fusa Bingo, avant que des brasseurs dépassés par leurs sentiments leur fassent ingérer encore plus de houblon.

1. Une 7°9, en fait (*NdT*)

Ils burent un peu de bière de froment. Puis, ils burent une bière qu'on aurait cru sortie d'un grand pichet de bouillon Knorr mélangé à une demi-tasse d'eau de vaisselle. Puis, enfin, une bière encore plus forte que le whisky.

Ils furent très vite ivres.

Même si ça ne faisait pas une heure que les brasseurs avaient voulu le noyer, Bingo, à présent, ressentait l'élan de prendre ces hommes au gros bide dans ses bras, de leur raconter les détails de ses voyages. Ceux-ci auraient pu se méfier de la vitesse à laquelle l'alcool lui faisait effet, s'ils ne pensaient qu'il avait déjà plongé dans un fût entier de bière. Lorsqu'ils le félicitèrent, il eut un sourire idiot et mit la main à la poche de son gilet.

En fait, très tôt au cours de la beuverie, il avait élaboré un plan : il attendrait jusqu'à ce que les brasseurs soient raides morts ; puis, il se servirait du Truc® pour que ses camarades et lui cuvent (se disant : « Encore une fois, et c'est fini – plus jamais »). Puis, lui, les nains et le magicien se feraient la malle. Après deux pichets de bière, cela avait l'air d'un bon plan. Après dix pichets de bière, c'était le meilleur plan au monde, un plan d'un génie et d'une subtilité tels que seul un super kloppld, le kloppld de tous les kloppids, aurait pu concevoir. En même temps, il était incapable de se rappeler de ce plan. Il pouvait à peine se rappeler de son propre nom. Et il s'en cognait. En fait, il faisait preuve d'une dangereuse intrépidité.

— Vé vous mondrer un druk, annonça-t-il à un brasseur, une fois assis tous deux sur un banc. Un toutitoutidruk.

Il sortit le Truc®.

— Kégzé ? demanda le brasseur, trop ivre pour finir sa question.

— Zé'l'druk®, v'lazgueuzé.

— C'est comme le Truc® que le Maléfique Ronron a fabriqué ? demanda le brasseur.

— Exactement, répondit Bingo après trois ou quatre tentatives.

Le brasseur l'examina.

— Ça fait quoi ? fit-il.

— Laissez-moi, laissez-moi vous montrer, dit Bingo en portant le Truc® à ses lèvres.

Et là, sa cervelle décrocha. Qu'avait été son plan ? Ç'avait été un bon plan. Ç'avait été le meilleur des plans. Il n'arrivait pas à se souvenir du plan.

— Qu'est-ce que vous faites ? demanda le brasseur.

— Je ne me rappelle pas, répondit Bingo dans le Truc®.

Et il se souvint.

— Je suis bourré, dit-il sans articuler.

Instantanément, il dégrisa.

À présent qu'il était assez à jeun pour se rendre compte de ce qu'il avait fait, il retint son souffle quelques instants. Le risque qu'il avait pris ! Le Truc® avait-il instillé quelque mauvaise et abominable surprise dans sa tempérance ? Mais du temps passa et tout eut l'air normal – sauf qu'il était aussi sobre qu'un chameau [1]. Il ne le réalisa pas avant de nombreuses semaines, mais la magie malfaisante de Ronron avait effectivement modifié sa physiologie. Il ne pourrait plus jamais s'enivrer, quelles que soient les quantités d'alcool dont il s'imbiberait. La sobriété qu'il avait demandée était absolue. Il pourrait encore souffrir de gueules de bois s'il devait abuser de boisson, mais il ne

1. Un vrai camélidé. À savoir, sobre comme un chameau *sobre*. Si vous avez déjà vu un chameau ivre, dans un désert ou dans un zoo, par exemple, vous reconnaîtrez toute l'importance de cette distinction.

pourrait plus jamais vivre l'ivresse. Mais cette sinistre prise de conscience était pour plus tard.

Il regarda les corps ronflants ou affalés qui se trouvaient autour de lui. Les nains commençaient à sombrer dans un sommeil éthylique (pourtant, les nains tiennent plutôt bien la bouteille). Pour la plupart, les brasseurs ronflaient, y compris celui auquel Bingo venait juste de parler. Al l'Ale gisait sur le dos comme une montagne miniature.

Bingo était intensément conscient d'un sentiment de terreur. En fait, il avait ressenti cela tout le long, mais la bière avait atténué cette sensation. Maintenant qu'il était plus sobre qu'il ne l'avait jamais été, il avait une furieuse envie de se tirer de cet endroit. Ils avaient essayé de le noyer ! Parce qu'ils n'avaient pas trouvé que ses blagues étaient très drôles ! Des classiques dans la Pinardie, en plus.

Il se précipita sur Lori, qui s'était endormi dans les bras de Fhorïn, leurs barbes tremblant telles des algues dans un doux courant ; tous deux ronflaient.

— Lori ! souffla-t-il à l'oreille du nain. Lori ! Il faut qu'on parte d'ici ! Lori !

Rien.

Ce fut la même chose avec les autres nains. Glandalf aussi avait l'air complètement déchiré. Rongé d'angoisse, Bingo fila de corps prostré en corps prostré. Il n'avait jamais pris autant conscience du monde qui l'entourait, si anxieusement prescient. N'importe lequel de ces brasseurs – endurci par une vie de beuverie – pouvait se réveiller à tout instant. Rendu ronchons par la gueule de bois, pouvait-on s'attendre à ce qu'ils fassent montre de pitié ? Bien sûr que non, bien sûr que non. Il ne pouvait pas se permettre d'attendre que les nains sortent d'eux-mêmes de leur coma malté. Et il n'arrivait pas à trouver un moyen de les réveiller plus vite.

Il sortit le Truc® et l'examina. Mais, dans son nouvel état d'esprit tout sobre et tout angoissé, il ne put se résoudre à l'utiliser. Et s'il se retournait contre lui ? Et si cela entraînait d'affreuses conséquences ?

Il n'y avait qu'une seule solution. Bingo observa la pile de fûts disposée au plus près de la trappe. Des rails de bois étaient cloués aux lattes du plancher afin de guider les fûts dans l'ouverture, une fois la cale en bois de trente centimètres de haut ôtée de la base de la pile. Réfléchissant à toute allure et gigotant, Bingo noua la barbe de Mahlïn à la cheville de Glandalf. Il noua la barbe de Ouïn à la cheville de Mahlïn, celle de Bomber à celle de Ouïn, celle de Fhorïn à Bomber et, enfin, tout en traînant les corps endormis des nains dans la pièce, noua la barbe de Lori à la cheville de Fhorïn. Puis, il ouvrit la trappe. En dessous, l'eau coulait à grand fracas. Ils avaient bu toute l'après-midi et toute la nuit et, à présent, la lueur blanche de l'aube se reflétait glacialement sur le vif courant.

— Désolé, les mecs, dit-il en empilant grossièrement les nains et le magicien au bord de l'ouverture de la trappe.

Il s'assit lui-même au sommet de la masse ronflante, ronchonnante et soupirante des nains, lança le pied et donna un coup dans la cale.

Il ferma les yeux, mais il entendit, comme une sorte de coup de tonnerre, le tremblement des fûts dégringolants avant même que le premier d'entre eux ne vienne heurter la pile de corps. Il sentit une secousse, une fraction de seconde d'apesanteur, et l'eau l'engloutit dans un grand bruit. Il eut à peine le temps de jurer avant de se faire emporter par les flots. Des bulles s'amoncelèrent autour de ses yeux ouverts, puis il se retrouva à danser à la surface de l'eau, flottant rapidement sous le ciel gris et vitreux.

Dee-Geai, le piaf fou

8

Au seuil de la porte, pas littéralement un seuil, c'est à flanc de montagne, à vrai dire, mais c'est un seuil métaphorique, si vous voyez où je veux en venir

Ils barbotèrent sur la Rivière Qui Trace, au milieu d'une marée de bois flottant. Les fûts tournoyaient et se rentraient dedans régulièrement, dans la plus grande confusion. En dépit de l'ivresse dans laquelle les nains s'étaient plongés, le froid glacial de la rivière et le choc dû à leur immersion soudaine les en extirpèrent ; sans parler de leur surprise et de leur dépit lorsqu'ils se virent attachés les uns aux autres par leurs barbes. Lori, un peu plus lucide que les autres, se hissa péniblement sur un fût, et les autres s'agrippèrent aux bouts de bois qui passaient à leur portée. De son côté, Bingo nagea quelque temps, avant de parvenir à se mettre en équilibre, à moitié étendu au sommet d'un fût. Celui-ci flottait, presque totalement immergé, tel un iceberg. Le fait que ces fûts aient été remplis de bière impliquait que leur ligne de flottaison était très haute.

Le groupe progressa de cette façon vers l'aval pendant plusieurs heures, comme le soleil se levait devant eux et réchauffait le visage de Bingo, révélant des diamants et des éclats dorés sur les crêtes de vagues toujours agitées. Des deux côtés, le paysage rappelait quelque peu au posstit sa terre natale : de vastes champs, du blé et de l'orge sur chaque rive, un ciel panoramique et une brise profonde.

— Posstit ! héla un nain en faisant tourner un fût sous lui à la façon d'un hamster dans sa roue, ce qui, à en juger par son expression, ne lui procurait que peu de satisfaction. Bingo ! Au secours !

C'était Bomber, qui giflait le bois de plus en plus vite tout en s'efforçant de rester sur et non sous le fût.

Bingo nagea jusqu'à lui.

— Détachez ma barbe et ma cheville, gloub gloub gloub, fit Bomber.

Les trois derniers mots n'avaient peut-être pas été prononcés dans l'intention de communiquer, vu qu'il venait de glisser du fût.

Bingo le repêcha, dénoua sa barbe et libéra sa cheville. Le nain n'était toujours pas content, mais il parvint à se trouver un autre fût en se débattant. Bingo, qui se sentait l'âme d'une mère cane, passa de nain en nain et les défit de leurs liens. Enfin, il se dirigea sur le magicien, mais il vit que celui-ci était parfaitement heureux : il faisait la planche et avait entonné une chanson à propos d'un luffa.

Il progressa en direction de Lori. Bingo ne l'avait jamais vu si grognon, et il le lui fit remarquer.

— Je suis bourré et je *me pèle les meules*, rétorqua le nain. Ça vous surprend que ça ne me plaise pas ? Bourré, ça *colle* pas avec se peler les meules. Ça colle avec je-me-réchauffe-grave-les-pieds-au-coin-d'un-bon-gros-feu. Ça colle avec je-me-mets-sous-une-couverture. Bourré et se peler les meules, ça donne des nains pas contents.

» Voyez-vous, ajouta-t-il, clairement décidé à ce que cette réplique cingle.

— D'accord, d'accord, fit Bingo. (À présent dans cette eau glaciale, il trouvait cela plutôt rafraîchissant.) Nous sommes probablement assez loin de la brasserie, à présent. On peut aller jusqu'à la rive, sortir de la rivière, et peut-être allumer un feu.

Mais, tout en parlant, il remarqua que les berges s'élevaient autour d'eux de quelques centimètres de boue et de plusieurs mètres de calcaire pur. Il n'y avait d'autre solution que de s'accrocher aux fûts et d'attendre que le paysage leur permette de désembarquer [1].

Après quelques heures au cours desquelles l'effet apaisant du vif courant se fit neutraliser par les plaintes, les jacassements et les gémissements simultanés des nains, les deux berges commencèrent à s'éloigner d'eux. Bientôt, ils se retrouvèrent à flotter dans un vaste lac débordant.

C'était le Lac Escargot, aux eaux d'argent et dont les bigorneaux étaient le luxe le plus renommé de toute la Terre du Milieu du Haut. Sur la rive, la célèbre ville de Lacbourg trônait sur des pilotis de bois. Et, au-delà, à peine visible au-dessus de la rive nord embrumée du lac, se trouvait

1. Je suis *sûr* que c'est un mot. D'accord, il ne figure pas dans mon dictionnaire, mais ça montre juste à quel point ce dico ne fait pas le poids. Je *sais* que c'est un mot. Je le sens dans mes tripes.

la Seule Montagne, le Vigor de renom pour le spectacle duquel Bingo avait parcouru tout ce chemin.

Il remarqua que les fûts commençaient à dériver dans plusieurs directions, et il s'activa pour rassembler les nains grincheux. Sous ses directives, ils nagèrent jusqu'à une plage de galets qui se trouvait au sud de l'embouchure, et Lori et Bingo tirèrent Glandalf à leur suite. Une fois qu'ils furent tous sortis de l'eau, quelques-uns tentèrent immédiatement de s'enrouler dans leurs barbes pour dormir sur la rive. Mais Bingo, qui était fatigué et à jeun (et non fatigué avec la gueule de bois), insista pour qu'ils se rendent sur le pont qui reliait Lacbourg à la terre ferme.

— Pour une fois, j'ai l'intention de dormir dans un vrai lit et de manger de la vraie nourriture. Ça fait bien assez longtemps.

Ils lui emboîtèrent le pas, rétifs mais réceptifs [1].

Sur le pont, les gardes ne furent que trop heureux de souhaiter la bienvenue à la compagnie débraillée.

— La clientèle est en baisse, depuis que le dragon s'est installé dans la Seule Montagne, déclarèrent-ils.

— Vraiment ? fit Bingo en tirant le droit d'entrée de la bourse de cuir de Lori. Ça fait combien de temps qu'il est là ?

— Soixante-dix ans, à peu près, répondit le garde.

À Lacbourg, le groupe épuisé fut presque abasourdi par la profusion de biens exposés. Des boutiquiers qui n'avaient jamais vu un seul client et qui avaient survécu en

---

1. Ça, c'est de l'écriture ! J'aime ça. C'est presque de la poésie, voilà ce que c'est. « Rétifs mais réceptifs » – deux mots totalement différents, vous voyez, qui ont sensiblement les mêmes sonorités. Il y a un mot pour ça, en rhétorique, n'est-ce pas, mais je n'arrive pas à mettre le doigt dessus.

vendant des choses à d'autres boutiquiers et en entendant les récits de leurs grands-parents sur l'existence de vrais clients, s'amassèrent autour de leur bande, désireux de leur vendre tout et n'importe quoi. Il y avait pléthore d'étals, sur lesquels étaient proposés des haches, des fûts, des cuissots de chevreuil, de la laine et bien d'autres choses, avec d'innombrables places de bateaux et des bars à hydromel dans lesquels les consommateurs héroïques pouvaient se désaltérer.

— Non, vraiment, dit Bingo. Pour le moment, nous sommes juste fatigués et nous avons faim. Vous pouvez nous indiquer une buvette ? une auberge avec des lits ?

La majeure partie des boutiquiers furent amèrement déçus, mais la tenancière de l'Auberge du Boing fut si excitée qu'elle faillit en danser.

— Des clients dans l'auberge ! répétait-elle comme elle les guidait dans les voies étroites de Lacbourg. De vrais clients !

Un feu brûlait dans la pièce principale de l'auberge, et les nains s'y entassèrent en hâte, pathétiques. Ils dévorèrent des plâtrées de porridge, suivies de pain et de viande cuite, avant de monter d'un pas pesant et de s'affaler sur leurs lits pour plonger dans une profonde léthargie. Bingo, le dernier à succomber, remercia la tenancière, la paya d'avance avec d'autres pièces sorties de la bourse de Lori, et finit par s'écrouler et sombrer dans un sommeil sans rêve.

Les nains et Glandalf dormirent en tout dix-huit heures : les nains, parce qu'ils récupéraient tous d'une monstrueuse gueule de bois, et Glandalf parce qu'il avait l'air de dormir tout le temps ces jours-ci, de toute façon.

Bingo se réveilla dans la matinée du lendemain. Il se sentait indiciblement revigoré. Un petit homme empâté était assis sur une chaise, dans un coin de sa chambre.

— Vous êtes enfin réveillé ! s'exclama l'homme. Nos premiers clients en soixante-dix ans ! Je vous salue, monsieur. Vous, et vos courageux consommateurs nains ! Vous apportez un nouvel espoir à la ville de Lacbourg de Punkrock.

— Je suis ravi de rendre service, dit Bingo, se rappelant ses bonnes manières. Et honoré de faire votre connaissance, monsieur… ?

— Ah, fit l'inconnu en se levant et en tenant son vaste ventre. Je suis Lard, l'Archer. Je suis, pour être franc avec vous, le Maire de Lacbourg.

— C'est un grand honneur, déclara Bingo en s'extirpant du lit pour pouvoir lui faire une révérence.

— Non… non… je ne tolérerai pas que vous ayez l'intention de me traiter comme quelqu'un d'important, dit Lard d'un air de modestie joviale. Il y a encore peu de temps, je n'étais personne. Je n'entrerai pas dans le jeu de l'affectation de la renommée. J'étais homme de peu jusqu'à l'an dernier, monsieur, un des plus petits petits hommes de peu de cette ville. J'étais un poète, un barde – vous vous rendez compte ? Est-ce que vous arrivez à concevoir caste plus honteuse et plus intouchable ? Mais j'ai gravi les échelons à la force du poignet, et j'ai mis de côté l'exercice misérable de la poésie pour embrasser le tir à l'arc. Maintenant, je suis Lard l'Archer. Et je suis venu vous souhaiter personnellement – personnellement – la bienvenue dans les échoppes et les boutiques de Lacbourg. Vos compagnons… ?

— Il se peut qu'ils dorment encore un certain temps, déclara Bingo en jetant un œil aux autres lits. Notre périple a été long et fatigant.

— Mais vous *êtes* là, cela dit, dit Lard. C'est ça, l'important.

— Les affaires ont baissé ? demanda Bingo.

— Oh, malheur, malheur, malheur, confirma Lard, bien qu'avec encore un petit peu de suffisance, comme s'il récitait son sentiment au lieu de l'exprimer. Depuis que le méchant dragon Snob s'est emparé de la Seule Montagne, nos clients nous ont évités. Ils nous ont fuis. Ce ne sont pas des conditions commerciales idéales.

— Mais vous n'avez pas été tentés d'abandonner ce site et de déplacer vos boutiques plus au sud ?

— Abandonner Lacbourg ? s'offusqua Lard, horrifié, ou faisant semblant de l'être (c'était difficile à dire, dans la mesure où, bizarrement, il avait déclaré cela sur un ton d'indolence étonnée). C'est hors de question. De plus, nous avons été récompensés de notre patience par *votre* arrivée. Les clients reviennent ! Puissiez-vous en précéder de nombreux autres !

— Hélas, nous ne projetons pas de rester, dit Bingo. Il se trouve que notre destination est la Seule Montagne elle-même.

— Pas possible, fit Lard sur le ton de la conversation.

— Et si. Par contre, nous pouvons peut-être vous rendre service, à vous et à tout Lacbourg, en fait.

— Rendre service ? demanda Lard avec l'air d'un homme qui savait ce qu'entraînaient de bons services rendus.

— Notre quête – et là je ne devrais peut-être pas divulguer si librement cette information, mais je ne vois aucun mal à ce que vous soyez mis au courant –, notre quête, c'est… c'est de supprimer Snob.

Bingo avait depuis longtemps opté pour se dire que cela devait au moins faire partie de la quête, en dépit de la réticence des nains.

— Vraiment ? fit doucement Lard. Ça alors. Pas possible.

Il se rassit quelques instants, comme pour digérer la nouvelle. Puis, il haussa les épaules et reprit :

— Pour faire quoi, vous m'avez dit ?

— Supprimer. Tuer.

— Oh ! Tuer… je *vois,* dit le Maire, d'un ton bien plus enjoué cette fois-ci. Eh bien, *ça,* c'est une nouvelle fantastique ! Fantastique ! Contedeféeesque ! Merveilleux ! Je peux juste espérer que vous réussirez. Si vous nous débarrassez de notre malédiction, Lacbourg pourrait à nouveau refleurir en tant qu'emporium commercial bien achalandé, pratique et tout-en-un des terres sauvages de l'est.

Bingo et Lard devisèrent longuement de ce sujet et, lorsque les nains se réveillèrent (en gémissant et en se tenant la tête), le Maire de Lacbourg avait convenu de faire remonter le fleuve à la compagnie jusqu'au pied de la Seule Montagne, dans les meilleures barges de transit de la ville.

— On dirait que vous vous révélez être un apport utile à notre groupe, après tout, monsieur le posstit, déclara Lori en mâchant d'un air affamé le pain grillé de son petit déjeuner tardif.

Il s'était trempé la barbe dans du vinaigre et s'en était enveloppé la tête pour soulager ses tempes vrombissantes, ce qui lui donnait une allure des plus particulières.

— Ils vont directement nous emmener à la montagne et nous réapprovisionner, dit Bingo. Pour le reste, c'est à nous de jouer, disent-ils. Mais je pensais à une chose : on devrait peut-être laisser Glandalf ici ? Ils s'occuperaient bien de lui, j'en suis sûr.

— Laisser le magicien ? aboya Lori en hochant si vigoureusement la tête que sa barbe retomba. Qu'est-ce que vous racontez ? Bien sûr que nous ne pouvons pas abandonner le magicien. Bien sûr qu'il faut que le magicien vienne avec nous. Quelle *drôle* d'idée !

— Mais pourquoi ? Il ne fait pas grand-chose, en ce moment, à part dormir.

— Il faut qu'il vienne, s'entêta Lori.

La discussion était close.

Le lendemain matin, debout sur l'une des jetées de Lacbourg, cela faisait longtemps que les nains n'avaient formé si charmant ensemble. Leurs plastrons avaient été polis, leurs barbes, lavées et peignées, et les trous de leurs bottes, raccommodés de façon experte. Des Lacbourgeois aux visages enthousiastes les firent embarquer sur leurs barges et se mirent à pousser sur les perches.

Pendant presque une heure, le petit groupe se contenta de rester assis à regarder défiler le paysage chatouillé de soleil. Bingo laissa errer son regard. Dans les prairies qui dominaient le lac, des ruminants les regardaient passer. Des grues volaient au-dessus d'eux et tournoyaient avant de se poser sur les eaux, leur air empoté s'évanouissant à mesure qu'elles s'installaient, dansant sur les flots à observer leurs embarcations. Au zénith, un minuscule nuage semblait coiffer l'immense dôme azur du ciel.

Devant eux, le sommet en cône de la Seule Montagne s'élevait lentement. Sur la rive nord du lac, les pilotes firent progresser leurs esquifs sur le cours étroit qui coulait sur les flancs de la montagne. Avant que le soleil se couche, les nains purent établir un camp temporaire sur la première élévation.

— C'est ici que nous vous quittons, ô, héros, déclara le pilote en chef. Demain, vous pourrez tranquillement poursuivre votre chemin. Bonne chance pour votre majestueuse quête ! Que vos bras droits restent forts !

Puis, ils partirent.

— Mais c'est quoi cette histoire de bras droits ? demanda Lori. De quoi il parlait ?

*

Il était étrange de penser qu'ils étaient enfin arrivés à la Seule Montagne, après toutes ces longues aventures, diverses et usantes. Les nains et le posstit petit-déjeunèrent de tranches de pains enroulées dans de la toile de jute et de petits cubis de jus d'orange (fournis par les citoyens de Lacbourg). Ensuite, Bingo s'assit sur un gros rocher plat et se contenta de fixer la montagne. Les Monts Ruineux avaient été impressionnants mais là, c'était autre chose : un gigantesque monument de pierre, sur lequel la lueur du matin dardait mille facettes de gris et de blanc ; de droite à gauche, des myriades de surfaces et de courbes, couleur suie, cendre, écaille de poisson, fer, nuage d'averse, noir et pourpre, striées et coiffées, au sommet, de neige crème et ivoire. De nombreux freux tournoyaient dans le ciel au-dessus d'eux, et poussaient des croassements apaisants comme Bingo n'en avait jamais entendu.

Fhorïn toussota discrètement à côté du posstit.

— Oh, fit Bingo, qui avait encore à apprendre la façon correcte de s'adresser aux rois. Coucou. C'est une montagne magnifique, n'est-ce pas ?

— Très grande, fertes, dit Fhorïn. Elle attire l'œil, pas vrai ? F'est dommaze, vraiment, qu'elle bloque une fi fuperbe vue.

— Comment pouvez-vous dire ça ? demanda Bingo. Je la trouve spectaculaire.

— Et pas qu'un peu, rétorqua malicieusement Fhorïn. Mais ne le prenez pas perfonnellement. Nous les nains, on aime *en bas*, pas en haut, vous voyez. On préfère l'intérieur à l'ecftérieur.

— Mais cette montagne est creuse, j'imagine. Tout est creux, après tout.

Pour la première fois, Fhorïn regarda le posstit avec un soupçon de respect.

— Fertes, convint-il. Ainfi, vous vavez appris quelque soze de la fafon dont foncfionne le monde, jeune poftit.

— J'ai glané deux-trois trucs au cours de mes voyages. Alors, qu'est-ce qu'on fait, maintenant ?

— On va dedans, répondit le Roi. F'est pour fa que vous vêtes ifi.

Il ôta sa botte et en retira un bout de parchemin froissé. Les autres nains commencèrent à se rassembler autour de lui, comme il étalait la feuille sur le rocher. À première vue, Bingo crut qu'il s'agissait d'un dessin lourdement légendé représentant une vieille feuille de chou. Mais, en regardant de plus près, il vit que c'était une carte plutôt rudimentaire des environs de la Seule Montagne.

— On ne peut pas paffer par la grande porte, expliquait Fhorïn en désignant un défaut sur le flanc de la montagne. Parfe qu'elle est fermée.

— Grande porte fermée, murmurèrent les nains.

— Donc, poursuivit Fhorïn, on doit trouver la petite porte. Le problème, M. Pacquet, f'est que la *petite* porte est ftiotte.

— Elle est quoi ? demanda Bingo.

— Ftiotte.

Bingo tenta de décrypter tout ça.

— Je ne comprends pas.

— Elle est ftiotte, insista Fhorïn. Ftiotte… ftiotte. Et le paffaze fur lequel elle donne, il est ftiot, lui auffi.

— Chtiot ? se hasarda Bingo.

— Ftiot ! fit Fhorïn, qui commençait à devenir irritable. Vous vêtes plus petit qu'un nain, alors vous pouvez paffer, là-dedans. F'est du moins fe qu'on efpère.

— Oh, dit Bingo, incertain. Je vois. Et le truc avec chtiot… ?

— Vous occupez pas de ça, intervint Lori en faisant *clac* d'une main sur l'épaule du posstit [1]. Il faut qu'on trouve la porte. Venez ! Réunissez nos affaires ! Nous cheminons enfin sur la face ouest de la Seule Montagne !

Il y eut quelques hourras peu convaincus, et les nains partirent réunir leurs possessions en traînant les pieds.

— Fhorïn, dit Bingo en sautant au pied du rocher. Je peux vous demander quelque chose ?

— Mm ? répondit le Roi nain.

— Vous êtes Roi, n'est-ce pas ?

Fhorïn soupira.

— Z'en ai bien peur, concéda-t-il.

---

1. À propos, et au cas où ça vous intéresse, c'est *ça*, le bruit que fait une main qui claque.

— Alors pourquoi vous permettez à Lori de vous parler sur ce ton ? Vous ne pouvez pas le faire taire avec, je sais pas moi, un ordre royal ?

— Oh, fit le nain. Fe n'est pas *bien* d'être en première ligne tout le temps. Furtout quand on est Roi, ajouta-t-il.

Un freux battit des ailes et atterrit sur un rocher à quelque distance de là. Il les observa intelligemment de ses yeux d'encre, et inclina sa tête pointue sur le côté.

Au début, ils progressèrent rapidement, mais le chemin se fit de plus en plus ardu, à mesure que son horizontalité diminuait. Bientôt, ils avançaient avec précaution de rocher en rocher et se reposaient tous les quarts d'heure. Les choses étaient rendues encore plus désagréables par la nécessité, qui incombait tour à tour à deux membres du groupe, de tirer le magicien endormi derrière eux sur une couverture.

— Je voudrais juste savoir *pourquoi* on est obligés de l'emmener avec nous, se plaignit Bingo. Il n'a plus l'air de vouloir se réveiller. Il dort tout le temps. Il est complètement sourd. Il a perdu sa barbe. Et l'esprit aussi, à ce que je vois. Et pourtant, on se le trimbale sur cette foutue montagne.

Aucun nain ne vint éclairer sa lanterne.

En fin d'après-midi, ils étaient parvenus sur un petit plateau recouvert de rochers aux formes bizarres qui avaient clairement chuté des parois escarpées qui les surplombaient. La compagnie s'assit pour reprendre son souffle et mangea un morceau. Fhorïn étudiait la carte de près.

— Fa devrait fe trouver dans fe coin-là, annonça-t-il. D'après fe que v'ai fous les vyeux.

— Regardez-moi ces freux ! s'exclama Bingo. Là, perchés dans les fissures et les à-pics au-dessus de nous. On dirait qu'ils nous observent.

— Ils nous observent, c'est bien ça, dit Lori. Les freux de Vigor. C'est une race sage et majestueuse.

— Sage ? s'étonna Bingo, dont la connaissance des oiseaux se limitait aux rouges-gorges et aux mouettes égarées de Pinardie. Ce ne sont que des oiseaux, pourtant, non ? Lori hocha la tête trois fois, ce qui secoua sa barbe cinq fois.

— Ils sont rusés et intelligents, déclara-t-il. Ils vivent longtemps, et leur mémoire couvre de nombreuses générations. Ils donnent des cours de chant et de littérature, vous savez…

— Des cours de chant et de littérature ? demanda Bingo, plutôt incrédule.

— Oh oui. Pour quelle autre raison donne-t-on le nom de corbeaux aux maîtres chanteurs, à votre avis ?

— Mais les maîtres chanteurs sont des escrocs.

— Fi, posstit ! Ne les traitez *jamais* d'escrocs ! C'est interdit ! Ce sont des freux… On les appelle des freux. Allons donc ! Peuh ! Si ça continue, vous allez les traiter d'affreux.

— C'est juste que je trouve ça dur à avaler. Des oiseaux qui donnent des cours de littérature ? Comment font-ils ?

— Eh bien, ils écrivent avec leurs becs.

— Mais comment trempent-ils leur plume ?

— Vous coupez les cheveux en quatre, rétorqua sèchement le nain. Le fait est que ces freux ne sont pas à prendre à la légère. Ils parlent, vous savez. Ils ont un Roi.

— Et comment s'appelle-t-il ?

— Hein ?

— C'est quoi son *nom*, au Roi des freux ?

— Eh bien, répondit Lori. Les freux sont amis avec les nains depuis longtemps, et il se trouve que c'est pour ça que je peux vous renseigner. Il s'appelle Crôâ. Crôâ le Puissant.

— Drôle de nom.

— En fait, ils s'appellent tous Crôâ, admit Lori. Il n'y a qu'un nom, chez eux. Mais c'est un peuple très sagace, ces freux-là, croyez-moi.

Bingo inclina la tête pour regarder les freux et plissa les yeux, ce qui fit apparaître deux pattes d'oie à ses tempes.

— Je ne suis pas sûr d'être bien convaincu, Lori. On ne me pigeonne pas si facilement.

— C'est vous qui voyez, déclara le nain.

Ils passèrent le reste de la journée à chercher, mais ne trouvèrent aucun signe de la porte.

— Est-ce qu'elle est comme la Porte des Gloublins qui donnait sous les Monts Ruineux ? demanda Bingo. C'est pareil ? Va-t-on devoir attendre le clair de lune ?

— Non, mon garçon, répondit Lori. *Là-bas*, c'était une entrée pour les grandes salles naines de Salnain, la majestueuse Maria Noire. Ici, voyez-vous, ça ressemble plus à un soupirail.

— Un soupirail ?

— Un pot d'échappement.

— Il sert à quoi ?

— Pour la fumée. (Le nain regarda autour de lui d'un air torve.) Des choses comme ça.

— Alors ?

— Alors, ça s'ouvre facilement, voyez, mais de l'intérieur. Il faut qu'on le trouve et qu'on essaye, vous savez, de le forcer de *l'extérieur*.

— C'est une cheminée, en d'autres termes, clarifia le posstit.

— Oui.

— Donc, vous voulez que je me faufile dans une *cheminée* et que je déboule dans *l'âtre* face à face avec un terrible dragon ?

— On ne vous l'a pas clairement expliqué, au début ?

— Pas vraiment, dit Bingo.

— Ah. Tant pis, tant pis.

La compagnie interrompit ses recherches pour souper et prit place autour d'un petit feu plutôt triste. Dans la lumière faiblissante, les corbeaux, les freux et les geais coassaient et tournoyaient au-dessus d'eux. À l'ouest, le soleil vira aussi rouge qu'une tomate cerise, peignant d'or, d'orange et de pourpre les étendues et les barres de nuages effilochés qu'il traversait.

Les ombres s'allongèrent.

— Non mais regardez-le, fit Bingo en indiquant Glandalf, qui dormait paisiblement dans une couverture. Ça fait combien de temps qu'il dort, maintenant ? Quatre jours ? Il a l'air si serein.

Hochant la tête, les nains grommelèrent qu'ils en convenaient.

— Sa toux semble avoir cessé, fit le posstit, méditatif. Bizarre, ça. Ses quintes étaient vraiment très sévères, n'est-ce pas ? Ça le handicapait, parfois.

— Il a passé ce stade-là, dit Bomber d'une petite voix.

— Hein ? fit Bingo. Quoi ?

— Rien, rien, dit Lori. Allons nous coucher.

Bingo insista quelque temps auprès d'eux, mais ils se refermèrent tous comme des huîtres.

— Il est clair qu'on n'est pas venus ici pour l'or, dit-il. Ou du moins, pas seulement pour l'or. Je veux bien croire que vous serez heureux de prendre l'or quand – ou si – vous aurez fini ce que vous êtes venus faire ici. Pourquoi est-ce que vous ne me dites pas ce que vous cherchez ? C'est quoi, l'histoire ?

— Il est temps de ronfler, maintenant, répondit Lori en s'enroulant dans sa barbe.

Ils furent réveillés à l'aube par le coassement des freux. Il sembla à Bingo qu'ils criaient plus fort que jamais. Le soleil brillait sur les terres du nord et du sud, illuminant les champs et la plaine, mais les nains et le posstit se trouvaient dans les ténèbres que projetait l'immense montagne ; autour, tout était sombre. Nombreuses, des plaques et des flaques glacées étaient disséminées à l'ombre du sommet et s'accrochaient aux parois, comme des pellicules. Bingo se leva et se claqua une bonne dizaine de fois les omoplates pour tenter de se réchauffer. Bomber tenta de démarrer un feu, mais les brindilles étaient recouvertes de givre, et les étincelles ne voulurent pas prendre.

— Alors, fit Bingo d'un ton âpre. Encore une journée à chercher le conduit sans le trouver, c'est ça ?

— On va le trouver, répliqua Lori. Il faut juste qu'on persévère.

— Weuch, j'peux p'têt vous filer un coup d'patte, fit une voix derrière eux. Yo.

C'était une énorme grive, à la robe jaune clair et aux pâles taches de rousseur, à moitié aussi haute que Bingo. Installée sur un rocher, elle les dévisageait. Elle avait les yeux pâles, et son bec était presque rose. Elle portait une veste tissée de fil doré, affublée de manches d'une longueur ridicule, qui pendaient, vides devant elle. Ce volatile y avait déchiré – ou pratiqué – deux grands trous aux aisselles, par lesquels il laissait dépasser ses ailes. Un ferret doré cliquetait à sa patte gauche. Une minuscule casquette était vissée sur le haut de son crâne. Même avec une tête aussi petite, ce couvre-chef était trop étroit et donnait l'impression de pouvoir lui écraser la fontanelle à chaque instant.

—Bonne matinée, Maître Oiseau, fit Lori en s'inclinant bas.

—Yo, fit la grive. Z'êtes armoire ou quoi ?

—Armoire, répéta le nain. Eh bien, j'imagine qu'on pourrait dire ça.

—Y a pas beaucoup de visiteurs dans cette zone, déclara le volatile. (Il déploya ses ailes, dans un mouvement étrange et saccadé qui ébouriffa le bout de ses plumes, avant de les replier à nouveau. Cela ressemblait à une sorte de danse de Saint-Guy.) Zone… vous captez ? ajouta-t-il, constatant l'incompréhension qui se lisait sur les visages de son public. C'est un mot, une abré, weuch, pour dire « ma zone à wam », ou un truc dans le goût. C'est d'l'arkot piaf.

—De l'arkot ?

—Ouais, répondit l'oiseau en trépignant sur ses pattes en astérisque. D'l'arkot.

—Oh, fit Bomber qui comprenait enfin. De l'argot.

—Ouais.

—Monsieur Grive, dit Bingo en s'inclinant respectueusement devant le volatile. Nous sommes ravis de vous rencontrer.

— Cô-ôâârcg ! hurla l'oiseau en battant des deux ailes, pris d'une crise de colère angoissée. Nan ! Nan ! Nan ! Chuis pas une *grive*, weuch. Je *ne suis pas* une grive. Chui une grave-grive… un dee-geai. J'vous l'dis.

— Un geai, dit Bingo.

— Grave, fit l'oiseau. Et j'kiffe, ajouta-t-il avec emphase, quelque peu mystérieusement.

— C'est juste qu'à première vue, vous êtes plutôt grivesque, reprit Bingo.

— Certainement *pas*. Moi, chuis pas une grive. J'zone ici avec les geais. Enfin, pas en ce moment, en vérité, ajouta-t-il en faisant momentanément grimper l'échelle sociale à son accent. (Il agita son bec en direction du sommet de la montagne.) Mais ici quand même. Si vous me suivez.

— D'accord, fit le posstit, qui n'y comprenait rien. Je dois avouer, cela dit, sans vouloir vous offenser, que vous n'avez pas exactement l'air d'un geai. Ce n'est pas l'idée conventionnelle que je me fais des geais, en tout cas.

— Ça veut dire quoi, ça ?

— Eh bien… votre couleur, par exemple.

— Ça, c'est de la bonne couleur de geai, rétorqua l'oiseau. Weuch.

— C'est pas plus noir que ça, les j… ?

— Cô-ôôââârg ! se remit à hurler le volatile, très férocement agité à présent. Yo ! Pôpôpôpô ! Wooouuh ! Benz Benz Benz ! Sale poukave !

Il battit si violemment des ailes qu'il en perdit l'équilibre et chancela quelques secondes sur le rocher avant de retrouver son assise.

— Vaut mieux pas le gonfler, dit Lori à Bingo, *sotto voce*. Monsieur Geai ! déclama-t-il d'une voix forte. Monsieur Geai !

— Luss, mec, fit l'oiseau en se réinstallant. Je suis un geai, vous savez.

— Bien sûr, que vous êtes un geai, dit le nain d'une voix conciliante. On s'est tous dit ça, quand on vous a vu.

— Vraiment ? fit le volatile, l'air ravi.

— Tout à fait. J'ai dit à mon camarade, Bomber le nain ici présent, je lui ai dit, ne serait-ce pas un geai majestueux, là, juché sur ce rocher ? Moi, je crois bien. Personne ne pourrait le prendre pour une grive, je lui ai dit. C'est clair.

— Z'aimez le galure ? s'enquit l'oiseau en prononçant exagérément ce mot, tête penchée en avant pour que tout le monde puisse le voir. (Dessus étaient inscrits les mots « Dee-geai Pool-Hey ».) 'Y déchire, weuch.

— Il est très étroit, se hasarda Bingo. Comment avez-vous réussi à le mettre ?

— C'était pas d'la tarte, répondit le dee-geai. Il tourna sur lui-même et décrit un petit cercle sur le rocher, de trois cent soixante degrés, et reprit sa position initiale.

— Cô-ôaarcg ! cria-t-il d'un coup. *Chuis* un geai ! *Chuis* un geai ! *Chuis* un geai ! Mayonnaise *tiède* ! Cô-ôôââ rcg !

— Ô Puissant Oiseau, fit Lori. Nous acceptons votre aimable offre d'assistance, car nous avons besoin d'aide. Nous avons voyagé longtemps…

— Anchois au chocolat ! hurlait le volatile. Jus d'escargot ! Boomboxboombox !

— …voyagé longtemps, et avons vécu bien des aventures périlleuses…

— Re-*spect*! Re-*spect*! Œufs durs!

— loin sous les monts et dans la forêt de…

— En farce, en force. Tu es l'Île de Pâques qui pacse ma sœur! Cô-ôâârcg!

— Nous avons *voyagé longtemps*…, persévéra Lori, et maintenant, nous sommes à la recherche de…

— T'as pas une noix? suggéra l'oiseau.

Cette phrase, pour une raison ou une autre, sembla couper la chique à Lori. Un silence s'installa trente secondes.

Le dee-geai inclina la tête d'un côté. Puis, de l'autre.

— Ce qu'on *cherche*, c'est une espèce de cheminée, dit Bingo. C'est comme une petite entrée. Vous connaissez?

— Anchois au chocolat? proposa l'oiseau, d'une voix plus pesée. La vie d'mon œuf. Chaud bouillant. Réveil au cou et chaîne en or qui *brille*. Vous avez déjà remarqué que les nuages n'avaient pas d'ailes, et que pourtant ils volent? Marrant, ça.

— Oui, mais est-ce que vous savez où on peut trouver la cheminée?

— La cheminée, répéta le volatile. Cô-ôâârcg! trilla-t-il. J'ai déjà vu un cheval voler, j'ai vu une grue voler, j'ai vu un oiseau voler, j'ai vu un voleur voler, mais ai-je déjà vu une entrée de cheminée?

— C'est effectivement ça la question, insista le posstit.

— Ooooh petite Marie, fit l'oiseau. Crac! Et c'est *moi*, qu'ils charrient? J'vais vous dire, on me traite de p'tit piaf blanc… mais chuis un *vrai*, j'viens d'la rue, moi, cô-ôaarcg! J'passe ma life à taffer avec des vrais dee-geai, moi. C'est ça que les critiques captent pas. Narvalos, va.

— Des dee-geai, dit Bingo pour essayer de ramener la conversation sur le sujet de l'entrée secrète. Oui, eh bien, on peut *clairement* tous tomber d'accord là-dessus. Ça se voit comme le nez au milieu de la figure. Mais sinon, pour cette cheminée que nous recherchons…

— Écoutez-moi ça, dit le volatile en se mettant à brailler un air indistinct. Moi, *chuis* un dee-geai, ouais, *chuis* un vrai dee-geai, et vous les narvalos, *là*, bande de faux dee-geai, vous faites qu'à m'*im*iter, alors le vrai dee-geai, *tu vas voir*, y va sortir son *gun*, *carave*, dee-geai ! *S'il te plaît vole ! S'il te plaît vole ! S'il te plaît vole !*

Il accompagna son récital de battements d'ailes saccadés.

— Monsieur Oiseau ? fit Bingo.

— Quoi ?

— La cheminée ? reprit-il de sa voix la plus ferme.

Le volatile prit un air confus.

— La cheminée ? qui donne sur un conduit ? dans la montagne, c'est ça ?

— Oui.

— Vous savez, dit-il d'un air qui se faisait conspirateur en les regardant par-dessous son aile, qu'il y a un, genre, un dragon, là-dedans ? N'est-ce pas ?

— C'est ce que nous avons été amenés à penser, répondit Lori.

— Il met pas mal les foies, dit le geai. Ce dragon. Faut juste que vous le sachiez.

— Nous prendrons bien en note vos observations, reprit le nain. Et si vous pouvez nous indiquer l'emplacement exact de l'entrée, nous vous serons éternellement redevables.

— No lézard, déclara l'oiseau. C'est là-bas.

Il bondit, battit des ailes pour s'envoler et traversa le petit plateau en direction de la paroi rocheuse. Les nains et Bingo se précipitèrent à sa suite. Là où le flanc lisse de la montagne s'élevait à un angle de quarante-cinq degrés, le geai atterrit et donna de petits coups sur la roche, une fois, deux fois, troifois[1].

Le battant d'une écoutille à peine assez large pour qu'un posstit s'y faufile s'enfonça de deux centimètres sur les entrailles de la montagne, et revint lentement dans l'autre sens, pivotant vers l'extérieur sur des gonds de pierre craquants, jusqu'à béer complètement. Quelques volutes de fumée s'échappèrent du conduit.

— Merci, merci, monsieur Gr… euh, Geai ! s'écrièrent les nains.

— Nous vous devons beaucoup, monsieur Oiseau, déclara Lori. Comment vous appelez-vous ?

— Mon vrai nom, ou mon blaze ? demanda le volatile.

— Nous les nains, nous n'oublions jamais les civilités qui nous sont faites, expliqua Lori. Je vous demande votre nom pour que nous puissions nous en souvenir, et vous récompenser de votre bonne action par la suite.

— Vous voulez probablement connaître mon vrai nom, alors, dit le dee-geai. (Il gloussa inconfortablement quelques instants.) Chouette piaf ! Anchois au chocolat ! Mon nom, ajouta-t-il plus bas et sur un ton bien plus sensé, c'est Gavin Dembrell, du Nid du Site Montagnard – les

1. Ceci est bien entendu une méthode archaïque de décompte, en grande partie remplacée par un, deux, trois et la suite. Mais, jadis, tout le mode comptait de cette façon : *unfois, deufois, troifois, monfoie, marclavoie, fêttdérois, jebois, alœillodois, trodfois, kudanchois.* Ce schéma a servi pour tous les calculs humains pendant de nombreux siècles.

Clairières –, le nid de mes remp's, en fait continua-t-il encore plus bas. Je vais bouger de chez eux, dès que j'aurai trouvé une crèche à moi, mais, quand ça arrivera, ils, vous savez, ils feront suivre le courrier. (Il bondit à l'écart des nains, battit des ailes et vola autour de leurs têtes quelques secondes.) Bling-bling ! hurla-t-il. Cô-ôâârcg ! Fais passer la noix !

Et, sur ce, il s'envola au loin.

Les nains se regroupèrent autour de l'ouverture fumante percée dans le flanc de la montagne. Bingo donna du coude pour qu'ils se mettent de côté et y jeta un regard scrutateur.

— Vous vous attendez vraiment à ce que je descende là-dedans ? fit-il. Il y a de la fumée qui en sort. Il y a sûrement un feu, au fond. Ce serait du suicide.

— Tout va bien se passer, mon garçon, dit Lori. La pente n'est pas si raide que ça. C'est presque à l'horizontale.

— C'est minuscule, dit le posstit. Et il y a pas mal de pente – ça descend salement raide.

— Vous préoccupez pas de ça pour l'instant, mon garçon, reprit Lori. Il faut qu'on cause un bout, d'abord. Vous et nous, nous et vous, il faut qu'on discute un peu de ce que vous devrez faire lorsque vous descendrez.

— Est-ce que ça signifie que vous allez enfin me dire vraiment pourquoi nous sommes ici ? demanda Bingo. Et arrêter de raconter n'importe quoi à propos de l'or ?

— Patience, mon garçon, répondit Lori en lui donnant une tape sur l'épaule.

Ce fut un geste malheureux, qui déséquilibra légèrement le posstit. Son pied ripa dans l'ouverture et glissa sur le bord. Il mit les bras en avant pour essayer de se rattraper sur les côtés du conduit, mais il était trop tard. Ce qu'il vit ensuite fut un carré de lumière qui s'éloignait rapidement, et il se retrouva plongé dans les ténèbres. Et ceci n'est pas une métaphore : il y fut plongé littéralement. Oh que oui.

Snob

9

Transformation secrète

Bingo chuta, les bras au-dessus de sa tête. Il parla.

—Aaaagghh! fit-il

Le conduit se rétrécissait à mesure qu'il s'enfonçait dans les profondeurs, et il vint vite frotter contre le ventre et les épaules de Bingo, raclant ses pieds douloureux.

—Ouille! Ouille! Ouille! dit-il. Aaaagghh! ajouta-t-il.

La friction s'amplifia. On entendit un bruit de vêtements déchirés. Sa chute se fit moins rapide, douloureusement, et il eut l'impression qu'on lui râpait la peau du ventre et de la ceinture.

Il s'était arrêté.

—Mon Dieu, mon Dieu, se dit-il pour lui-même, un peu essoufflé.

C'était le noir total. Il était inconfortablement calé dans la cheminée, les bras levés. Il pouvait à peine entendre les faibles voix des nains qui l'appelaient, loin au-dessus de lui, mais il ne pouvait distinguer leurs paroles.

—Mon Dieu, mon Dieu, répéta-t-il.

Il rentra le ventre et expira autant qu'il le put. Puis, virant légèrement au bleu (mais on ne pouvait pas le voir, dans cette obscurité), il se tortilla, se tortilla. Il se déplaça de deux centimètres vers le bas, d'un centimètre, puis, d'une secousse, il recommença à tomber. Il dit :

— Mon.

Toutefois, cela ne lui échappa pas parce qu'il trouvait que sa situation avait un quelconque rapport avec un adjectif possessif masculin singulier. Il avait plutôt voulu répéter « Mon Dieu », mais fut interrompu par la reprise de sa chute. Au lieu de dire : « Mon Dieu », il se retrouva à dire « Mon aaaarrgh », ce qui est – j'ai à peine besoin de vous le faire remarquer – une tout autre chose.

Puis, il déboula du fond du conduit et, s'écrasant doucement, atterrit dans un grand tas de vieilles cendres et de bouts de bois brûlés. Tout fut instantanément plongé dans un nuage gris, et Bingo se mit à tousser. Il se débattit dans le tas froid et onctueux et en sortit tout vacillant, endolori et sonné, mais debout. Il sentit des dalles de pierre sous ses pieds. Il ne voyait rien, à cause de la poussière qu'il avait dans les yeux, mais il entendit une voix profonde profondément caverneuse dire :

— Bonté gracieuse.

Bingo pila. Il tenta d'essuyer les cendres qui lui recouvraient les yeux, mais ses mains en étaient elles aussi maculées, ce qui ruina tous ses efforts, répandant autant de poussière qu'elles en enlevaient. Il tremblait encore sous le choc de sa chute, et une profonde terreur monta en lui. Son estomac donna l'impression de se rétrécir en goulot et ses cheveux se dressèrent sur sa tête. Il était intensément conscient qu'il était presque certain que cette voix profonde et caverneuse provenait de la gorge de Snob le Dragon. Les yeux fermés, il se dit que, en l'absence de preuve visuelle, il était encore (juste) possible que ce ne soit pas un effrayant dragon cracheur de feu qui venait de prendre la parole, mais (admettons) quelqu'un à la forte poitrine affligé d'un mauvais rhume. Même s'il savait que les chances que ce soit le cas étaient plutôt minimes, il se raccrocha à cet espoir.

— Vous allez bien ? gronda la voix.

Bingo mit une main dans la poche de son gilet et referma les doigts autour du Truc®. Ceci ne lui apporta que peu de réconfort. Il se demanda, au cas où Snob déciderait de le foudroyer à grands jets de flammes, s'il aurait le temps de faire un souhait inversé. Probablement pas. Mais il valait mieux avoir l'objet que le contraire.

Plusieurs cillements et de copieuses larmes lavèrent un peu des cendres qui lui obscurcissaient la vue. Il les ouvrit très prudemment.

Là se tenait le Puissant Snob, dans toute son énorme et terrifiante majesté. Il était sur le dos, au sommet d'un grand tas d'or et de bijoux, le ventre rebondi et sa longue tête posée sur sa poitrine. Ses ailes étaient étendues des deux côtés de son immense corps, et il avait croisé les pattes arrière. Il n'était pas nu ; en fait, il portait plusieurs couches de tissu résistant sur le torse, un veston sombre et une veste à petits carreaux bruns et verts. Il avait un long museau et la tête pleine de bosses, mais une intelligence féroce luisait dans ses yeux de dragon. Bingo vit qu'il tenait quelque chose dans sa serre droite – au début, le posstit crut qu'il s'agissait d'un canoë ou d'un objet de proportions similaires. Cillant de nouveau comme le dragon soulevait cette chose pour la mettre à sa bouche, Bingo put voir qu'il s'agissait d'une pipe, une pipe gigantesque. Le dragon aspira deux énormes bouffées et reposa la pipe à ses côtés.

— Dra, fit Bingo. Drag. Dra. Dragon.

Il recula d'un pas chancelant, mais il n'y avait nulle part où se cacher, nulle part où fuir. Les yeux du monstre étaient rivés sur lui.

Bingo regarda de droite et de gauche, un tantinet désespéré. Le sol de l'antre de la créature était recouvert d'une épaisse couche d'or, et sur les murs étaient alignés une multitude d'énormes grimoires traitant des traditions anciennes et reliés de divers cuirs. Sur la droite se trouvaient un certain nombre de bouteilles, étiquetées « Dragolais Nouveau » et « La Dragogeoise ». Au fond, les flammes des torches dansaient, enveloppant l'ensemble par intermittence de leur lueur rouge.

— Bonjour, dit le dragon.

— Bon, répondit Bingo, avant que sa langue ne donne l'impression d'avoir doublé de volume. Joujoujoujou, ajouta-t-il.

— Je ne savais pas que j'avais un rendez-vous, reprit Snob. Prenez une chaise, faites donc – celle-ci, oui –, contentez-vous d'ôter les papiers qui la recouvrent. Mettez-les n'importe où.

Bingo regarda autour de lui d'un air bête.

— Je vous offrirais bien le thé, dit Snob. Mais je suis navré de vous dire que je suis à court depuis quelque quarante ans.

— Ce n'est pas du tout grave, pas du tout grave, fit le posstit.

Il vit la chaise que le dragon avait désignée et enleva la pile de parchemins de cuir qui était posée dessus. D'un petit bond, il s'installa. Quelque part dans sa tête, il se disait, à moitié consciemment : *Si je m'assois sur ses meubles, il y regardera peut-être à deux fois avant de me cramer à mort.*

Mais bon, ça, c'est s'il attache de l'importance à ses meubles. Il tenait encore le Truc® dans sa main droite.

— Et que puis-je faire pour vous ? demanda Snob.

— Je…, commença Bingo.

Il réfléchit un instant, mais il n'avait aucune idée de ce qu'il fallait dire.

— Il faudra que vous me rappeliez votre nom, gronda la créature.

— Bingo Pacquet, dit Bingo sans réfléchir.

Ce faisant, il se demanda s'il n'avait pas commis une terrible erreur. Il n'est pas conseillé de donner son vrai nom aux créatures magiques telles que les dragons. Mais il était trop tard, à présent.

— Alors, médita le dragon. Alors vous êtes Bingo Pacquet, c'est bien ça ? À première vue, ça ressemblerait bien à un nom de brigand, non ?

— Je suis issu d'une famille de gentilskloppplds ! couina Bingo.

— Bien sûr, enchaîna Snob, puisque la racine étymologique de *brigand* et *burgher*, *bourgeois*, si vous préférez, se retrouve dans le même mot – du vieux Saumâtre **bruh* ou **burh*, voyez-vous. La cambriole et la respectabilité sont, philologiquement parlant, plus ou moins les mêmes choses.

À force de se frotter les mains, Bingo s'était plus ou moins débarrassé des cendres qui les recouvraient, et fut à même de se nettoyer plus efficacement le visage. Il n'avait pas vraiment écouté ce que venait de dire le dragon.

— Je dirais que Bingo Pacquet, ça vient de l'ouest. Me trompé-je ? Il y a un Pacquelin sur cette côte, n'est-ce pas ? Je me hasarderais – ceci n'est que conjecture, bien entendu, ne le notez pas, je vous prie –, je *conjecturerais* que la racine d'un nom comme Bingo est **binio-gwel*, « le volatile qui joue du biniou ». Vous volez et vous aimez la musique, M. Pacquet ? Non ? C'est beau, pourtant. Ce sont deux activités enrichissantes. (Il gloussa de sa propre blague, et se tapa des deux serres sur les cuisses, produisant un bruit sec de tambour, « cloc, cloc, cloc ».) Quant à Pacquet…

— Je vous en prie, ne me tuez pas, hurla Bingo, incapable de se contenir. (Il sauta de sa chaise et se mit à genoux.) Je suis désolé ! Désolé ! Je suis désolé d'être tombé dans votre cheminée ! C'était leur idée ! Pas la mienne !

— Mon Dieu, mon Dieu, rugit le dragon, que cela amusait. Calmez-vous donc, mon vieux. Vraiment. Vous tuer ? Pourquoi désirerais-je vous tuer ?

— On a fait tout ce chemin, des centaines de lieues, pour vous supprimer et voler votre or, et je désolé je suis désolé je suis désolé, marmonna le posstit.

Il prit une inspiration frissonnante et fut empêché d'en révéler malencontreusement plus par le fait qu'il inhala à pleins poumons les fines cendres qui flottaient encore dans le repaire, ce qui lui occasionna une courte quinte de toux posstite.

— Mon Dieu, fit Snob lorsqu'il cessa de tousser. (Il tira de nouveau quelques bouffées sur sa pipe.) C'est un bien grave exposé. Je suis navré de l'entendre. Pourrais-je vous demander *pourquoi* vous avez fait tout ce chemin pour me supprimer ?

Bingo s'assit sur ses talons.

— Je ne suis pas sûr, répondit-il. Je le présume, mais je ne sais rien. Je présume que vous avez causé grand tort à leur peuple ?

— Et *eux*, c'est… ?

Mais Bingo apprenait enfin à se faire un peu circonspect. Il en avait déjà trop dévoilé.

— Mes compagnons de voyage, dit-il. Je suis désolé, mais je ne me suis pas rendu compte qu'il fallait une raison spécifique pour massacrer les dragons. Ce n'est pas juste une chose que les gens font – tuer les dragons, je veux dire ?

— Je mènerais une vie bien inconfortable si c'était le cas, déclara Snob. Mon Dieu. C'est un exposé fort désagréable. J'essaye de me souvenir qui j'aurais bien pu offenser, et je ne vois vraiment personne.

Bingo était encore affreusement nerveux, ce qui fut peut-être la raison pour laquelle il jeta :

— Ça fait soixante-dix ans que les Lacbourgeois n'ont pas vu de client – vous les avez fait fuir.

— Mon Dieu, dit le dragon d'un ton authentiquement contrit. C'est vrai ? Quelle horreur. Ce n'était vraiment pas intentionnel. Je ne pense pas, cependant – pour être franc – que ce soit *exactement* ma faute si les gens me trouvent effrayant. Je ne m'efforce pas de l'être.

Il tira sur sa pipe quelques instants.

La conversation ne prenait pas du tout le tour que Bingo avait envisagé.

— Je suis désolé de vous avoir surpris en tombant comme ça dans la cheminée, dit-il. Et je suis désolé pour… vous savez, mon histoire sur votre assassinat.

— Si vous me donniez l'identité de vos compagnons de voyage, je pourrais peut-être me rappeler leur avoir causé du tort, déclara Snob. Ce sont, peut-être, des kloppIds, comme vous ?

— Puissant Snob ! s'écria Bingo en cavalant derrière la chaise les yeux écarquillés. Pardonnez-moi ! Si mes amis savaient ce que j'ai révélé, ils seraient terriblement en colère contre moi.

— D'accord, d'accord, fit la créature d'un ton peiné. Bien entendu, si vous préférez ne rien dire, je vous comprends parfaitement.

Le silence s'installa quelques minutes dans le repaire.

— Je m'excuse vraiment pour la pénurie de thé, gronda le dragon. (Il fredonna et bourdonna quelque temps.) C'est un mot intéressant, « thé » reprit-il comme s'il parlait tout seul. Dérivé, argumenterais-je, de *tyr*, une variation de *Þyrs*, le vieux mot estron pour dire *géant*. Parce que c'est une boisson qui nous donne l'impression d'être un géant. (Il fredonna derechef.) Une boisson merveilleuse, ajouta-t-il.

Bingo commençait à comprendre, malgré son effroi et les multiples douleurs qu'il avait endurées dans la cheminée, que Snob était vexé. Le posstit ne s'était pas attendu à ça. Rage, feu, destruction, oui. Ruse et fourberie, oui. Mais un air blessé dans le regard et quelques bouffées défensives sur une pipe, pas du tout.

— Monsieur Snob, fit prudemment le posstit. J'ai bien peur de vous avoir offensé.

— Que nenni, murmura le dragon. N'y pensez plus. Seulement, voyez-vous, il est *un peu* déconcertant de découvrir qu'une bande de gens a parcouru des lieues et des lieues pour venir vous tuer.

— Vous avez sûrement plein d'ennemis, dit Bingo. Je veux dire, s'empressa-t-il d'ajouter de peur que ses paroles n'aient pu paraître qu'insultantes, quelqu'un de si, heu, magnifique et redoutable que vous.

— Des ennemis ? s'étonna le dragon. Je ne crois pas. Laissez-moi réfléchir. Non, non. J'ai eu une petite prise de bec avec Incendie, le Dragon de la Plaine Glacée de Grogadin – c'était à propos de la dérivation correcte du terme *wodwo*. Mais tout a été réglé amicalement.

Oui, amicalement. Un bon vieux ver, celui-là. Et modeste, en plus.

Il remua sur son lit doré et se gratta l'estomac de ses griffes antérieures droites.

— Hmm, fit-il.

— Je dois dire, monsieur, que vous n'avez pas l'air très *snob*, dit Bingo d'une toute petite voix, si vous voyez ce que je veux dire.

— Quoi ? Qu'avez-vous dit ? Non, vous avez tout à fait raison, vous avez tout à fait raison. Mes amis ne m'appellent pas Snob, vous savez. Bien que ce soit, philologiquement parlant, un mot absolument intéressant.

— Vraiment ? demanda faiblement Bingo.

— Certainement. C'est une variation occidentale du mot-racine oriental **Smób*, lequel est, en fait, passé dans le langage moderne *via* une autre branche de l'arbre linguistique, sous la forme de *Snob*. Changement de consonne, voyez-vous. Snob est un nom parfaitement descriptif pour un dragon.

Il souleva son énorme pipe dans sa griffe gauche et tira quelque temps sur le tuyau. Des quantités tourbillonnantes de fumée se déversèrent entre ses crocs.

— Ceci est donc votre nom, monsieur ? Snob le Dragon ?

— Non, non. Snob, c'est le nom que les *gens* me donnaient. Les gens ne sont pas très originaux quand il s'agit de baptiser un dragon. Hmm. Ils ont tendance à leur donner des noms dans leur langue d'homme, à un niveau qui n'est que littéral : Snob, Écaille, Grigou, des choses comme ça. (Il hocha son imposante tête.) Non, ce n'est pas comme ça que je me désigne.

— Alors quel est le nom par lequel vous vous appelez, puissant monsieur ?

— Ah. Quand j'étais dragonnet, tout le temps à me battre et à foncer dans tous les coins, je m'appelais Tête Brûlée. Mais ça fait des éons que l'on ne m'a pas appelé ainsi. Des éons que je n'ai pas été impulsif, bien que j'espère encore pouvoir faire montre d'un peu d'intrépidité. (Il s'esclaffa et tira une nouvelle fois sur sa pipe.) Effectivement, on dirait bien qu'un peu d'intrépidité ne me ferait pas de mal, si vos amis comptent vraiment venir me supprimer.

— Je suis désolé pour les intentions de mes amis, dit Bingo.

— Allons, allons, fit Snob. J'essaierai de ne pas être trop susceptible. Les soupirs vexés d'un dragon, voyez-vous, sont autrement plus destructifs et explosifs que ceux des personnes ordinaires. (Il gloussa de cette phrase, comme s'il venait de faire un bon mot.) On se fait beaucoup d'idées fausses à propos des dragons, vous savez, ajouta-t-il doucement. Un tas de malentendus. Les gens ont tendance à ne voir que notre côté fumeux et embrasé. Ils sont totalement aveugles à notre côté *créatif*.

— Votre côté créatif ? s'étonna Bingo, intéressé.

— Oh oui. Je déteste me vanter – c'est contre nature, les vantardises – mais il est indéniable que ce sont les dragons qui ont réalisé tout cela.

Il fit un geste de la griffe droite, et ses ailes de cuir bruirent sous lui.

— Cette salle ? demanda Bingo. Ces grimoires ?

— Quoi ? Quoi ? Non, non. Enfin si, à proprement parler. Mais j'entendais le monde dans son ensemble. Tout.

— Les dragons ont créé le monde ? fit Bingo incertain d'avoir bien entendu.

— Eh bien, oui, répondit Snob, comme gêné. On lui a donné la vie, le feu et la fumée. C'est cela qui a fait briller le soleil, qui a rempli les cieux. C'est pour ça que le ciel est bleu : c'est de la fumée – tout en haut, je veux dire, l'*éther*, chaud et sec. L'air du bas n'est pas bleu, il est clair, bien entendu. Et, ajouta-t-il, c'est pour ça que les montagnes et les collines sont creuses, parce que l'haleine des dragons en a fait des paysages, comme du verre que l'on souffle. Mais je ne désire pas fanfaronner. Les dragons ne peuvent pas tout revendiquer.

— Ah bon ?

— Non, non. Certaines maisons ont été faites, vous savez, par des gens qui sont venus après. Mais bon, bon. Je ne veux pas vous ennuyer. Ce fut un plaisir de deviser avec vous.

Bingo sortit de derrière la chaise.

— Je n'arrive pas à croire que ça a vraiment été un plaisir, fit-il, confus.

— Eh bien… Peut-être que plaisir n'est pas le mot qui conviendrait, concéda Snob. Peut-être pas exactement plaisir. Mais cela fut édifiant. Édifiant. Je suis désolé d'avoir à y mettre fin. Mais je pense que je ferais mieux de *filer*, vous savez, *filer* à Lacbourg. Il y a manifestement eu méprise entre nous – entre les Lacbourgeois et moi-même. Il serait préférable que je donne un coup d'ailes jusqu'en bas pour essayer d'arranger les choses. Faire fuir leurs clients ? Rien ne saurait être plus loin de mes pensées. Je vais bavarder avec eux et je suis sûr que nous pourrons parvenir à un compromis. Mon Dieu, mon Dieu, quelle malheureuse situation. Quelle désagréable situation. Bien, M. Pacquet, poursuivit Snob en remuant sur son tas, au revoir. Je vais vous montrer la grande porte… Je ne crois pas que vous pourrez faire le chemin inverse dans la cheminée.

— Oui, monsieur, dit Bingo. Non, monsieur.

Il était clair que le dragon avait fini de parler. Il se dressa sur son tas et se tint un instant sur ses pattes arrière, ses énormes ailes se dépliant derrière lui, aussi grand que tous les grands de son espèce. Les bords de ses ailes étaient garnis de griffes acérées et l'aérodynamique d'ensemble était parfaitement conçue – un outil pour voler, mais aussi un instrument tranchant et effilé pour traverser les airs. Bingo sentit la peur lui revenir dans la tripe et il recula en vacillant contre le mur. Le dragon s'avança et s'engouffra d'un pas raide dans un couloir au plafond juste assez haut pour lui permettre de passer – même si, lorsqu'il s'y enfila à sa suite, le posstit lui trouva les proportions d'une gigantesque caverne. À grandes enjambées sismiques, le monstre parcourut toute la longueur du couloir en quelques minutes. Bingo dut courir pour rester à sa hauteur, dépassant de nombreuses salles latérales et des passages voûtés qui donnaient sur d'autres repaires, d'autres chambres et d'autres grottes dans lesquelles il n'eut pas le temps de jeter un œil. Il cavalait trop rapidement pour ça.

— Monsieur le Dragon ! étouffa-t-il. Vous allez trop vite.

— Oh, fit Snob en passant son long visage par-dessus son épaule. Toutes mes excuses. Ne vous sentez pas obligé d'aller aussi vivement que moi. Je vous laisserai la porte ouverte.

Sur ce, il bondit vers l'avant comme un tigre, d'un saut puissant, et déboucha à l'extérieur, ailes déployées.

Bingo s'assit sur le sol jusqu'à ce qu'il ait repris son souffle. Puis, il se releva et trotta le long du couloir.

La grande entrée principale, aussi haute que vingt posstits, grandissait à mesure qu'il s'en rapprochait. Il était presque revenu à l'air libre mais, à la dernière minute, son regard fut attiré par quelque chose de brillant, quelque chose d'aspect précieux, posé sur le sol, près de la porte : une énorme gemme. D'autres bibelots de valeur gisaient çà et là, des pièces d'or et des coupes incrustées de bijoux, mais c'était ce colossal diamant, gros comme son poing, qui lui avait fait de l'œil[1] ! Tout pressé qu'il était de sortir de la montagne, il ne pouvait pas faire l'impasse sur une aussi magnifique pierre précieuse. Comme il se penchait pour la ramasser, il crut y discerner une lueur. Il la prit dans ses mains et la porta à son visage.

— Ouaf, fit la pierre.

— Tu es le plus beau diamant que j'aie jamais vu, dit Bingo. Je vais… t'emprunter. Peut-être que ça ne dérangera pas Snob. Qu'est-ce que tu en penses ?

— Ouah ! Ouah ! répondit la pierre.

Mais Bingo ignora son avertissement et glissa le diamant dans la poche de son manteau, où elle partit s'installer en poussant un petit « Ouaf ».

Il s'agissait, même s'il ne le réalisait pas à l'époque, de la célèbre Pierre Qui Aboie enchantée, un diamant à la longue et très particulière histoire. C'était une des pierres les plus précieuses que l'on pût trouver sur la Terre du Milieu du Haut, et une trouvaille inestimable pour un cambrioleur.

Bingo sortit en trottant de l'entrée principale des cavernes de Vigor, une gaieté subite au cœur. Il avait

1. L'origine de cette pierre est détaillée dans le célèbre conte intitulé *Un diamant gros comme le poing.*

survécu à sa chute dans la cheminée, était sorti vivant de son entrevue avec le dragon et, cerise sur le gâteau, avait trouvé une superbe gemme d'inestimable valeur. L'un dans l'autre, se dit-il, ça n'avait pas été une mauvaise journée. Les rayons du soleil dansaient sur le vif cours d'eau qui serpentait entre les deux bras de la montagne ; au sud, les terres avaient adopté une teinte ocre, fraîche et accueillante. Le soleil montait encore, et Bingo se rendit compte qu'il n'avait passé que quelques heures dans la montagne.

Il lui fallut toutefois plus que quelques heures pour rejoindre les nains. D'abord, il dut péniblement gravir une saillie, avant de redescendre de l'autre côté, dans la vallée. Puis, il eut à contourner le flanc de Vigor, jusqu'à reconnaître l'endroit où la compagnie avait commencé son ascension l'avant-veille. Ensuite, il dut refaire ce difficile chemin.

Mais, lorsqu'il hissa sa carcasse essoufflée sur le plateau (le soleil rougeoyait à l'ouest), les nains furent ravis de le revoir.

— Bingo ! s'écria Lori. Vous êtes vivant !

Ils se regroupèrent autour de lui.

— Nous sommes vraiment heureux de vous voir sain et sauf, mon garçon, fit Lori en l'embrassant. Nous avions presque perdu tout espoir.

— Nous discutions de la marche à suivre, déclara Bomber.

— Nous n'étions pas du tout sûrs de savoir *quoi* faire, intervint Ouïn.

— Mes chers amis, dit Bingo.

Après s'être rafraîchi avec un petit pain arrosé d'eau – tandis que les nains allumaient un feu –, il s'installa et leur raconta ses aventures, n'omettant de citer que sa découverte de la Pierre Qui Aboie. Mais, au lieu de le féliciter à mesure qu'il narrait ses exploits, les nains firent montre d'une consternation croissante.

— Vous lui avez dit *quoi* ? demanda Lori.

— Vous lui avez dit que nous étions venus ici *pour le tuer* ? fit un Mahlïn horrifié.

— Eh bien, oui, répondit Bingo, hésitant. C'est bien pour ça qu'on est là, non ? Il m'a semblé comprendre que c'était le but de notre quête.

Cinq visages de nains atterrés portèrent sur Bingo un lourd regard.

— Je sais que vous avez *prétendu* que nous venions pour l'or, reprit Bingo, qui lui-même s'agaçait un peu. Je veux dire, je sais que c'est ce que vous avez dit. Mais il est clair que c'était n'importe quoi. Ou que cette histoire ne se limitait pas à ça. Il y a des masses d'or, là-dessous, d'ailleurs, ajouta-t-il. Ça traîne par terre. Ce serait une honte de laisser ça là.

— Espèce de crétin, explosa Lori. Cr ! É ! Tin !

— Pardon ?

— Vous avez dit au dragon que nous allions *le tuer* ? *Pourquoi* lui avez-vous dit ça ?

— J'étais dans une sale galère, répondit Bingo, qui commençait à se chauffer.

— Et il est parti à Lacbourg ?

— Oui.

Les nains regardèrent au sud. À l'horizon, on ne voyait rien dans les ténèbres naissantes, en dehors du paysage vague et sombre et des étoiles qui s'allumaient.

— Lui avez-vous au moins dit que vous aviez voyagé avec une troupe de nains ? demanda Lori d'un ton plein d'espoir.

— Non, répondit fièrement Bingo. Je me suis arrangé pour m'arrêter avant de trop baver.

Les nains le dévisagèrent. Il était en fait possible de voir l'intérieur de leurs bouches, tant leurs mâchoires s'étaient décrochées.

— Écoutez…, commença Bingo.

— Crétin ! Crétin – crétin – crétin – débile profond ! s'exclama Lori. Vous *auriez dû lui dire* que nous étions des nains. Il n'aurait *jamais* cru que nous étions venus le tuer s'il avait su que nous étions des nains.

— Ah oui ? Pourquoi donc ? fit Bingo en les regardant un à un. Pourquoi ça ? Je ne comprends pas.

— Oh, c'est *tout à fait* évident.

— Eh bien, vous ne pensez pas que vous pourriez m'expliquer tout ça ? exigea Bingo, qu'un colère posstite animait. Vous ne trouvez pas que j'ai assez merdé dans le noir comme ça ? Vous auriez peut-être pu tout me raconter dès le début, au lieu de me bobarder à propos d'or, d'or et d'or. Hein ?

Lori, à la lueur du feu, baissa les yeux.

— Si on vous avait tout dit, vous n'auriez jamais accepté de venir, déclara-t-il.

— Je *regrette* d'avoir accepté, rétorqua Bingo.

— Il ne s'agit pas d'un sujet sur lequel les nains ou les magiciens peuvent s'exprimer, fit Lori au bout d'un moment. C'est privé. Ce n'est pas une chose que nous voulons voir révélée au reste du monde. On s'est dit, voyez, qu'on attendrait un peu, pour voir comment vous alliez vous débrouiller. On a toujours eu l'intention de tout vous dire, tôt ou tard, ajouta-t-il.

Les autres nains opinèrent du bonnet.

— Me dire quoi ? exigea Bingo. Me dire quoi ? *Pourquoi* avons-nous fait tout ce chemin, sommes-nous venus sur cette montagne, avons-nous bravé tous ces dangers ? Hein, Lori ? C'était *quoi*, la raison ?

— La raison…, commença Lori.

Puis, il se retourna pour porter son regard sur la forme endormie de Glandalf. Tout le groupe fit de même.

— Elle est *là*, la raison, dit Bomber. C'est à cause de lui qu'on se retrouve ici.

Bingo fixa le magicien.

L'espace de quelques minutes, le silence régna.

— Les choses ne sont pas toujours ce qu'elles semblent être, déclara Lori d'une petite voix.

— Je croyais qu'il était venu en tant que guide, une espèce de protecteur, dit Bingo. Pour nous protéger. Comme il l'a fait avec les Gloublins. Ou les loups. Mais vous êtes en train de me dire qu'en fait, c'était l'inverse. C'est nous qui le guidions, et pas lui qui nous guidait ?

— Évidemment, répondit Lori. Vous n'êtes pas arrivé à voir les signes ?

— Quels signes ? Que… qu'est-il en train d'arriver à Glandalf ?

— Il se transforme en dragon, voyez-vous, fit Lori.

Bingo digéra quelques instants cette déclaration.

— Je comprends pas.

— Vous pensiez que les dragons sortaient d'où, vous ? demanda Mahlïn.

— Je n'y avais pas vraiment réfléchi, répondit Bingo. Je me disais qu'une maman dragon et un papa dragon sortaient ensemble et, je sais pas, moi, pondaient un œuf.

— Les processus de la vie sont bien plus riches que vous ne le pensez, lala, et bien plus étroitement liés entre eux, révéla Lori. Vous savez qu'un œuf d'insecte devient une larve, qu'une larve se transforme en chenille, et une chenille, en papillon. Vous savez que c'est comme ça que la nature fonctionne. Si c'est si complexe, si c'est si intimement lié, au niveau des papillons, que dire des créatures ailées de plus grande taille ?

— Vous vouliez que je voie les signes ? fit Bingo. Que les magiciens sont la forme larvaire des dragons ? Comment diable étais-je censé déduire ça ? Pourquoi ne pouviez-vous tout simplement pas me le *dire* ? Je ne comprends même pas quels étaient les indices que j'étais supposé repérer.

— Eh bien, il y avait la tabagie, dit Lori.

— Les fumeurs ne sont pas rares, fit remarquer Bingo. Il n'y a pas que les magiciens et les dragons.

— Il y avait la surdité.

— La surdité ?

— Il perdait l'usage de ses oreilles. Les dragons n'ont pas d'oreilles – chez eux, le siège de l'ouïe se trouve dans les membranes de leurs ailes. Vous ne le saviez pas ?

— Et il a des *ailes*, Glandalf, peut-être ? rétorqua Bingo d'un ton narquois pour masquer son ignorance.

— Elles sont en train de se développer. Pendant qu'il dort.

Tout le monde porta son regard sur le magicien assoupi.

— Je ne vois toujours pas comment j'étais censé deviner tout ça, insista Bingo.

— Il y a la magie. Les magiciens et les dragons sont les deux grandes créatures magiques de ce monde. Vous ne saviez pas *ça* ? Il y avait le feu.

— Le feu ?

— La fois où Glandalf a craché du feu pour cramer les loups. Vous n'avez pas trouvé ça étrange ?

— Je croyais que c'était un sort, dit Bingo.

— Et quand sa *barbe* est tombée, on croyait bien que ça allait être la révélation, déclara Bomber. On n'a jamais vu de dragon avec une barbe, pas vrai ? Les dragons n'ont pas de barbe.

— Ça fait beaucoup à avaler d'un coup, fit Bingo.

Il s'assit quelques instants, à écouter la voix du feu. C'était comme si les longs doigts des flammes faisaient craquer leurs phalanges.

— Alors en fait, on amenait Glandalf à Snob pour... Pour faire quoi ? Achever sa transformation ?

Les nains acquiescèrent dans les ténèbres.

— Mais pourquoi est-ce que c'est *vous* qui faites ça ? Quelle importance a la vie d'un vieux magicien aux yeux d'une poignée de nains ?

— Mis à part, bien entendu, les différences de taille, vous voulez peut-être que je vous énumère les nombreux points communs qui existent entre les nains et les magiciens ? proposa Lori. Primo, il y a les barbes...

— Vous voulez dire que les nains sont une *forme antérieure* des magiciens ? demanda Bingo, qu'une compréhension soudaine animait. Larves, chenilles, papillons, vous avez dit. Les nains se transforment en magiciens ?

— Eh bien oui, s'ils vivent assez longtemps, répondit Lori. Comme vous l'avez constaté, le monde est un dur endroit pour nous. Mais oui. Les nains sont forgés dans la roche, et nous en sortons plus ou moins tels que vous nous voyez maintenant, mais en plus petit, dans les grottes et les cavernes. Nous grandissons lentement, et beaucoup parmi nous périssent, mais, au bout du compte, quelques-uns d'entre nous changent, se métamorphosent, finissent leur croissance et acquièrent leur magie d'adulte. C'est alors que nous devenons magiciens. Les magiciens vivent vieux – non sans danger – et peu survivent aussi longtemps que Glandalf – *Mithranabo*, pour lui donner le nom qui lui revient de droit. Mais, à la fin, pour ce petit nombre, une deuxième grande transformation survient. Il l'a senti, l'an dernier. Nous l'avons amené ici voir Snob pour que le changement arrive à terme et pour qu'il ait un mentor lorsque l'heure sera venue. *Vous*, vous étiez censé glisser par la cheminée et faire ouvrir la porte principale à Snob. C'est *tout*.

— Mais à la place, vous avez envoyé Snob à Lacbourg pour chercher querelle aux hommes qui y vivent, dit Bomber. Et, même s'il a survécu à cette rencontre, maintenant, il croit que nous sommes venus ici pour le tuer ! On est dans un sale pétrin.

— Pétrin, murmurèrent les nains d'un triste et commun accord. Mignon. Hmm, hmm, hmm.

Tous les regards se dirigèrent de nouveau vers le sud, à la recherche du lac et de la ville dans les ténèbres qui s'épaississaient.

Lard l'Archer

10

Peuh ! Et eau

Et maintenant, nous devons, si vous désirez savoir ce qui s'est passé entre le Puissant Snob et les commerçants de Lacbourg, déplacer notre perspective imaginaire vers le sud, jusqu'aux eaux calmes du Lac Escargot. Car c'était dans cette direction que le dragon allait son chemin.

Snob progressait en battant lentement et maladroitement de ses vastes ailes dans le soleil de midi. Il lui fallut peu de temps pour croiser au-dessus de Lacbourg, et ses élytres [1] de cuir provoquèrent de grandes rafales de vent dans les rues de bois étroites. Les Lacbourgeois détalèrent dans tous les sens en poussant diverses exclamations : « Le dragon est céans ! Malheur ! Malheur ! Malheur ! », « Tabernacle et caribou, la gloire a déserté Lacbourg ! » et « Qui veut des pommes, mes *délicieuses* pommes ? Dix pour un sou, venez, venez ».

---

1. J'ai vérifié avec la correctrice, et elle a insisté pour que je mette « élytres », parce que « ailes » se trouvait déjà dans la première phrase de ce paragraphe.

— Bon, tonna Snob dans les airs, d'une voix comme cent coups de tonnerre [1]. Ne nous emportons pas trop, là-dessous ! Je suis juste venu discuter !

Lard l'Archer se tenait là, le ventre fier. Il était la seule personne immobile dans la foule paniquée, son puissant arc à la main.

— Dragon ! héla-t-il d'une voix qui se perdait presque dans les rafales de vent que provoquaient les ailes du monstre (cela dit, et par chance, les dragons ont une ouïe exceptionnellement fine). Honni sois-tu, dragon ! Prends garde !

— Allons, allons, fit Snob. Je ne vous veux aucun mal. Ne pouvons-nous parler, *tout simplement*, dragono a mano ? Rien que vous et moi ?

— J'ai mon arc ! scanda Lard en agitant son arc au-dessus de sa tête [2]. Et je ne crains pas de m'en servir ! Tu es prévenu !

— Aaah ! cria la foule. Catastrophe ! Désastre ! Le dragon est céans !

— Des pommes, des pommes, hurla le vendeur de pommes sourd.

Snob continuait de décrire des cercles dans les airs.

— Je vais me poser sur ce pont, déclara-t-il en indiquant l'ouvrage d'une de ses puissantes serres. Après, on pourra bavarder. Je ne pense pas que vous ayez du *thé*, si ?

— Malheur, malheur, malheur ! hurlèrent les habitants de Lacbourg.

---

1. En fait, techniquement, on aurait plus dit quatre-vingt dix-huit virgule trois coups de tonnerre. Mais, pour l'amour de la métrique, j'ai arrondi au-dessus.

2. À Lacbourg, il est interdit de brandir.

Snob recourba les extrémités de ses ailes et fit de grands gestes circulaires, générant un courant descendant qui lui permit d'atterrir. Au-dessous de lui, les gens cavalèrent, en même temps qu'il se posait sur le pont principal de la ville. Lard s'approcha du grand monstre en courant, tête baissée comme il est généralement admis que les humains le fassent (lorsqu'un courant d'air vient du dessus, en tout cas). Le bois grinçait sous le poids de la créature.

— Ahh, fit Snob en repliant ses ailes pour atteindre la poche de poitrine d'où dépassait son énorme pipe. C'est mieux comme ça. Je n'ai plus la forme d'antan, vous savez. J'avais pris l'habitude de faire un petit vol de santé vite fait dans les montagnes, après chaque repas. Mais j'ai négligé mes exercices, ces derniers temps. Mon Dieu ! Ne seriez-vous pas Lard ? Ravi de vous rencontrer. Ravi.

— Ô terrible ver, cria Lard en agitant de nouveau son arme. Retourne-t'en dans ton gouffre de vilenie ! Honni sois-tu !

— Eh bien, dit le dragon, quelque peu déconcerté. Eh. Certes. Oui, je dois reconnaître que vous avez fait un travail *adorable* avec ce lac. Un travail délicieux. Serait-ce un revêtement en pin, sur le chêne qui compose cette grande bâtisse ? Délicieux, délicieux.

— Créature des ténèbres ! hurla Lard. Engeance du Malin ! Tu ne passeras pas !

— Je vois, fit Snob, incapable de ne pas paraître légèrement cinglant. Bon. Ça me fait plaisir de vous voir. Je me suis dit que j'allais passer en coup de vent…

— Grrrr ! fit Lard.

— Passer en coup de vent, reprit Snob moins rudement tout en tassant son tabac dans le foyer (aussi grand qu'une baignoire) de sa pipe. Voir si nous pouvons remédier à notre petit malentendu.

Les poutres qui soutenaient le pont se remirent à gémir sous le grand poids de Snob.

— Il paraît que quelques-uns de vos clients se sont montrés, dirons-nous, timides, depuis que je me suis installé dans la Seule Montagne… ? dit Snob en tirant une bouffée sur sa pipe géante.

— Honni sois-tu ! Peuh ! hurla Lard en encochant une flèche. Grr ! Ver maléfique ! Honni sois-tu !

— Il *faut* vraiment que je vous assure que je n'en avais pas la *moindre* idée. C'est une situation fort inconfortable. Je me sens obligé d'essayer de trouver une solution et de faire redémarrer vos activités commerciales. Bon, je me demandais si…

Lard leva son arc et visa.

Mais, sous Snob, les poutres de soutien ne pouvaient plus résister. Dans de multiples bruits de craquements, elles cédèrent et firent basculer dans l'eau les cinquante mètres du pont. Grondant un « Oh mon Dieu », le dragon culbuta en arrière et disparut dans le lac dans un « plouf » apocalyptique.

L'eau fut projetée trente mètres dans les airs. Des vagues surgirent et s'élevèrent entre les pilotis de bois sur lesquels Lacbourg se protégeait des eaux ; la houle se pressa sous la ville et l'eau filtra entre les planches, inondant bien des rues et des maisons. Lorsque les premières vagues se retirèrent, des volutes d'humidité stagnaient dans l'atmosphère, projetant une myriade de minuscules étincelles d'arcs-en-ciel dans les vifs rayons du soleil.

Il fallut un bon moment aux habitants de Lacbourg avant qu'ils n'expriment leur soulagement collectif par des cris de joie :

— Hourra ! hurlèrent-ils. Lard a terrassé le terrible monstre.

— Le dragon n'est plus !

— Pommes ! Pommes ! À peine abîmées !

— Gloire à Lard le Libérateur ! Lacbourg est sauvé !

Lard se plaça à l'extrémité du pont dévasté et observa la surface de l'eau. Les vagues se calmaient, à présent, le lac reprenait sa placidité de gastropode pulmoné et se refermait sur la carcasse engloutie du dragon. Le maire resta immobile quelques instants, s'attendant presque à ce que la créature resurgisse de l'eau, tout feu et tempête. Mais rien ne vint troubler la quiétude du lac. Lard commença à comprendre que Snob était bel et bien mort.

— Car le dragon n'est-il pas une créature de feu ? dit-il, plus pour lui-même que pour son auditoire. N'est-il pas dit, en vérité, que pour tuer un dragon, il faut le noyer ? (Il se retourna vers son peuple.) Les eaux ont englouti le monstre ! La malédiction de Lacbourg est levée !

— Hourra ! hurlèrent-ils.

Une dizaine de gaillards se regroupèrent autour de leur maire et se saisirent de lui pour le porter à hauteur d'épaules au milieu de la foule en liesse. Ils abandonnèrent ce plan ambitieux au bout d'une demi-minute d'efforts et de grognements et, à la place, Lard convint de marcher parmi la populace.

— Si seulement j'étais un barde, se dit-il. Quel lai j'aurais composé pour narrer cette aventure !

Puis, tout à ses pensées de lais, il défila dans la ville.

*

Les festivités se poursuivirent le reste de la journée et tard dans la nuit. Le soleil se coucha dans sa splendeur écarlate et la lune arbora son croissant [1]. Les torches dardaient leurs reflets sur les eaux calmes. Tout le monde chantait, tout le monde dansait. Les fois furent engagées et, dans quelques cas (dans l'ombre des pas de porte et derrière certaines caisses d'emballage), plus qu'engagées. On trinqua à des santés, les santés furent éprouvées, les éprouvés furent soulagés et l'on soulagea les réserves de jambon pour les mettre en sandwiches. Ces festivités furent mémorables.

Le pont qui raccordait Lacbourg à la rive avait été détruit, mais les Lacbourgeois allaient et venaient dans de nombreux bateaux. Par conséquent, personne ne fut surpris de voir un certain nombre d'embarcations accoster à l'un des mouillages, ni d'en voir débarquer une vingtaine de grandes silhouettes. À vrai dire, il n'y avait plus grand monde de conscient ou de *compos mentis* adéquate pour être surpris.

— Où se trouve le seigneur de cet endroit ? demanda la silhouette de tête. Présentez-nous au seigneur de cet endroit !

Les nouveaux venus arpentèrent les rues, hâtivement mais avec grâce, avant de se réunir sur leur navire.

— Mon Dieu, fit une silhouette. On dirait qu'ils dorment tous.

— Un peu d'excès de table, j'en ai bien peur, enchaîna une autre.

---

1. Deux, pour moi. Et un nuage de lait. Merci.

— J'ai demandé mon chemin à l'un d'entre eux, intervint une troisième. Et il m'a répondu en Gloublin ! Rien que des gutturales affreuses et des occlusives ! J'ai cru que les Gloublins étaient déjà arrivés et qu'ils s'étaient emparés de la ville. Mais après, je me suis rendu compte que le type ne me répondait pas, en fait. Il vomissait, c'est tout.

— Quelle horreur, fit une quatrième.

— Eh bien, reprit la première. On dirait bien qu'ils sont tous saouls. Ça va nous faciliter le travail, j'imagine. Elmstreet, pars chercher le reste de l'armée. Nous allons reconstruire le pont dans la matinée, et relier une fois de plus la ville à la terre ferme. Mais d'ici là, contentons-nous de consolider ce qu'on a.

— D'ac', dit la silhouette qui venait d'être désignée comme étant Elmstreet.

Il sauta de nouveau dans le bateau, dans un battement de cape qui dévoila un reflet d'armure elfique.

Le lendemain matin, Lacbourg avait changé de taulier. Les elfes avaient tiré ou poussé les habitants déchirés dans une bâtisse centrale et les avaient mis sous clé. Puis, ils casernèrent leurs soldats – plusieurs centaines, couverts de leurs plus élégantes armures –, dans les meilleures chambres. Enfin, les elfes attachèrent une longue file de barques lacbourgeoises entre elles pour en faire un pont flottant jusqu'à la rive.

Tout fut fini avant le petit déjeuner. Pendant que les elfes mâchaient leur délicieux ghambas en sirotant leur thé gris, les habitants originels de Lacbourg, à présent rompus et endoloris, commencèrent à reprendre leurs esprits. Elcarré donna des ordres pour qu'on lui amène le seigneur de la ville et, vingt minutes plus tard, Lard en personne se tenait devant l'elfe.

— Bonjour, dit Elcarré. Comment ça va, aujourd'hui ?

— Quoi ? demanda Lard avec force, une expression fâchée sur le visage.

— Vous allez bien ?

— Quoi ? (Il cligna des yeux, et lança de noirs regards autour de lui.) Que se passe-t-il ?

— Je suis le seigneur Elcarré, l'elfe, expliqua le seigneur Elcarré, l'elfe. En ce moment, et à mon grand chagrin, je me trouve à la tête d'une puissante armée. Il n'est pas dans nos intentions de vous incommoder, vous comprenez, mais il faut bien que je cantonne mes soldats.

— Quoi ? demanda Lard pour la troisième fois. Qui êtes-vous ?

— Apportez du thé à ce type, ordonna Elcarré.

— Vous nous avez envahis ! s'écria subitement Lard. Vous avez envahi Lacbourg !

— Pas le moins du monde. Notre présence ici n'est que temporaire, je vous assure, fit le seigneur elfe. Permettez-moi de vous expliquer. Nous avons cru comprendre qu'une bande de robustes nains a voyagé jusqu'ici, sur le chemin qui devait les mener à la Seule Montagne. Nous avons aussi cru comprendre qu'ils avaient des affaires à régler avec le dragon qui y vit…

— Snob ! cracha Lard. Je l'ai tué !

Un silence élégamment choqué s'installa alors parmi les elfes.

— Vraiment ? finit par demander Elcarré.

— Tout à fait, répondit Lard en rentrant le ventre, encore plus fier. Hier, il est venu menacer Lacbourg. Je lui ai fait face, armé de mon fidèle arc – je suis archer, vous savez. Il s'est posé sur le pont, le pont s'est effondré, et Snob s'est noyé.

— Mon Dieu, mon Dieu, fit Elcarré. Comme c'est intéressant. Donc, le puissant Snob est mort ?

— Oui, répondit Lard. Vous n'aviez pas dit quelque chose à propos d'un thé ? (Il partit s'asseoir à côté du seigneur elfe en se dandinant.) Un p'tit déj', peut-être ?

Elcarré fit signe à ses partisans d'apporter le nécessaire.

— Bon, fit l'elfe. S'il est vrai que le dragon est mort, cela apporte un jour nouveau sur la tournure des événements. Êtes-vous certain de son trépas ?

— Certainement, fit Lard, la bouche débordant de crème épaisse (ce n'est pas un mot facile à prononcer quand on a la bouche pleine, mais Lard n'avait peur de rien quand il s'agissait de prononciation).

— Est-ce que vous avez récupéré le corps ?

— Non, répondit Lard, légèrement hésitant.

— S'il est dans le lac, il sera alors facile de le draguer pour retrouver sa dépouille, vous ne croyez pas ? Juste pour être sûr.

Sur ce, un des partisans d'Elcarré se mit à chanter :

Quand ils auront repêché le Dragon
Et qu'ils auront ramené le cadavre d'un monstre si monstrueux,
Et qu'ils l'auront exposé, mort sur un ponton si ponteux
Alors là, plus besoin de se faire du mouron.

D'un regard noir, Elcarré fit taire son sbire.

— Monsieur Lard, c'est ça ? Excellence ?... C'est vous, Lard ?

— Maire, fit Lard.

— Maire, excellent. Croyez-moi, l'*invasion*, comme vous dites, de votre délicieuse ville lacustre, n'intéresse pas les elfes. Nous sommes ici vos alliés, pas vos ennemis.

— Vous avez pourtant enfermé tous mes citadins dans la grande bâtisse centrale.

— Simple précaution, déclara Elcarré en faisant un geste dédaigneux de la main. Lorsqu'ils auront correctement cuvé, et qu'on les aura renseignés comme il se doit sur la situation, on les laissera sortir.

— Quand on les aura renseignés sur quelle situation ? demanda Lard en laissant voir les bouts de pain au lait à moitié mâchés qu'il avait dans la bouche.

— Ainsi vous n'êtes *pas* au courant ? Bonté divine. Eh bien, j'ai bien peur de vous apporter de mauvaises nouvelles.

— De mauvaises nouvelles ?

— Oui. Voyez-vous, une énorme armée gloubline s'est assemblée.

— Des Gloublins ? répéta Lard d'une voix un peu étranglée.

— Je le crains. Une armée tout simplement gigantesque. Ils ont recruté des Gloublins dans toute la montagne. Et ils sont à un jour de marche, au plus.

— À un jour d'ici ? Mais pourquoi les Gloublins voudraient-ils débarquer ici ?

— À cause des nains dont je vous ai parlé. À ce qu'il paraît, ils ont plutôt mis le *bazar* lorsqu'ils ont traversé les Monts Ruineux. Ils ont provoqué un sacré désordre. Et – je ne vois pas pourquoi je ne vous le dirais pas – il y a autre chose. Avec les Gloublins, il y a une créature qui n'en a pas l'aspect : c'est quelque chose d'autre, un philosophe au comportement dolent du nom de Phyllum. C'est de sa bouche que les Gloublins ont appris qu'un artefact immensément puissant et malfaisant – un des Trucs® créés par le Maléfique Ronron – se trouve en possession de ces nains. La nouvelle circule partout dans les terres occidentales. Les Gloublins sont venus se venger, détruire, piller mais, plus que tout, ils sont venus s'emparer du Truc®. Qui sait quelles horreurs pourraient se déchaîner s'ils mettaient la main dessus ! Il est temps que tous les peuples de la Terre du Milieu du Haut s'unissent et fassent front à cette terrible menace !

— La vache, fit Lard.

Cette même nuit, et pendant les petites heures du matin, les nains montèrent une sinistre garde sur le flanc de la montagne, les yeux rivés sur les terres et le ciel du sud, en direction de Lacbourg. Ils attendaient le retour de Snob, ou des nouvelles de lui.

— S'il y avait une grande bataille, ne la verrions-nous pas ? fit Bingo. Flammes et feux d'artifice ?

— P'têt' ben que oui, répondit Lori d'un ton maussade. Pt'êt' ben que non.

— Qu'est-ce qu'on va faire ? demanda Bingo.

— Ne vous figurez pas que vous êtes de nouveau dans nos petits papiers, répondit sèchement le nain avant de tourner le dos au posstit.

C'était un dos chaleureux, littéralement parlant, parce qu'il avait été près du feu ; mais, en termes métaphoriques, c'était un dos glacial. Alors, on pourrait dire que c'était à la fois un dos glacial et chaleureux, ce qui sonne paradoxal, je sais, mais ça ne l'est pas vraiment, quand on y pense.

— Tout est de votre faute, maugréa Ouïn.

— Vous nous avez mis dans un beau pétrin, grommela Bomber.

— Gertrude ! s'étrangla Mahlïn (mais il dormait, et son commentaire n'avait pas de pertinence particulière dans la discussion en cours).

Bingo regarda tristement le feu, observant les bûches luisantes et les flammes qui faisaient la danse du ventre en se tortillant.

— Ne vous décourazez pas, dit Fhorïn en s'asseyant à côté de lui. Vous n'étiez pas fenfé tout favoir.

— Je sens qu'il est arrivé quelque chose de terrible, déclara le posstit.

Son sentiment de maladresse et de mélancolie était renforcé par le fait qu'il n'avait encore rien dit de la Pierre Qui Aboie, qui reposait, tel un secret coupable, dans la poche de son manteau.

— Quelque sose de terrible, convint Fhorïn. Ze le fens, moi auffi. Mais nous ne pouvons rien empêsser. Il est dommaze que nous n'ayons pas pu bavarder avec Fnob avant qu'il ne détale, mais bon.

— Qu'est-ce qu'on va faire, maintenant ?

— La porte prinfipale est ouverte, vous dites ?

— Oui, répondit Bingo. Le dragon l'a laissée ouverte après être parti.

— Eh bien, quand le zour reviendra, nous vemmènerons Glandalf dans la montagne. Même fi Fnob n'est pas là pour nous vaider, nous pouvons au moins faire en forte que notre vieux pote foit à l'aive.

Pour la centième fois, Bingo posa les yeux sur la silhouette enveloppée et assoupie du magicien sans barbe.

— Il a l'air plus grand, observa-t-il.

La tête du mage s'était rapprochée de quinze centimètres de la pile de rochers à côté de laquelle il dormait.

— F'est vrai, fit simplement Fhorïn.

Il fut compliqué de dormir. Bingo vola deux heures de repos juste avant l'aube, mais il fut réveillé par les nains, qui jetaient de la poussière sur le feu à coups de pieds et qui réunissaient leurs affaires.

— Ramenez-vous, Pacquet, intima Lori d'un ton hostile. J'imagine qu'on ne peut pas vous laisser sur le flanc de la montagne. Même si on est puissamment tentés, voyez-vous, de le faire.

Ils se remirent précautionneusement à descendre, traînant chacun à leur tour la carcasse inconsciente de Glandalf derrière eux. C'était plus facile que pour la montée, mais plus ardu que cela aurait pu l'être. Le magicien était considérablement plus lourd qu'avant.

Ils se reposèrent pour le déjeuner, avant de reprendre leur route tout l'après-midi, sans cesser de garder la montagne à leur gauche.

Ils franchirent la crête de l'arête la plus à l'ouest de la porte principale en même temps que le soleil déclinait et, ce faisant, ils inversèrent le crépuscule l'espace de quelques minutes, ramenant le soleil une fraction au-dessus de la ligne d'horizon. Ce fut sur cette petite élévation qu'ils établirent leur camp pour la nuit, alors que le soleil se couchait pour la deuxième fois en quinze minutes.

Ils mangèrent en silence.

— J'ai encore du mal à comprendre, dit Bingo.

Même si les nains ne lui avaient encore rien pardonné, ils étaient du moins trop fatigués de leurs efforts pour exprimer leur colère.

— Le monde est un endroit plus étrange que vous ne le réalisez, petit posstit, déclara Lori.

— Oui, apparemment. Quand une posstite et un posstit se rencontrent, ils créent quelque chose de nouveau.

Je ne comprends pas comment les nains, les magiciens ou les dragons – vu qu'il s'agit manifestement de la même créature –, comment ils... comment *vous* perpétuez l'espèce.

— Perpétuer, fit le nain, méditatif. Ça sonne étrangement à mes oreilles, ce mot. Vous voulez dire : remplir le monde de versions de soi-même jusqu'à ce que le monde soit surpeuplé, que les paysages soient réduits en déserts et que les hordes des crève-la-faim tanguent au rythme de leurs propres gémissements ?

— Eh bien... pas exactement, répondit Bingo.

— Avec nous, on sait exactement combien on est, dit Lori. Au commencement, le créateur a insufflé la vie à un certain nombre de nains dans la pierre. Ce sont les cristaux divins, voyez-vous, et leur accession à la vie fait partie du devenir de soi. La grande séquence se déroule, et les formes succèdent aux formes, jusqu'à ce que les cristaux – ou ceux qui ont survécu – prennent leur forme ultime. La forme même du créateur.

— Ça m'a l'air un peu cyclique, fit âprement Bingo.

— Cyclique ? Eh bien, lala, peut-être que oui. Cyclique à la façon dont le printemps précède l'hiver qui précède au printemps ? À la façon dont le soleil se lève et se couche ? C'est pas si mal, cyclique, voyez-vous. En plus, ajouta-t-il, *ça*, c'est la façon dont le Divin fait l'expérience de l'existence par la création.

— Et le créateur ne peut pas faire ça autrement ?

— Le créateur est extérieur à la création, expliqua Lori, comme si c'était la chose la plus évidente au monde. Il ne peut pas tout simplement mettre son nez dedans, ou il la briserait.

Toutes ces spéculations métaphysiques donnèrent la migraine à Bingo ; il s'enroula dans une couverture et tenta de s'endormir.

Le matin explosa glorieusement autour d'eux, sous la forme de nuages mousseline qui réfléchissaient la lueur jaune clair d'un nouveau jour. Bingo se réveilla avec le soleil ; il ferma les yeux avec force et laissa sa chaleur inonder son visage.

Le posstit s'activa et vit que les nains étaient réveillés, alignés en file indienne.

— Qu'est-ce que vous faites ? demanda-t-il en se frottant les yeux et en se les tapotant légèrement tour à tour. (Il bâilla.) Qu'est-ce qu'il se passe ?

— Une armée arrive, je dirais, fit Lori en indiquant la vallée qui s'étendait devant eux.

Au-dessous, dans le vallon qui donnait sur l'entrée de la caverne de la Seule Montagne, un grand contingent était rassemblé. Les armures élégantes des elfes luisaient comme une eau dorée ; leurs bannières mauves, qui portaient l'emblème de l'œillet mauve, flottaient dans la brise matinale. À leurs côtés se tenaient les Hommes de Lacbourg, avec leurs armures de cuir laquées (qui servaient aussi de survêtements), qui agitaient leurs diverses armes.

Bingo regarda les rangs et les rangs de guerriers : mille hommes et elfes, tout compris.

— Mazette, fit-il.

La charge des gloublins

11

Les mottes s'éclatent

— Est-il possible que Snob soit vraiment mort ? demanda Bingo, désespéré.

Devant l'entrée principale de la montagne, les nains et le posstit étaient réunis sous l'élégante tente de soie que le Seigneur Elcarré avait plantée entre les deux collines. Des hommes d'armes et des elfes d'armes allaient et venaient, entraient et sortaient de la tente. Les préparations étaient en cours pour la bataille à venir.

— Certes oui, répondit Elcarré d'un ton empreint de langueur. C'est un événement plutôt heureux, je pense que nous pouvons en convenir. L'armée qui nous fait face est forte de dix mille Gloublins. S'ils avaient en plus eu un dragon avec eux, ils auraient été, eh bien… je ne sais pas, laissez-moi réfléchir… hmm, disons *imbattables*. Voilà ce qu'ils auraient été.

— Ce qui prouve bien le peu de choses que vous savez, voyez, dit Lori, tout furieux. Ce dragon, voyez-vous, ne se serait jamais rangé aux côtés des Gloublins. Il aurait été notre allié !

— Il n'y a jamais eu, ni amitié, ni alliance entre les dragons et les elfes, rétorqua Elcarré.

— Non, fit Lard. Ni entre les dragons et les hommes, d'ailleurs.

— Les dragons et les nains, c'est une autre histoire, poursuivit Bingo, qui retenait un Lori fulminant. Je crois que Lori a raison. Je crois que Snob se serait battu avec nous contre les Gloublins, et il aurait été un puissant allié. Mais il est inutile de s'appesantir sur ce qui aurait pu être. Ce qui aurait pu être ne nous est plus d'aucun secours, ajouta-t-il, se faisant étrangement poète. Ce qui aurait pu être reste là, par terre, jusqu'à ce qu'on vienne balayer.

Tout le monde fixa Bingo. Il baissa les yeux.

— Navré, fit-il. Je ne sais pas pourquoi j'ai dit ça.

— Comme vous dites, monsieur Posstit, cela dit : que le dragon nous ait aidés ou handicapés est sujet à caution.

— C'est sujet à *quoi* ? demanda Lori.

— À caution.

— Caution, répéta le nain comme pour peser ce mot. Caution. Caution, caution, caution. (Il tournait en rond dans la tente en essayant différentes prononciations, allongeant le *au*, faisant siffler le *tion*.) Caution, caution, caution. J'*adore*, conclut-il. C'est adorable, voyez-vous. *Caution*. Ça veut dire quoi ?

— Ça veut dire que c'est quelque chose d'encore non résolu, répondit Elcarré.

— Caution, fit Lori. Édifiant. Vous prendrez quoi pour le petit déjeuner ? reprit-il d'une petite voix qui simulait une discussion. Sujet à *caution*, ajouta-t-il d'une voix de basse. Qui est arrivé en premier ? l'œuf ou la poule ? Sujet à *caution*, caution. Miroir, ô mon miroir qui est le plus beau nain au monde ? *C'est sujet à caution, le plus beau. Caution caution*, continua-t-il à l'antienne. C'est bon, ça, mon garçon, fit-il en reprenant sa vraie voix tout en se tournant vers Elcarré. J'aime ça. Je vais essayer de le recaser dans mes conversations, lala.

— Hmm, dit Elcarré. Admettons. Ça mis à part, il nous reste à déterminer notre meilleure stratégie. Les Gloublins seront sur nous dans un jour et une nuit. Nous avons une puissante armée d'elfes et une puissante armée d'hommes – mille combattants, tout compris. Les nains se rallieront-ils à notre cause ?

— Oui, répondit fermement Lori en jetant un œil derrière lui pour regarder Fhorïn (qui acquiesça). Nous nous tiendrons à vos côtés.

— Ainsi une puissante armée de nains se rallie à nous ! s'écria Elcarré, radieux. De combien de guerriers disposez-vous, monsieur le Nain ?

— Heu…, répondit Lori en roulant des yeux comme pour calculer approximativement la réponse. Cinq.

Un silence s'installa quelques instants dans la tente.

— Ils sont puissants, cela dit, ajouta Lori. Ces cinq-là.

— Très bien, fit Elcarré d'une voix lourde. Monsieur le Posstit. Votre peuple se ralliera-t-il à notre cause ? La mort nous attend peut-être, mais la gloire aussi, et nous, les peuples libres de la Terre du Milieu du Haut, nous sommes prêts à accueillir tous les alliés dans cette bataille contre les maléfiques Gloublins.

— Bien sûr, répondit Bingo, qui se sentait grisé. Pourquoi pas ?

— Donc, notre grande alliance sera celle des quatre armées ! déclara Elcarré d'un ton grandiloquent en se levant de son trône. Une armée d'elfes, d'hommes de (il toussa) cinq nains et une grande armée de posstits ! Ensemble, nous résisterons côte à côte à cette horde de dix mille Gloublins assoiffés de sang !

Dans la tente, tout le monde se réjouit.

— Combien y a-t-il de guerriers dans votre armée, monsieur le Posstit ? demanda Elcarré comme une pensée-après coup. Vous êtes petits, mais je gagerais que vous êtes vigoureux, forts, artinoïdes, opiniâtres au combat, lents à la colère mais terribles quand votre sang bout. Quelle est la taille de votre armée ?

— Il n'y a que moi, répondit Bingo.

— Je vois, fit Elcarré, l'air irrité. Eh bien, ce n'est pas à proprement parler une *armée*, si ?

— Ça ne dépend pas de ce qu'on entend par le terme « armée » ? demanda Bingo.

— Non, pas du tout. Ah, mais ce n'est pas grave. J'ai déclaré que notre alliance était celle des quatre armées, et c'est comme ça que ça va se passer. Les scribes et les historiens n'auront qu'à être créatifs pour les comptes rendus à venir, c'est tout.

Les éclaireurs elfes avaient estimé que la horde gloubline était presque sur eux. Les nouveaux alliés disposaient de très peu de temps.

— Nous devons nous préparer à la guerre, dit Lori à Bingo. Voyez-vous.

Il y avait encore le problème de Glandalf.

— Nous espérions que le dragon supervise sa transformation, mais cela ne sera pas. Sans l'aide de Snob, il est difficile de prédire ce qui va se passer. Mais on n'y peut rien. Glandalf lui-même est sujet à caution.

— Il nous doit une caution ? demanda Bomber, étonné.

— Non, barbe, sujet à caution, reprit Lori, exaspéré. C'est une expression que je viens d'apprendre. Ça veut dire incertain.

—Ahh, firent les quatre autres nains.

—Quoi qu'il en soit, ce que je suggère, c'est de déplacer Glandalf dans la montagne, dit Lori. Il sera assez confortable, là-bas. Laissons-le dans la vieille salle de Snob. Au moins, il sera à l'abri des Gloublins.

—À moins que les Gloublins ne soient victorieux, fit remarquer Bingo. Auquel cas ils envahiront en masse les montagnes et ils le tueront.

Lori haussa les épaules.

—Nous serons tous morts, à ce moment-là, fit-il observer. C'est sujet à caution, ça aussi.

Il fallut les efforts des cinq nains et de Bingo pour traîner la carcasse endormie de Glandalf. Son corps était deux fois plus long qu'avant et, bien qu'il ne fût pas deux fois plus large, il avait considérablement enflé du torse. À l'instar d'un ado en pleine croissance, ses membres étaient un peu filiformes. Son visage était allongé et, même si on y reconnaissait encore ses traits, il avait un aspect bizarre et dérangeant. Le magicien avait fait éclater la couverture dans laquelle ils l'avaient enroulé, et avait réduit ses vêtements en charpie lors de son développement. Bingo s'occupa d'un pied, Bomber de l'autre, et les autres nains prirent place le long de ses jambes, désormais longues d'un mètre quatre-vingts. Unissant leurs efforts, ils le tirèrent dans la vallée, le firent passer par l'entrée principale et le conduisirent dans le couloir intérieur. Bingo se saisit des chevilles du vieux magicien et se rendit compte qu'il était désagréablement fasciné par les ongles des orteils de Glandalf. Ils étaient noirs, protubérants, et commençaient à se transformer en griffes aux extrémités. Ce n'était pas très joli. Ses épaules également avaient noirci, et deux pointes avaient poussé sur ses omoplates, telles les baleines d'un parapluie fermé.

— Devrions-nous le couvrir ? se demanda Bingo comme ils déposaient la carcasse endormie de Glandalf sur le tas d'or de Snob. Il n'aura pas froid ?

— Vous pensez encore qu'il a le même genre de corps que vous, dit Bomber. Il n'en est rien. Il est dans la phase de métamorphose, à présent.

— Ça va prendre combien de temps ? demanda le posstit.

— Personne ne sait exactement…, commença à répondre Bomber, mais Lori l'interrompit.

— C'est sujet à caution, voyez, fit-il. Caution.

— Je vois, dit Bingo.

Ils laissèrent Glandalf dans la grande salle.

Le groupe retourna à l'air libre, et ils virent les elfes et les hommes s'exercer dans la vallée, devant la porte principale.

— On ferait mieux de fermer l'entrée, déclara Lori.

Ils poussèrent ensemble, de toutes leurs forces, d'abord sur l'un des grands panneaux de pierre, puis sur l'autre. Lentement, les deux battants de cent mètres de haut se refermèrent. Lorsque le second claqua à grand fracas, ils entendirent un autre bruit, le son métallique du verrou de cuivre qui s'actionnait derrière.

— Il est scellé là-dedans, à présent, dit Lori.

— Comment on fait pour re-rentrer ? demanda Bingo.

— Vous pouvez toujours passer par la cheminée, suggéra Bomber.

Cette proposition fit beaucoup rire les nains, mais Bingo ne se joignit pas à eux.

— C'est soit ça, soit c'est Glandalf qui ouvrira la porte lorsqu'il sera prêt, ajouta Bomber.

— On n'aurait pas pu se planquer dans la montagne ? demanda Bingo. On aurait sûrement pu se cacher des Gloublins, là-dedans.

— Non, barbe, fit tristement Lori. S'ils gagnent, ils défonceront les portes et mettront les salles à sac. Nous aurons plus de chances si nous les confrontons ici en guerre ouverte, plutôt qu'en se faisant piéger comme des rats à l'intérieur.

— Espérons qu'on gagne, alors, dit Bingo. Dans l'intérêt de Glandalf.

— Espérons, oui, convinrent les nains.

Bingo eut l'impression que ce jour-là, la veille de la bataille, était le plus long qu'il eût connu. Le soleil se déplaçait progressivement dans le ciel bleu. Les hommes et les elfes abattaient des troncs et en taillaient une extrémité pour en faire plusieurs rangées de pieux acérés longeant la rivière. Les archers de la compagnie fabriquaient de nouvelles flèches et enduisaient de cire les cordes d'arc. Le posstit, toutefois, n'avait rien à faire ; il se sentait de trop et il n'aimait pas ça. Il pria un des armuriers de Lacbourg de lui donner une épée courte, qu'il paya avec des pièces puisées dans le trésor du dragon et, pendant environ une heure, dans l'après-midi chaude envahie par les mouches et le pollen, il s'exerça à manier sa lame. Il trancha la crête des herbes qui poussaient dans la prairie, près de l'eau. Il poignarda l'écorce de vieux arbres, délogeant de petites chevilles de bois. Cette heure d'exercice fut assez pour le fatiguer et le tremper de sueur, et il cessa.

Puis, il escalada la colline orientale et regarda le soleil se coucher à l'horizon sur la mer sombre des arbres, mais il avait le cœur plus lourd encore que le crépuscule.

Une heure de simulation de combat l'avait trop épuisé pour qu'il puisse lever son bras, à présent moulu et endolori. Une heure de simulation ! Le lendemain matin, il aurait une journée entière de *vrai* combat et – pour ce qu'il en savait (il en connaissait très peu sur les batailles) – une nuit complète aussi. Il redoutait de s'effondrer de fatigue au tout début du combat. Il était, à lui tout seul, l'armée de Pinardie, le bataillon de Clopin-Clopa ! Il n'y avait jamais pensé auparavant, et il n'y prenait aucun plaisir.

Ce soir-là, les soldats des quatre armées allumèrent de nombreux feux, et mangèrent ce qui allait être pour beaucoup d'entre eux le dernier souper, et ils burent leurs derniers verres de vin. Bingo s'assit à l'un des feux avec l'Armée des Nains. Tous les six se restaurèrent en silence et, une fois le repas fini, s'assirent en silence.

— Je pensais à un plan, finit par déclarer Bingo, même si ces paroles avaient un goût lourd et irréel. Dites-moi ce que vous en pensez, les garçons. Je me disais… il y a encore le Truc®.

Les nains maugréèrent.

— Je sais, je sais, dit Bingo. Dans l'ensemble, il nous a plutôt mal servis, et si on lui en donne l'occasion, il nous fera tomber une catastrophe sur la tête.

— Ça, c'est *pas* sujet à caution, fit Lori d'un ton plein d'emphase.

— Mais il existe peut-être un sort gagnant, étanche, garanti grand teint, que nous pouvons lancer avec le Truc®, insista Bingo. Qui pourrait mettre fin à cette terrible bataille avant qu'elle ne commence. Vous ne croyez pas ?

— Non, répondit Bomber.

— Non, répondit Mahlïn.

— Non, répondit Ouïn.

— Non, répondit Lori.

— Moi, ze dirais qu'il vaudrait mieux ne pas l'utilijer du tout, répondit Fhorïn.

Bingo resta quelques instants assis en silence.

— Donc Snob est mort, dit-il. Et si je trouvais le moyen de formuler « Snob est mort » dans le Truc® ? Cela ne le ramènerait-il pas à la vie ? Alors il pourrait enfin nous aider à vaincre les Gloublins… Et après, il pourrait aider Glandalf.

Les nains se tinrent cois. Manifestement, cette perspective leur plaisait. Mais Fhorïn renforça leur détermination.

— Non, dit-il fermement. Le Truc® est un artefact mazique. Les dragons font des créatures maziques. Il ne ferait pas futé de mélanzer une mazie maléfique comme le Truc® avec une mazie bénéfique comme le dragon. Laiffez fe Truc® tranquille. Laiffez-le tranquille, f'est tout.

— Fhorïn a raison, fit tristement Lori. Le Truc® trouverait un moyen pour nous contrarier et provoquer un désastre avec notre souhait, quel que soit le soin que nous apporterions à sa formulation. Laissons-le là où il est.

Ils s'assirent longtemps en silence.

Bingo ne pouvait pas dormir. Il remuait et se retournait, du flanc gauche sur le flanc droit et du flanc droit sur le flanc gauche, mais aucun côté n'était confortable. Il se retrouva à souhaiter avoir un troisième côté sur lequel se mettre et, au lieu d'essayer de s'endormir, il se leva et partit errer dans le camp jusqu'à l'aube. Les feux illuminaient l'endroit, et les soldats elfes et humains donnaient l'impression d'avoir le moral.

L'aube vint lentement, d'abord avec une faible lueur à l'est, puis dans la gloire d'un lever de soleil doré.

Des nuages plats débordaient de clarté, comme des déchirures dans le ciel, et laissaient passer des illuminations or et diamant venues d'ailleurs. Bingo profita longtemps de ce spectacle. Puis, il remarqua que les chefs des trois autres armées s'étaient rassemblés avec leurs étendards, au sommet de la colline située à l'est de l'entrée principale de Vigor. Il courut les rejoindre, aussi vite que ses petites jambes purent le porter.

— Ah, fit Elcarré comme les gardes le laissaient passer. Voici le général de la quatrième armée. Venez voir, général.

Il désigna le sud.

De cette position avantageuse, Bingo pouvait voir à des lieues. Au début, ce qu'il vit le désorienta. C'était comme si, en une seule nuit, les prairies herbeuses qui s'étendaient aux côtés de la rivière avaient été envahies de fourrés noirs et noueux, avec des buissons épineux et des arbres mornes à l'allure de perches. Mais, ensuite, son esprit interpréta ce qui était vraiment étalé devant lui. Le sol était recouvert de soldats gloublins. Dix mille ou plus, armés et en armure, attendant l'ordre de charger.

— Une horde, fit Elcarré. Vous ne trouvez pas ?

— Une horde, convint Bingo.

— Ne vous démoralisez pas, monsieur le Posstit, dit l'elfe. Soyez brave.

— Ce n'est pas mon moral qui me préoccupe, déclara Bingo. Ça se passe un peu plus bas, dans mon ventre. Que pouvons-nous faire ? Cette armée s'étend à perte de vue – dix mille soldats, vous avez dit. De combien d'hommes se compose la nôtre ?

— Nos armées *combinées*, corrigea Elcarré. Je dirige une force de cinq cents elfes. Lard dirige cinq cents hommes. Les nains, féroces et résolus, représentent une force de cinq individus. Et vous-même, monsieur le Posstit, représentez la une force d'un seul soldat.

Bingo put faire le compte tout seul.

— Oh mon Dieu, fit-il.

— Certes, dit Elcarré. Et pourtant, nous n'y pouvons rien, n'y pouvons rien. Apprêtez les escadrons ! héla-t-il. Préparez-vous, trompettes ! Reculez sur la montagne si la pression est trop forte !

Bingo tenta de déglutir, mais sa gorge n'avait plus l'air d'être en état de marche. *C'est bien le moment*, se dit-il. *Comment vais-je pouvoir implorer pitié si je ne suis capable d'émettre aucun son ?*

Les Gloublins avaient marché nuit et jour sans s'arrêter, depuis les Monts Ruineux, menés par leur terrible Roi, Kleuk le Chauve [1]. Un désir de mort et de combat les avait envahis : rouges de rage et de caroncule, comme on dit. Ces soldats s'étaient enflammés en entendant le récit des torts faits à la gent gloubline par les elfes, les hommes et les nains.

— À mort ! À mort ! À mort ! scandaient-ils. Elcarré le Cuistot ! Lard le Propre-à-rien !

Par-dessus tout, les histoires sur le Truc® et sur les grandes choses que Kleuk pourrait accomplir une fois qu'il serait en sa possession les avaient particulièrement excités. Ils ressentaient, dans leurs entrailles gloublines, la

1. Fils de Gallinako le Frugal, qui avait été terrassé dans les Monts Ruineux par le père de Fhorïn, Woaah le Chouette Engin.

tentation de l'artefact : car ils avaient eux-mêmes été créés par Ronron le Maléfique, tout comme l'avait été le Truc®. Ils partageaient la même substance. Les soldats chantaient :

Aboulez le Truc®!
Aboulez le Truc®!
On veut le Truc®!
On veut le Truc®!

Comme les défenseurs les observaient de la colline, le Roi Kleuk fut porté à la tête de la horde sur sa plate-forme d'argent.

— Foie jaune ! héla le premier rang d'elfes et d'hommes, dans l'espoir d'embarrasser l'armée gloubline avec cette calomnie sur le courage de leur Roi.

» Foie jaune !

Mais les Gloublins se contentèrent de se renfrogner et de siffler, et leur Roi fut porté plus près.

Il avait revêtu la plus splendide des armures gloublines. Des galoches de parchemin blanc, pliées et découpées en rudes fioritures, avaient été placées sur ses chaussures pour éviter que le sang impur de ses ennemis ne souille la semelle de ses bottes. Son armure arborait deux énormes plastrons, un de chaque côté de son sternum, suggérant que son héroïque poitrine faisait deux fois la taille et contenait deux fois plus de muscles que celle des êtres plus faibles. L'espace entre son armure et sa peau avait été rembourré d'herbages – des herbes aux propriétés soignantes, de façon que, si une lame venait à le toucher, le charme atténuerait le choc et refermerait la blessure. Il portait une fourche meurtrière à deux dents dans une main et un couteau à longue lame dans l'autre, tous deux polis et reflétant le soleil du matin. En même temps que les rangs de Gloublins se poussaient pour permettre à ses porteurs de le faire progresser vers l'avant, les soldats scandaient son nom, pris dans l'extase de leur enthousiasme.

Kleuk! Grand Kleuk!
Kleuk! Kleuk! Kleuk!
Kleuk! Kleuk! Kleuk!
Gra-aand Grand Kleuk!
Kleuk! Kleuk! Kleuk!

Et ainsi de suite.

—Archers! héla Elcarré.

Le silence qui régnait au sommet de la colline fut rompu par un bruit d'émondage, comme cent cordes d'arcs étaient tendues.

—Feu, ordonna Elcarré.

Cent flèches s'élevèrent dans le ciel en arc de cercle, avant de s'abattre en grêle mortelle sur les Gloublins.

La horde rugit et se précipita vers l'avant.

C'est ainsi que la bataille des Célèbres Cinq Armées commença.

Les souvenirs de Bingo se rapportant à cette bataille allaient toujours, par la suite, souffrir de nombreux trous. Jamais il n'oublierait la première charge de l'ennemi, ni la panique dévorante et désespérée qu'elle suscita dans sa poitrine, des hanches à la gorge. Jamais il n'oublierait non plus les premiers combats, comme l'avant-garde des Gloublins, les effrayants Uruk-Ouille, avançait au pas de course sur la colline sur des jambes disgracieuses. Sur la droite, les elfes abattaient leurs épées en ordre et tranchaient dans la vague ennemie; sur la gauche, les hommes allongeaient leurs bottes et paraient. Au milieu, les haches des nains s'élevaient et remontaient comme des pendules, dardant de petits reflets de soleil au point le plus haut de leurs paraboles, jusqu'à ce que le sang noir des Gloublins les macule tout à fait. Et il n'oublierait jamais sa première expérience au combat : à courir entre les jambes d'un épéiste elfe, taillant et piquant de sa lame, pour aller frapper un Gloublin à la tempe. La lame de Bingo s'enfonça profondément et le Gloublin couina et se débattit, mais, en tombant, il emporta Bingo avec lui : la lame s'était coincée dans le crâne. Bingo trébucha en avant et s'effondra sur le cadavre, tentant de dégager l'épée de la boîte crânienne du Gloublin. Après ce qui lui parut une éternité, Bingo libéra son arme, dans un violent mouvement de torsion qui le fit tituber en arrière. Il observa une pause et regarda autour de lui ; il manqua défaillir. Les Gloublins étaient partout, plantant leurs piques, brandissant leurs masses et leurs lames crantées ; les hommes et les elfes se battaient bravement, mais, tels des affleurements rocheux dans une mer furieuse et pestifère, ils étaient acculés de tous côtés. Un Gloublin fit irruption dans le champ de vision de Bingo ; ses petits yeux méchants allaient de droite et de gauche, et sa caroncule rouge dodelinait sur son cou macabre. Bingo brandit son épée.

Mais il ne se souvenait pas de ce qui s'était passé après cela. Il avait une série de souvenirs épars : de Bomber aux prises avec un groupe de Gloublins, une paire de créatures pendue à chacun de ses bras et de ses jambes ; de lui-même se précipitant sur le groupe pour essayer de déloger les créatures. Puis, il se souvenait avoir couru dans une autre direction, tentant de rester au niveau d'une compagnie elfe. Il se souvenait avoir vu le ciel se zébrer et se lézarder, encore et encore, de volées ininterrompues de flèches. Il se souvenait avoir vu des Gloublins décapités courir dans toutes les directions avec une vigueur extraordinaire. Il se souvenait avoir vu un soldat humain se faire toucher aux reins par une longue pique, cerné par trois Gloublins, et d'avoir vu la tête acérée de l'arme en ressortir par la poitrine. Il ne s'agissait autrement que d'un maelström de souvenirs indistincts : l'odeur du sang, la terrible fatigue dans ses bras, qui lui disait qu'il pourrait à peine continuer à soulever son épée, et la peur tenace qui le poussait à la soulever tout de même ; la vue des ruées et des contre-ruées, des lames qui heurtaient les boucliers, les sifflements et les bourdonnements continus des tempêtes éternelles de flèches au-dessus de sa tête. De sa personne plongeant son épée dans la poitrine d'un soldat gloublin, et de la lame qui couina en atteignant son but.

Le souvenir émergent suivant de Bingo était celui qui le voyait, pantelant, aux côtés du Seigneur Elcarré, de Lori et d'une dizaine d'autres guerriers, elfes et humains. Ils n'étaient plus sur les collines qui flanquaient la porte principale. Sous la pression de l'avancée gloubline, les quatre armées avaient battu en retraite, et ils avaient à présent pris position sur la montagne elle-même, à l'ouest de la grande entrée. Bingo ne se souvenait pas de la retraite elle-même ; mais c'est là qu'ils se trouvaient tous, maintenant.

— Comment allez-vous, monsieur le Posstit ? Ça vous a donné chaud ?

— Vache, répondit Bingo, ce qui fut sa façon de dire oui.

— Excellence ! appela un subalterne, un homme recouvert de sang et de poussière, une profonde entaille sur le front. Excellence, les Gloublins se regroupent en masse sur le flanc est de la montagne. Je crains qu'ils ne se hissent au-dessus de la porte principale et que de là, ils ne s'abattent sur nous.

— Sinistre perspective, fit Elcarré. S'ils peuvent s'établir là-dessus, nous sommes condamnés. Archers ! héla-t-il. La porte !

Les archers survivants se mirent en position et se mirent à tirer des flèches sur les Gloublins qui cavalaient le long du robuste linteau de l'entrée principale. Bingo pouvait voir le danger. Une fois qu'un groupe assez important aurait franchi cette étroite saillie, les pentes plus élevées de la montagne lui appartiendraient, et il pourrait faire pleuvoir des armes, des rochers, n'importe quoi sur les défenseurs qui se trouvaient en dessous. La poitrine en feu, Bingo observa les archers faire leur œuvre ; mais, même si leurs traits étaient précis, et même si bien des Gloublins tombaient d'au-dessus de la porte et venaient s'écraser sur le sol, bien plus bas, les créatures étaient encore trop nombreuses pour être toutes tuées de cette façon, et des nuées d'entre elles parvenaient à atteindre les pentes supérieures.

Ensuite, les souvenirs de Bingo remontaient à bien plus tard dans la journée. Il n'aurait pu dire ce qui s'était passé dans l'intervalle, sauf qu'il avait regardé autour de lui et remarqué que le soleil se trouvait bien plus bas à l'ouest, et qu'il était bien plus fatigué – plus fatigué qu'il ne l'avait jamais été. Son épée était cabossée et le fil en était ébréché, maculé de sang noir. Un énorme Gloublin, qui brandissait un gigantesque fendoir, avait couru sur lui, et Bingo mi-esquiva, mi-chuta pour se mettre hors de portée, tout en faisant tournoyer son épée pour frapper la nuque de la créature. Son bras était si las qu'il fut parcouru d'une cuisante douleur. Ses muscles menaçaient de le trahir à chaque fois qu'il leur intimait de bouger. Il parvenait à peine à tenir le manche de son arme.

— Bingo ! appela Lori. Bingo !

Le nain tituba dans sa direction, la barbe engluée de sang – de celui, noir, des Gloublins et du sien, rouge. Plusieurs flèches gloublines crochues lui perçaient la carcasse.

— Vous êtes encore vivant, mon garçon !

Comme il s'approchait de Bingo, il trébucha et tomba sur les genoux.

— Lori… Vous êtes blessé ?

— Oh, ce n'est rien, répondit le nain. Ça pique un peu, ajouta-t-il.

Puis, il roula sur le dos.

Bingo laissa tomber son épée au moment où des flèches gloublines se plantaient dans le gazon autour de lui, se dressant telles des tiges mortes et noircies. Il attrapa les jambes du nain, tira de toute sa vigueur essoufflée, et le traîna plus haut. Il parvint à l'étroite saillie, sur laquelle quelques elfes et humains luttaient épaule contre épaule. Les pistes étaient jonchées de cadavres. Les pierres et les traits s'abattaient du dessus. Six hommes tenaient leurs larges boucliers au-dessus d'eux pour s'abriter de cette grêle mortelle.

— Bingo, dit Fhorïn en se précipitant pour aider le posstit à tirer Lori sous l'abri rudimentaire. Heureujement que vous jêtes encore vivant.

— Vous aussi, monsieur, s'étrangla Bingo, que la fatigue avait mis au bord des larmes. Et les autres ?

— F'a été une finistre zournée, répondit le nain en hochant la tête.

— C'est notre baroud d'honneur, fit Elcarré en s'accroupissant pour s'adresser au posstit. Nous avons été repoussés jusqu'ici – sous le poids de leur supériorité numérique. Je suis navré de vous dire que le seigneur Lard a été terrassé.

— Mort ?

— Mort, en même temps que de nombreux autres héros. Mais bon, parfois on gagne, parfois on perd, ajouta-t-il d'un ton léger.

— On perd, se lamenta Bingo. Cela se peut-il ?

— Ils avaient une autre armée derrière celle qu'on pouvait voir, expliqua Elcarré. Vingt mille soldats en tout. Nous avions mille six soldats. Nous n'avons jamais eu beaucoup de chances de l'emporter. Voyez !

Bingo porta son regard au sud et à l'ouest de la montagne. Les gloublins morts s'entassaient haut, mais étaient infiniment moins nombreux que les survivants. Des vagues de Gloublins avançaient et reculaient, quelques-unes se précipitant vers les montagnes, d'autres – semblait-il –, se contentant de tourner en rond sans but.

La grêle de projectiles cessa. Bingo vit le Roi Kleuk progresser au milieu des rangs de son armée, au pied des collines, dans leur direction. Tandis qu'il approchait, ses troupes scandaient :

Aboulez le Truc® !
Aboulez le Truc®
On veut le Truc® !
On veut le Truc® !

— Qu'est-ce qu'on peut faire ? demanda Bingo, qu'un désespoir terrible et définitif oppressait. On ne peut pas leur donner le Truc®… Il ferait des choses indicibles et terriblement méchantes entre leurs mains ! On ne peut pas leur donner le Truc®.

— Et pourtant, si on le leur refuse, il leur suffit de nous tuer et de se servir sur nos dépouilles, fit remarquer Elcarré de façon assez sensée.

— Qu'est-ce qu'on peut faire ?

Mille archers gloublins avaient pris position autour de la dernière redoute. Elcarré ordonna à ses hommes de baisser les armes.

— Si jamais on encoche ne serait-ce qu'une flèche, on mourra sous une nuée de traits gloublins, observa-t-il.

Mais il était dur d'obéir, car Kleuk était à présent à portée de flèche, et il aurait pu suffire d'un seul projectile pour lui transpercer le crâne. Il se rapprocha de plus en plus, et ses partisans marmonnèrent :

— Glouglou, glouglou, glouglou.

Et :

— Kleuk ! Kleuk ! Kleuk ! Kleuk ! tandis que celui-ci avançait.

Enfin, la plate-forme d'argent sur laquelle il était juché fit halte.

— Elfes ! annonça le Roi Kleuk de son horrible voix. Hommes ! Nains ! Vous êtes vaincus !

Un cri de triomphe monta des hordes gloublines.

— Le Truc® est à nous ! poursuivit-il. Rendez-vous.

— Nous nous rendons, déclara Elcarré d'une voix suave. Parfaitement. Nous ne sommes plus en guerre, et j'aimerais vous rappeler les termes de la Convention de Grogadin…

— Silence ! aboya Kleuk. Vous n'êtes peut-être pas en guerre avec *nous*, mais nous, nous sommes en guerre avec *vous* – à jamais !

À nouveau, un grand et terrible cri s'éleva dans les rangs des troupes gloublines.

— Les Gloublins sont pour toujours en guerre avec les elfes, les hommes et les nains, hurla Kleuk.

— Je penfe que fa veut dire qu'il va nous tuer, malgré le fait que nous nous foyons rendus, dit Fhorïn à Bingo.

— Ça pourrait très bien être le cas, convint Bingo.

— Donnez-nous le Truc® ! beugla Kleuk (son armée brailla son approbation).

— Va falloir jouer serré, dit Elcarré. Que pensez-vous que nous devrions faire, ô posstit ?

Bingo tripota le Truc® dans sa poche. S'il fallait l'utiliser, c'était le moment ; mais sa cervelle tournait dans le vide et il ne put penser à rien. Il essaya de réfléchir à un sort, ou à une association de mots, qui leur sauverait la mise, mais rien ne lui vint à l'esprit. Il pensa à dire : « Les Gloublins ont vaincu », dans l'espoir que l'artefact changerait le monde de façon que les Gloublins soient vaincus, mais il savait, dans son cœur, que le Truc® désirait que les Gloublins gagnent, et qu'il déformerait ses paroles pour le détruire *lui*, s'il essayait un tel tour, peut-être en rendant leur victoire imminente et non factuelle. Puis, il se dit : je peux peut-être me servir du Truc® pour détruire le Truc®. Que se passerait-il si je disais : « Le Truc® existe » ? cesserait-il d'exister ? Mais alors, dans la mesure où il n'existerait plus, il n'aurait pu être capable de se faire disparaître lui-même, et il existerait sûrement à nouveau. Mais alors il existerait et serait en mesure de se faire disparaître… et après il n'existerait plus… et donc il existerait… les possibilités tourbillonnèrent dans le crâne épuisé de Bingo, jusqu'à ce qu'il ne put rien tirer d'un tel souhait à part un grand *pan* et lui étalé mort sur le sol, les Gloublins le dépouillant du Truc®.

— Lequel d'entre vous est le porteur du Truc® ? demanda Kleuk d'une voix forte. C'est toi, elfe ?

Bingo vit les archers Gloublins bander leurs arcs et pointer leurs flèches sur Elcarré.

— C'est moi ! annonça-t-il en s'avançant. Bingo Pacquet, le posstit. Je suis le porteur du Truc®.

L'ensemble de la hideuse armée semblait gronder les paroles « Ruine, ruine », comme un bruit de tonnerre.

— Donne-moi le Truc® ! intima Kleuk.

— Si je vous le donne, nous permettrez-vous de repartir libres ? demanda Bingo.

— Ha ! rit Kleuk. Non, de mi-portion, non... mais je vous tuerai proprement, et je brûlerai vos corps. Si vous n'accédez pas à ma demande, je vous tuerai lentement et je festoierai sur vos cadavres.

— Bon, fit Bingo, comme s'il réfléchissait à ce que le Roi venait de dire.

Il voyait mille flèches gloublines pointées sur sa poitrine. Son esprit galopait. *Les flèches ne sont pas en guimauve*, se dit-il. Cela les sauverait-il ? Quel coup tordu le Truc® pourrait-il jouer avec une telle déclaration ? *Le Roi Kleuk est vivant*, pensa-t-il. Mais si le Roi mourait, ses soldats les tueraient tous, tout simplement. *Tous les Gloublins adorent la guerre*, réfléchit-il, et il se demanda si même la magie du Truc® suffirait à inverser une telle affirmation, à extraire d'un coup l'amour de la guerre de tous les cœurs gloublins. Quelle phrase plus pertinente pouvait-il trouver ? Aucune.

— Tout de suite ! hurla Kleuk. Tout de suite ! Ou vous mourrez tous !

Bingo mit la main dans la poche de son manteau. Il en sortit la Pierre Qui Aboie, qui luit dans la lumière mourante du crépuscule. Le soldat gloublin le plus proche de lui fit : « Ooh ! » et recula un peu.

Il vint à l'esprit de Bingo que les Gloublins ne savaient pas à quoi ressemblait le Truc®. Pourquoi le sauraient-ils ? Il ne leur avait jamais appartenu. Il avait été conçu par Ronron dans les fournaises du Mont Kuh, et avait on ne sait comment atterri dans les mains de Phyllum.

— Voilà ! cria-t-il en brandissant le grand joyau. Voilà le Truc® !

— Ouaf, fit la Pierre Qui Aboie.

Bingo lança la gemme. Elle fila, étincelant tel un feu d'artifice en plein jour, dans les rayons du soleil couchant, et Kleuk lui-même tendit le bras pour la rattraper en plein vol.

— Le Truc® ! hurla-t-il en brandissant la gemme. Le Truc® !

Les acclamations de l'armée gloubline furent horribles et effrayantes.

— Maintenant, plus rien ne se dressera contre nous ! beugla Kleuk. Le monde entier tombera devant les armées de la Race Gloubline !

Les acclamations montèrent de nouveau, plus fortes et plus horribles encore.

Bingo essayait de réfléchir. C'était sa seule et dernière chance. Kleuk les tuerait tous, tôt ou tard, et il les tuerait sur-le-champ s'il se rendait compte qu'il avait été dupé. *Tous les Gloublins adorent la guerre*, se dit-il. Est-ce que « Les Gloublins » serait mieux que « Tous les Gloublins » ? *Les Gloublins adorent la guerre*, peut-être ? Mais « adorent » ? Que pourrait faire le Truc® de ça ? Il pourrait ôter l'amour de la guerre du cœur des Gloublins, et n'y laisser à la place qu'un dévouement professionnel et désintéressé. Il pourrait interpréter « guerre » de travers, de façon qu'ils adorent non pas la guerre mais les massacres – pas la guerre, mais la destruction suicidaire. C'était impossible à dire. Mais, dans son cœur, il savait que c'était sans espoir. Ce n'était pas la bonne affirmation à soumettre au Truc®.

Les doigts de Bingo étaient autour du Truc®. Il était chaud, et donnait presque l'impression de se convulser et de se tortiller dans la poigne du posstit. Il était impatient, Bingo le savait. Impatient. Il voulait que les Gloublins s'en emparent, parce qu'ils l'utiliseraient pour ce à quoi il était destiné à la base – le mal –, au lieu de tenter, sans cesse, de pervertir sa fonction et le faire œuvrer au bien. Bingo sentit sa fatigue tourbillonner en lui comme une tempête de sable. Il ne désirait rien plus que de s'allonger et dormir. Il n'arrivait pas à se décider.

C'était le moment de prendre une décision. Comme pour beaucoup de décisions dans sa vie, Bingo prit celle-ci sans même s'en rendre compte.

Le Truc® était déjà dans sa main, celle-ci déjà sortie de sa poche et portée à sa bouche. Il aperçut le visage d'Elcarré, tendu par la peur et l'angoisse comme l'elfe voyait ce que Bingo faisait. Il y avait tellement de choses qui pouvaient mal tourner.

Que dire ? Comment le formuler ?

L'inspiration lui fit défaut au moment crucial.

— Guerre…, dit Bingo au hasard.

Et ce mot passa dans le Truc®.

Son cœur cessa de battre.

Et repartit. Il prit une grande inspiration. Qu'avait-il fait ?

Il n'avait rien fait. Il se trouvait exactement là où il était avant. Le peu de camarades qu'il lui restait étaient désarmés, s'étaient rendus, entourés de tous côtés par de sauvages Gloublins. Mille flèches gloublines étaient encore pointées sur leurs poitrines. Kleuk tenait encore la Pierre Qui Aboie au-dessus de sa tête. La masse de l'armée gloubline grondait, d'un grondement de triomphe et de fierté.

— Qu'avez-vous dit ? demanda Elcarré dans un souffle. Qu'avez-vous dit au Truc® ?

— Je crois qu'il est peut-être cassé, répondit Bingo (et il le dit plein d'espoir, car s'il en avait vraiment épuisé le potentiel magique, il deviendrait alors moins important que Kleuk ait gagné la bataille des Célèbres Cinq Armées : cela voudrait dire que les Gloublins pourraient occasionner moins de dégâts). J'ai vraiment dit quelque chose dans l'artefact, mais il ne s'est rien produit.

— Quoi… ? commença à dire Elcarré, mais ses paroles furent noyées.

Le grondement avait pris de l'ampleur.

Bingo réalisa que le grondement ne provenait pas de la horde gloubline. Il provenait du sol, sous lui.

Kleuk, tenant toujours fermement la Pierre Qui Aboie, regarda la montagne et, pour la première fois, le triomphe fut remplacé par la peur. Bingo se retourna et leva les yeux.

De là où il était, il voyait à peine le petit plateau où les nains, Glandalf et lui-même avaient campé il y avait des jours de cela. Des volutes de fumée se déversaient de ce côté-là de la montagne.

— La cheminée ! s'écria-t-il en comprenant subitement.

Puis, du feu jaillit de la montagne. Un énorme jet aveuglant de lumière et de chaleur fusa du versant, en direction du ciel. De la lave, bouillonnante et crépitante, se déversa en grandes vagues sur le flanc ouest, dévala le sommet en se ramassant sur elle-même comme une balle d'étoffe, consumant les herbes et les buissons, crépitant de plus belle à chaque fourré détruit.

Une seconde boule de feu jaillit violemment du flanc de la montagne et, derechef, un magma incandescent se déversa du dessus, mais, cette fois-ci, il s'envola dans les airs en un vaste arc de cercle, éclaboussant le nord, l'ouest, et aussi – Bingo en fut témoin – le sud ; des mollards de lave s'enroulèrent et s'agrippèrent les uns aux autres, avant de s'abattre sur leur groupe.

— C'est la fin de toute chose ! hurla Elcarré.

C'est effectivement ce qu'il semblait, car la pluie de roche liquide n'aurait su être stoppée. Les cris de triomphe de l'armée gloubline avaient été remplacés par des bégaiements et des gémissements de terreur. Les archers avaient laissé tomber leurs armes et se démenaient pour reculer, empêchés par leurs camarades qui se trouvaient derrière eux. Kleuk lui-même ouvrit la bouche pour dire quelque chose, mais il ne put plus jamais reprendre la parole, car un crachat de lave de la taille d'une maison les attrapa de plein fouet, lui et son garde du corps, avant de balayer leurs restes instantanément embrasés sur le versant de la colline, submergés par le flot rocheux. Bingo et Fhorïn se recroquevillèrent, et les elfes et les hommes se cachèrent le visage, comme la chaleur suffocante de la lave engloutissait les cent soldats gloublins les plus proches de Kleuk, les repoussant violemment vers l'arrière. Des éclaboussures de roche ardente s'abattaient tout autour, mais aucun de ces fragments fumants ne vint frapper ce qui restait des quatre armées. À la place, de plus en plus de lave était projetée dans les airs et ne cessait de grêler sur les Gloublins.

Bingo porta de nouveau son regard sur la montagne, et il vit le flot fulgurant de roche incandescente filer à toute vitesse dans leur direction. Au-dessus, l'atmosphère était si chaude qu'elle donnait l'impression de trembler de peur ; la fumée et la poussière noircissaient le ciel.

— C'en est sûrement fini de nous, dit-il. Ce grand fleuve de feu va tous nous dévorer.

Et pourtant il n'en fut rien. Le puissant courant de roche fondue heurta une pierre, un peu plus en amont au-dessus de la saillie sur laquelle se tenaient les restes – divisés – des quatre armées. À la gauche et à la droite de Bingo, le flot igné et suffocant progressait, creusant les rangs des Gloublins et les léchant de son souffle cuisant.

Pendant de longues minutes, le fleuve de feu poursuivit sa route, se déversant et dévorant la masse gloubline. Ils hurlaient, ils se débattaient, ils essayaient de fuir, mais ils se firent prendre dans leur propre bousculade ; des torrents et des torrents de magma vinrent tailler en leur sein et les consumèrent, pour finalement les engloutir.

Sur la petite saillie, le peu d'elfes, d'hommes et de nains encore en vie – ainsi que le posstit – se resserrèrent et se détournèrent de la terrible chaleur engendrée par les flots de lave qui filaient à toute vitesse tout près d'eux. Pendant des siècles et des siècles – c'est du moins l'impression que cela donnait –, la fournaise pesa dans leur dos tel un énorme fardeau. Bingo dégoulinait de sueur. Sa gorge le brûlait et lui faisait mal. Il ne pouvait plus rien goûter que les cendres et la mort, et il lui semblait que ses yeux bouillaient dans leurs orbites. Même ses cheveux fumaient, comme s'ils allaient prendre feu – et, en vérité, seule sa prodigieuse sudation l'empêcha de subir ce sort.

Mais, longtemps après, l'ardeur se fit moins harassante. Lorsque Bingo osa regarder, les fleuves de feu s'étaient solidifiés en de vastes troncs de roche noircie. De la fumée s'en échappait, et on pouvait presque toucher leur chaleur. Parfois, des veines de feu luisaient sur eux, la roche était prise de soubresauts et changeait de forme, et le feu mourait une fois de plus.

On ne voyait que peu de chose dans la fumée et la vapeur, mais Bingo parvenait parfois à distinguer les restes macabres de la horde gloubline : un bras encastré dans la roche. Des flèches brûlées dans une peau de pierre noire.

— C'est incroyable, dit Bingo. Je n'y crois pas.

— C'est fini ? s'étrangla Lori, à terre. On a gagné ? ou bien c'est sujet à caution ?

— On a gagné, déclara Elcarré, le visage crasseux et poisseux de sueur.

— Grandiose, fit Lori. Voyez-vous.

Puis, il sombra dans l'inconscience.

Il fallut des heures avant que les nouveaux rochers refroidissent assez pour que le groupe puisse quitter leur saillie. Sept hommes, onze elfes, trois nains et un posstit étaient les seuls survivants des quatre armées. Et, des trois nains, seul Fhorïn et Bomber étaient conscients. Lori était entré dans une sorte de pâmoison ; il était grièvement blessé.

— C'est incroyable, dit Bingo pour la dix-neuvième fois. (Il était affalé sur le sol, plus fatigué qu'il ne l'avait jamais été et pourtant incapable de dormir.) Comment la lave a-t-elle fait pour nous *rater* ? Elle a détruit toute l'armée gloubline et pourtant il se *trouve qu'*elle nous a complètement loupés. C'est une chance incroyable. C'est incroyable.

— Vraiment ? demanda Elcarré. Qu'avez-vous dit dans le Truc® ? Était-ce la magie de cet artefact qui a conjuré toute cette destruction volcanique ?

— Je…, commença Bingo. Je ne savais pas quoi dire. Je n'ai prononcé qu'un seul mot.

— Quel mot ?

— J'ai dit : « Guerre ».

Elcarré opina du bonnet et s'assit sur le sol chaud, à côté du posstit épuisé.

— Je crois que je comprends, fit-il.

— Ah bon ? s'étonna Bingo.

— Fe n'est pas le Truc® qui a conzuré la roche incandefente, affirma Fhorïn. F'était Glandalf.

— Glandalf ? fit Bingo en se relevant d'un coup. Comment a-t-il fait ?

— Nous vavions peur que fela arrive, dit Fhorïn. La tranfformafion de magifien en dragon est puiffante. F'est paffer d'un être de terre et d'eau comme vous vé moi, à un être de feu et d'air comme un dragon. Il fe produit une grande quantité de puiffanfe mazique au cours de la tranfformafion. F'est une étape profondément inftable.

— De terre et eau à feu et air, répéta Bingo. C'est cela qui a fait exploser la montagne ? Est-ce que Glandalf va bien ?

— F'est pour fa que nous voulions qu'un dragon ecfpérimenté s'occupe de lui pendant la tranfformafion. Va-t-il bien ? Je ne fais pas f'il va bien. Je l'ignore.

— Je crois qu'il va bien, dit Bomber. Il n'est plus ce qu'il était avant. Le feu aurait consumé l'ancien Glandalf – mais c'est une créature neuve, à présent. Le feu ne peut plus lui faire de mal.

— Il s'est changé en dragon ? demanda Elcarré. Comme c'est intéressant. En ce qui nous concerne, sa transformation a eu lieu exactement au moment qu'il fallait. C'est des plus fortuit.

— F'était... fortuit, convint Fhorïn. Finq minutes de pluf, et Kleuk nous vaurait touf tués, nous vaurait tués... et tout aurait été perdu.

— Je ne crois pas que c'était fortuit, déclara Bingo.

— Moi non plus, dit Bomber. Bingo a dit le mot « guerre », et le Truc a instauré la paix.

Mais Elcarré hocha la tête.

— Pourtant, le Truc® est maléfique dans sa conception et sa façon d'être, et est cause de ruine à chaque occasion. Je ne pense pas qu'il ait instauré la paix. Car qu'est la guerre sinon une lutte ? Et l'opposé d'une lutte, ce n'est pas la paix, mais la mort.

— On ne peut pas dire qu'il n'ait pas apporté la mort, dit Bomber en regardant autour de lui.

— Elcarré a raison, dit Bingo. Le Truc® n'était pas heureux, avec moi – il se convulsait et se débattait carrément dans ma main, il voulait se libérer. Si les Gloublins s'en étaient emparés à ce moment-là, il aurait été en mesure de faire plus de dégâts au monde, et c'est ce qu'il souhaite. Il *aspirait* aux Gloublins. Je pouvais sentir ce désir, presque comme une force palpable. Mais, heureusement, il était dans mes mains, pas dans les leurs. Lorsque je lui ai dit « Guerre », il a suscité l'inverse. Le Seigneur Elcarré a raison : pour tous ceux qui étaient en guerre, il a apporté la mort. Nous avons été épargnés parce que nous nous étions rendus. Nous n'étions pas en guerre lorsque ce mot a été prononcé, sinon la lave nous aurait engloutis nous aussi.

Bomber aboya de rire :

— Et si le Roi des Gloublins avait accepté notre reddition, la guerre aurait alors pris fin – et le Truc® aurait été incapable de le détruire ! Vous vous souvenez de ce qu'il a dit : *Vous n'êtes peut-être pas en guerre avec nous, mais nous, nous sommes en guerre avec vous – à jamais !* Ces paroles l'ont mené à sa perte. Elles voulaient dire que la magie du Truc® s'appliquait à lui et à son armée. Mais pas à nous.

— En vérité, fit Bingo. La vache, ajouta-t-il.

— Vous dites vrai, monsieur le Nain, dit Elcarré. La fierté du Roi des Gloublins l'a détruit. Il aurait pu accepter que nous nous rendions et il n'aurait alors pas été en guerre, et les paroles de Bingo ne lui auraient fait aucun mal.

— Effectivement, le Truc® a trouvé le moyen le plus deftructeur d'inverfer fe qu'a dit Bingo, déclara Fhorïn.

Ils portèrent Lori, grièvement blessé et encore inconscient, sur les rochers noirs encore tièdes, en direction de l'entrée principale de la montagne. La lave n'a pas coulé à cet endroit, car les Gloublins s'étaient entassés autour de leur Roi et ne s'étaient pas préoccupés de l'accès à la montagne – cela aurait été pour plus tard, une fois qu'ils eurent défoncé les portes de pierre et pillé les salles intérieures. À présent, le courant gouttait faiblement dans son lit et les seuls Gloublins présents l'étaient sous forme de cadavres, aux côtés de dépouilles elfes et humaines.

Comme le soleil s'élevait à l'est, Elcarré trouva un pavillon de soie au tissu piétiné de marques de pattes et de pas. Avec les rescapés elfes, il rattacha les piquets brisés sur lesquels il était tendu et remonta une tente à cet endroit. Lori fut emmené à l'intérieur, son armure ôtée et ses blessures pansées. Mais il était salement touché.

Les elfes écumèrent les champs à l'ouest et en ramenèrent des lapins, qu'ils firent cuire au matin. Les survivants s'abreuvèrent au courant, puis dormirent. Bingo, quant à lui, fut réveillé par Fhorïn au bout de quelques heures.

— Venez, intima le Roi nain. Rentrez.

Dans la tente, Lori était sorti de l'inconscience, mais il avait le regard vague et affolé ;

— Posstit ? demanda-t-il. Vous êtes là ?

— Je suis là.

— On a gagné, alors ?

— On a gagné. C'était une grande victoire. La montagne a explosé et a emporté la horde gloubline avec elle, sans atteindre les rescapés.

— Vraiment ! s'exclama Lori. Vraiment ! Extraordinaire, voyez-vous. Une poignée de mottes de terre s'envolent dans les airs, et les Gloublins se font balayer.

— C'était plus qu'une poignée de mottes de terre, à vrai dire, dit Bingo.

— Et les rescapés ! Combien avons-nous subi de pertes ?

— Oh, répondit Bingo, gêné. On s'en est tirés à bon compte. Comparés à l'armée gloubline, en tout cas. En effet, au moins une des armées n'a souffert aucune perte.

— Je vais choisir de me dire que c'est de l'armée naine dont vous parlez, dit Lori d'une voix éteinte. Mais ne vous en faites pas, ajouta-t-il, les yeux embués. Content de vous avoir connu, mon garçon, fit-il d'une voix très faible. Amicalement. On va où, maintenant ?

— Oui, où ? murmura le posstit.

Lori grogna.

— Sujet à caution, dit-il.

Puis, il mourut.

C'est pas fini, les amis !

12

Le voyage de retour

Les rescapés de la bataille des Célèbres Quatre Armées n'étaient pas plus que vingt et un. Seuls Fhorïn et Bomber subsistaient de la troupe de nains qui était partie de Pinardie. Les hommes de Lacbourg avaient perdu leur maire. C'était une journée sinistre.

L'éruption du Vigor avait répandu des andains de rochers noirs et déchiquetés sur les versants ouest et sud de la montagne, site à présent désolé et ravagé. Néanmoins, les prés qui flanquaient la rivière avaient été épargnés par la lave, et l'eau coulait encore. Bingo, Fhorïn et Bomber creusèrent une tombe profonde pour Lori et l'inhumèrent. Devant la sépulture, Bomber entonna une ancienne lamentation naine :

Donc, adieu
Alors
Lori le nain.
Tu as bravement
combattu,
mais maintenant tu es mort.
La mère de Trevor a dit que

Si Trevor était
la moitié de l'homme
que tu étais, il serait
le cinquième de l'homme qu'il est.

Et après elle a ri, ce que
Je ne trouve pas très
convenable.

Bingo n'y comprit rien, mais cela lui fit monter les larmes aux yeux.

Les rescapés se reposèrent, mais, le surlendemain de la bataille, il devint clair qu'il fallait se débarrasser des nombreux cadavres qui encombraient encore les environs.

— La montagne a fait une grande partie du travail à notre place, dit Elcarré. La majorité des dizaines de milliers de Gloublins est encastrée dans les nouveaux rochers – très hygiénique, tout ça. Mais il y a des centaines de corps qui ont été épargnés par la lave, et parmi eux se trouvent quelques-uns de nos camarades.

Ils passèrent cette journée et la suivante à chercher au milieu des morts. C'était un terrible labeur – c'est du moins ce que se disait Bingo au début. Mais, au bout de quelques heures, il s'y habitua, et transporter les Gloublins morts ne le traumatisait plus. À un endroit, la lave s'était installée dans un bassin de quarante mètres de diamètre et vingt de profondeur, et c'est là qu'ils y entassèrent les carcasses gloublines. Parfois, un corps elfe ou humain était respectueusement transporté au bord de la rivière. Le soir du troisième jour, les courriers elfes apportèrent du bois, ainsi que des pigeons, ramenés du taillis le plus proche. Les quatre armées victorieuses mangèrent les pigeons et puisèrent de l'eau dans le courant limpide. Comme le soleil se couchait, l'on brûla les dépouilles des elfes et des hommes sur un bûcher funéraire.

— Je suis désolé que nous n'ayons retrouvé aucun des nains tombés au combat, déclara Elcarré.

— Nous fommes fatiffaits, dit Fhorïn. En tant que nains, nous voulons vêtre inhumés dans la pierre – et la montagne nous l'a accordé en entrant en érupfion.

— Cette victoire a un goût amer, dit Elcarré.

— Fertes, fit Fhorïn.

Au matin du quatrième jour, sept jours après être entré dans son long sommeil, Glandalf le Dragon s'étira dans sa maison sous la montagne. Il arpenta son couloir sur ses nouvelles pattes et tira le verrou de bronze de l'entrée principale. Puis, il poussa les majestueuses portes et exposa son énorme tête de dragon aux rayons du soleil.

— Bonjour, dit-il. Quoi de neuf?

Bingo, Fhorïn et Bomber furent ravis de le revoir, même s'il avait changé et grandi à en être presque méconnaissable. Un jeune dragon à la peau grise et aux yeux luisants les salua, les ailes noires, les serres couleur d'obsidienne. Et pourtant, il y avait quelque chose de familier dans son regard et dans sa voix – bien que cette dernière fût plus profonde et plus forte que celle du magicien.

Il se percha sur une éminence de roche noire nouvellement créée par l'éruption, parallèle aux prés, et écouta poliment Bomber et Bingo lui raconter la bataille.

— Mon Dieu, gronda-t-il. Et j'ai tout raté?

— Vous avez joué un rôle crucial, insista Bingo. C'est votre feu qui nous a donné la victoire.

— Excellent, fit-il. Excellent.

Puis, Glandalf s'éleva dans les airs et pirouetta autour du sommet de la montagne pour étrenner ses nouvelles ailes. Il voleta au-dessus de la pile de Gloublins morts et l'arrosa d'un jet enflammé bleu-gris, baignant les dépouilles d'une conflagration purificatrice. Après ça, il s'envola loin au nord, et s'en revint chargé de deux génisses, une dans chaque serre arrière. Il donna l'une des bêtes aux rescapés et garda l'autre pour lui, la rôtissant de deux souffles de narines.

— Un p'tit creux, annonça-t-il. J'ai rien mangé depuis une semaine.

Les hommes firent griller leur vache sur une broche, et les vétérans de la bataille se restaurèrent de bon cœur.

Le lendemain matin, les hommes de Lacbourg prirent congé et entamèrent la marche en direction de leur ville. Ils prirent avec eux une partie des richesses qui se trouvaient dans la Seule Montagne :

— Prenez, prenez, avait insisté Glandalf. Ça me fait une belle jambe, d'avoir tout ça. Quand retournerai-je un jour faire les magasins ? Je ne peux même plus tenir dans une boutique. Prenez, prenez.

Les elfes furent récompensés de la même façon, avant de partir par les nouveaux rochers noirs et au-delà, vers les champs à l'ouest et la forêt.

— Mon cousin elfe sylvain, Ele l'Elcoolique, a une maison, là-bas, expliqua Elcarré. On n'y fait que boire et festoyer, et c'est fatigant au bout d'un moment, mais ça ira pour l'instant. Après, c'est le retour dans les Monts Ruineux. Nos terres devraient être plus calmes, maintenant que les Gloublins ont été renversés. Adieu !

— Adieu ! fit Bingo.

Et c'est ainsi qu'il ne resta plus que Fhorïn, Bomber, Bingo et Glandalf.

— Qu'est-ce que vous allez faire ? demanda le posstit.

— On va refter ifi, répondit Fhorïn. F'est le mieux. Il y a plein de plafe à l'intérieur – de la plafe pour toute une populafion de nains, en fait. Et vous ?

— J'aimerais rentrer chez moi, dit Bingo. Mais je ne connais pas le chemin.

— Je vais vous emmener, déclara Glandalf, grondant et fumant. Il me faut un prétexte pour déployer mes ailes, et j'ai très envie de voler vraiment longtemps.

— Merci, monsieur le Dragon, fit Bingo en s'inclinant.

Le posstit passa sa dernière nuit dans la montagne sur un énorme lit qui, selon Bomber, avait autrefois été celui d'un Roi. Les murs de sa chambre, taillés dans le roc, étaient tapissés d'armures antiques, de piques rouillées, de cottes de mailles en or et en argent, toutes artistement ouvragées. Cet endroit donnait la chair de poule, mais Bingo dormit longtemps et profondément.

Au matin, il fit ses adieux.

— Nous nous reverrons bientôt, z'efpère, dit Fhorïn. Paffez quand vous voulez. Vous favez… fi vous paffez, sur le chemin, quelque part, vous favez.

— Vous aussi, fit Bingo. Bien entendu. Vous voulez que je vous dise un truc bizarre ?

— Quoi donc ?

— Ça fait des semaines que je n'ai plus mal aux pieds. Ou du moins que je ne m'en rends plus compte.

— F'est l'egjerfife, déclara sagement le Roi nain. Fa fait un bien fou.

Finalement, Bingo escalada la patte de Glandalf et partit s'installer entre ses deux grandes omoplates.

— Ouaip, gronda Glandalf. C'est parti.

Il bondit et s'éleva dans les airs. Le sol rétrécit sous eux comme un lâche, et le vent se mit à hurler aux oreilles de Bingo. S'agrippant au pédoncule ondulant situé à la base de l'aile gauche de Glandalf, le posstit se pencha un peu pour observer le paysage ; la vue le sidéra [1]. En quelques instants, la rivière s'était faite fil d'argent, les champs n'étaient pas plus gros que les feuilles d'un arbre, et le Lac Escargot luisait telle une flaque de mercure sous les rayons du soleil. Le puissant Vigor lui-même n'était plus qu'une bosse conique, éclaboussée à l'ouest et au sud de taches noires, comme si on avait répandu de la poix sur le chapeau d'un magicien gris. Par-dessus les épaules ondoyantes du dragon, Bingo regarda devant lui et vit la Forêt Boire s'étendre sous eux à la façon d'une couette verte et noire grossièrement ouvrée.

— Tout va bien ? demanda Glandalf.

— C'est merveilleux, répondit Bingo d'une voix forte étouffée par le bruit blanc du vent. Merveilleux !

Ils avaient laissé le plancher des vaches loin derrière eux, et progressaient à présent dans les airs, l'espace et les rayons du soleil. Celui-ci, qui se levait derrière eux, était plus net, plus clair, son illumination plus pure et plus puissante. Bingo plissa les yeux et fixa de longues minutes son abondante fontaine de lumière. Lorsqu'il regarda une

1. Sid Gérard Éra II était un prince de légende du royaume de RororoHihan, loin au sud. Pour ses sujets, son étonnement et son ouverture d'esprit ingénue étaient devenus synonymes, et ceci s'était de toute évidence également propagé loin au nord.

fois de plus vers le bas, les nuages filaient en dessous d'eux comme la fumée d'une pipe, avant de disparaître en un instant. Autour d'eux, tout était bleu, d'un bleu aveuglant au-dessus, d'un bleu turquoise au-dessous.

— Merveilleux, répéta-t-il à tue-tête.

Ils continuèrent à voler.

— Je voulais vous dire, tonna Glandalf en se tordant le cou pour positionner sa tête de façon à regarder le posstit d'un seul œil. Fhorïn m'a dit, pour le Truc®, vous savez.

— Vous ne vous en souvenez pas d'avant votre transformation ? demanda Bingo.

— Non, gronda le dragon. J'étais déjà loin quand vous avez révélé aux nains qu'il était en votre possession, je crois.

— Oh, hurla Bingo.

— Je peux le voir ? s'enquit le dragon.

Bingo toisa l'œil du monstre et hésita. Mais il sortit le Truc® de sa poche et le tint devant lui.

Le cou reptilien du dragon se tordit à nouveau, et sa tête – aussi grande que celle d'un cheval et à l'expression bien plus intelligente – se retourna vers Bingo. Les grandes ailes continuaient de battre, le vent continuait de hurler à leurs oreilles, même si le pilote, à ce moment-là, ne regardait pas où il allait. Les narines du dragon étaient aussi larges et aussi noires que des encriers, et elles s'approchèrent du Truc® en reniflant d'un air vorace. Bingo contint l'impulsion d'en écarter le Truc®, et il le tendit.

Finalement, Glandalf retira sa tête, regarda de nouveau devant lui et vola longtemps sans rien dire.

— Alors ? pressa Bingo.

— C'est exactement ce que je craignais, déclara le dragon. Un objet terrible, empli de potentiel maléfique. Ma propre magie est à présent bien plus puissante que lorsque j'étais magicien, et j'y perçois beaucoup de malignité – je peux en sentir l'odeur, si vous voulez. Mais (et là, il tourna la tête et croisa le regard de Bingo pour la seconde fois), je peux vous dire autre chose. Cela fait longtemps qu'il est séparé de son maléfique créateur, le redouté Ronron, et, par conséquent, sa magie est grandement affaiblie. En fait, elle est presque épuisée – on s'en est servi, récemment, et plusieurs fois, et chaque utilisation a ponctionné un peu plus de son potentiel magique. Il ne faudrait qu'un tout petit sort pour le vider complètement.

Les vêtements de Bingo flottaient et battaient dans le vent.

— Et il serait inoffensif, après ?

— Non, seulement moins dangereux. Pas entièrement inoffensif, car Ronron pourrait le recharger. Mais moins dangereux – bien moins susceptible de faire du dégât s'il se retrouve entre les mauvaises mains.

— Un petit sort, fit Bingo, pensif. Qu'est-ce que je dois dire ?

— Vous êtes le porteur du Truc®, dit Glandalf. C'est à vous de décider. Dites « Mes vêtements sont verts » ou « Les poissons ont deux yeux », ou encore « Les cornichons, c'est pas bon », et le Truc® essaiera de faire en sorte que le contraire soit vrai ; mais il en sera incapable – il se retrouvera démuni de tout pouvoir, vide, usé.

— Un sort aussi petit que ça ? hurla Bingo.

— Je pense, répondit le dragon en tournant la tête pour regarder devant lui. Il est réduit à sa plus petite trace de magie. C'est du moins ce que m'affirment mes narines.

— Et un sort plus important ? Et si je disais « Les océans sont bleus » ou « Deux et deux font quatre » ? Quel serait l'effet d'un sort plus puissant ?

— Un sort de plus grande ampleur serait plus assuré de vider le Truc®. Il est très las, sa magie est minime, elle n'est plus que l'ombre de ce qu'elle était.

Bingo réfléchit à tout ceci quelques instants. Il n'avait pas les certitudes dont le dragon semblait jouir, et il savait de sa propre expérience à quel point cet objet était retors. Avait-il pu dissimuler son véritable pouvoir à Glandalf? Était-il en ce moment même en train de comploter, dans l'espoir de voir le posstit lui dire quelque chose qu'il pourrait travestir de façon maléfique ? Il réfléchit à plusieurs phrases possibles, les testant.

Sous eux, la forêt avait cessé de s'étendre, remplacée par la silhouette nette et ordonnée, blanche et bleue, des Monts Ruineux. Bingo voyait toute la chaîne, à présent, récif prodigieux dans le paysage, qui couvrait tout l'horizon. Puis, il releva les yeux pour regarder le bleu du ciel et la lumière vive, riche et propre du soleil.

Sur une impulsion, il porta le Truc® à sa bouche et parla :

— Le soleil brille.

Et c'est ce qu'il fit, d'un éclat glorieux et sans faille.

Vous avez aimé *Bingo le posstit*?
Pourquoi ne pas lire les trois volumes de la suite magique de A.R.R.R Roberts, *Le Seigneur des boîtes de nuit*[1]
[Copyright © Éditions Bragelonne, tous droits réservés. 75 % des gauches réservés.]

Le Seigneur des boîtes de nuit, volume I : *Le Sur-marin jaune du Truc®*

Une fois de plus arraché à sa vie ordinaire et pacifique de posstit, Bingo le Percheron du Truc® se retrouve emberlificoté dans l'accession au pouvoir du Maléfique Ronron. Un groupe, enfin, c'est plus un ramassis, une – comment appelle-t-on ça – bande, pas un groupe – si, une *bande* – d'individus issus de toutes les races de la Terre du Milieu du Haut se constitue pour aider Bingo à accomplir sa quête : naviguer *sur l'océan* jusqu'au Tourbillon de Dshwshrs (un site des océans de la Terre du Milieu du Haut dont le nom est clairement une onomatopée), pour jeter le Truc® dans ses eaux bouillonnantes et débarrasser le monde de la menace mortelle qu'il représente, pour toujours et à jamais !! (Ou juste « pour toujours », maintenant que j'y pense. Le « à jamais », est redondant, vraiment, n'est-ce pas, comme si on disait « une infinité plus une infinité », ce qui n'est jamais qu'une infinité, pas une infinité double ou quelque chose du même acabit. Quoi qu'il en soit. C'est parti.)

1. **Attention :** Ceci est une *question rhétorique*. N'essayez pas de répondre à cette question. Les éditions Bragelonne déclinent toute responsabilité à l'égard de quiconque se blesse en tentant de répondre à cette question.

— Mais comment allons nous voyager sur les eaux ? demanda Bingo d'une voix grincheuse. Ne risquons-nous pas de nous faire tremper ? Sans parler du risque de noyade ?

— Ne craignez rien, jeune posstit, fit Gros-Tas. Là où je suis né, il y avait un homme qui *naviguait* sur l'océan.

— Vous voulez bien me raconter sa vie au pays des aventures marines ? pressa Bingo.

— Vous raconter sa vie ? répéta Gros-Tas, une pâtisserie à mi-chemin de sa bouche et un air étonné dans le regard. Vous quoi ? Je ne sais rien sur sa vie. Pourquoi est-ce que vous vous intéressez à ça ? Qu'est-ce qu'il y a à savoir ? Il a seulement prouvé qu'il *est possible* de naviguer sur l'océan. Il l'a fait dans une espèce de gros bateau jaune. Vous, moi et le reste de la bande, c'est aussi ce que nous allons faire – nous allons affréter un Sur-marin et naviguer sur le vert de l'océan. Dâtre, ajouta-t-il en y réfléchissant plus soigneusement. Une couleur bleu ver*dâtre*.

— Hourra, fit faiblement Bingo.

Le Seigneur des boîtes de nuit, volume II : *À deux dans la tour*

Après l'échec abject de la mission qui devait voir le Truc® détruit dans le Tourbillon de Dshwshrs (*attention, la phrase précédente peut contenir des* spoilers *: ne lisez pas la phrase précédente si vous voulez préserver le suspense du* Sur-marin jaune du Truc®), la quête échoit au cousin – au troisième degré (sur ordre du tribunal) – de Bingo, Dondon. Dondon et son fidèle compagnon, Fam – son, dirons-nous, euh, serviteur ? ou juste ami ? Oui… ami, son ami. Mais pas de galéjades sur leur amitié, il se trouve que ce sont des amis très proches, c'est tout. Où en étais-je ? Ah oui. Dondon et Fam déboulent dans un paysage de rochers acérés et d'eaux stagnantes, occupé par Phyllum – un sale philosophe maigrichon qui, grâce à un sort maléfique, existe, non pas en tant que personne, mais en tant qu'Illustration Manuscrite Enluminée animée. Même s'il est très réaliste. Terriblement. Il y avait des moines vachement doués, parmi ceux qui se sont occupés de ce genre d'œuvres d'art, vous savez, certains étaient même des génies, même si, évidemment, on ne connaît pas leurs noms aussi bien que celui de Raphaël ou Picasso et toute la clique. Quoi qu'il en soit, ces trois-là doivent arriver à rallier la grande tour dans laquelle les deux jumeaux, Dukont et Dukond (le *t* et le *d* sont muets, comme dans *Taredevil*) habitent, et associer leurs grands talents pour détruire le Truc®. Pendant ce temps, Gros-Tas n'arrive plus à rentrer dans ses braies en cuir et révèle son identité de roi Secret du Chut ! Fopaldor ! Les survivants de la première quête maritime pour détruire le Truc® sont réunis.

— Nous pouvons seulement prier pour que les jumeaux Dukondt soient capables d'aider Dondon et Fam, dit Glandalf.

— Jumeaux Dukondt, gloussa Gros-Tas. Jumeaux du con. Vous captez ? Leur père est con. Les jumeaux Dukondt. Les jumeaux du con. Nan ?

Glandalf s'adressa à toute la compagnie :

— À cheval, hurla-t-il. Nous devons chevaucher jusqu'aux Terres de Rahan, et y assembler une armée pour confronter les hordes de guerriers gloublins de Ronron !

Tous les neuf poussèrent des hourras et sautèrent sur leurs selles. Glandalf lui-même enfourcha sa monture, Shadowmail, le cheval le plus rapide et le plus intelligent de toute la Terre du Milieu du Haut, l'écrasant raide mort par inadvertance.

— Oups ! fit-il. Je me suis oublié, sur ce coup-là. Merde ; c'est facile, cela dit, pas vrai ? Merde.

Il se releva et tenta de déloger les restes de l'animal qui lui collaient à l'arrière-train.

***Le Seigneur des boîtes de nuit,* volume III :**
La Rediffusion de la suite du* Truc® *2ᵉ partie : Le Fils du Truc® est de retour

Au moment où l'on se disait que l'histoire ne pouvait plus aller nulle part, un tout nouveau volet s'ouvre dans la saga du Truc®. À ce jour, *La Rediffusion de la suite* est l'épisode le plus spectaculaire du *Seigneur des boîtes de nuit*. Sepurman le Maléfique se révèle – de façon stupéfiante et à la complète et intégrale surprise de tous ceux qui le connaissaient, et qui croyaient qu'il était du côté des gentils – être malfaisant et s'allie avec Ronron, se rebaptisant Sepurman le Maléfique le Maléfique. On aurait pu m'assommer avec une *plume* lorsque j'ai entendu la nouvelle. La vache ! Après, il y a des tonnes et des tonnes de combats, et puis encore des combats. Les gloublins se font littéralement décimer. Finalement, Dondon et Fam doivent chausser les Claquettes de la Fatalité et confronter le seigneur des boîtes de nuit en personne – dévoilant un mystère qui secouera la Terre du Milieu du Haut jusqu'au fondement. Jusqu'au fondement ! Je sais… Je sais… excitant, non ?

Terrorisé, il leva les yeux et vit un gloublin dans les airs, assis sur sa hideuse monture ailée. C'était le seigneur des gazlours – les gazlours de Ronron qui inspiraient une horreur sans nom aux Armées du Bien en raison de leur persistance, de l'atmosphère étouffante qu'ils apportaient avec eux partout où ils passaient, de leur langage infamant et du fait que leur arrivée vous retombait toujours sur le dos, même si vous ne les connaissiez pas personnellement…

Vous avez aimé *Bingo le posstit?* Alors assurez-vous de vous procurer quelques-unes des autres œuvres ravissantes du professeur Roberts.

Le Gniagnia-de-Hwaet (révision de 1375)

Très long poème anglo-saxon, dru et assommant, publié par le professeur Roberts au cours de ses années d'université, avant qu'il ne devienne célèbre en tant que conteur, à présent réédité avec une couverture trompeuse de style Fantasy proclamant : « Par l'auteur de *Bingo le posstit* et du *Seigneur des boîtes de nuit* ». Déception garantie ! Achetez-le, feuilletez-le, et posez-le sur une étagère pour ne plus jamais reposer les yeux dessus !

Navet, César !

Des paroles charmantes et magiques, écrites par le professeur Roberts, et mises en musique en 1951 par une amie fée d'Oxford, à l'occasion d'une soirée de délice musical assortie d'une tombola. Inclus des chefs-d'œuvre tels que « T'as jamais aimé que les navets, César ! », « Là où j'ai grandi, on sculptait les navets, César (comme si Gargallo, Brâncusi et Lysippe n'avaient jamais existé) et « Gare, v'là l'poète ! » :

Gare, v'là l'poète !
Qui fait jamais pouêt
Le printemps scintille !
Lalala fa-do-ré-mi les oiseaux !
Rangez les brouettes
Dansons, buvons, musette

Faut pas s'casser la tête
Bouchez pas les trompettes
Que même le prêtre s'y mette
Lalala fa-do-ré-mi les oiseaux !

À présent réédité avec une couverture trompeuse représentant un dragon hurlant dans le ciel nocturne, déversant le feu et la destruction sur une armée de monstres à sale allure, mais vous n'y trouverez rien qui ne soit dix fois moins passionnant, je suis navré de vous le dire – et avec : « Par l'auteur de *Bingo le posstit* et du *Seigneur des boîtes de nuit* » juste sous son nom.

Le Manuel du posstit

Édité sous exactement le même format que tous les autres livres de Roberts, et avec rien que son nom sur la couverture, vous l'aurez choisi sur le présentoir, vous l'aurez payé et ramené chez vous avant de vous rendre compte que ce n'est pas du tout lui qui l'a écrit, mais qu'il est l'œuvre d'un écrivaillon payé à la tâche du nom de Daniel Gibbons, dans une tentative cynique pour se faire rapidement de l'oseille. Inclus des entrées pseudo-encyclopédiques sur tous les personnages principaux, les monstres, les noms de lieux, mais que sans rien du véritable livre ne soit cité, pour des raisons de droits d'auteur.

PlayGameBoxCube 2 présente :

Bingo le posstit : Courroux en Mordom

Combinant tous les défis d'un jeu de rôles avec la fièvre d'un jeu de plateau *hack'n slash beat'em all*, *Bingo le posstit : Courroux en Mordom* est le premier jeu fondé sur les œuvres d'A.R.R.R Roberts intégralement officiel (à l'exception du *Seigneur des boîtes de nuit 1, 2, 3, Le Retour du seigneur des boîtes de nuit, Danse ! : Ire en Mordom, Simposstit, Metal Gear Posstit, Quake, La Nuit des posstits-mutants, Posstit 1944 : Assault on Normandy, Formula 1 : Chariots de poneys posstits à Silverstone*).

Choisissez un des deux personnages de tête, avec leurs forces et leurs faiblesses ; faites votre choix dans une liste d'armes impressionnantes (hache, épée, lance, épée plus longue, épée avec une espèce de crochet au bout, hache plus grosse, une autre sorte d'épée, Uzi 9 mm et stun gun). Puis, progressez violemment parmi une foule d'ennemis impressionnants :

– Taillez ! vous un chemin pour sortir de l'auberge du Dragolf à Clopin-Clopa !

– Hachez ! menu les elfes de la dernière maison close à l'ouest des montagnes.

– Tuez ! les voyageurs de passage sur la Route de l'Est.

– Essayez ! de sortir du chemin pour explorer les bois sur la droite, juste pour voir ce qu'on y trouve, et découvrez que votre manette ne vous permet pas de dépasser une petite clôture de bois fort peu réaliste.

– Matraquez désespérément ! cette clôture avec votre épée pour laisser libre cours à votre frustration.

– Remarquez ! la façon dont les montagnes à l'horizon semblent ne jamais se rapprocher et ce, quel que soit le chemin parcouru. Une fois, votre pote Dave a laissé la manette par terre avec un gros livre sur « avancer », de façon que le personnage avance *toute la nuit*, de minuit à environ dix heures le lendemain matin ; et, lorsqu'il est revenu voir, les montagnes se trouvaient encore *à ce putain d'horizon*, vous y croyez, vous ? Elles ne s'étaient pas rapprochées d'un centimètre. Je veux dire, quelle serait la difficulté de programmer des montagnes qui avancent un petit peu quand on marche vers elles ? Je ne demande pas la lune, tout de même, non ? Et après, quand on se bat contre le troll pour le truc du gué, on se retrouve *tout d'un coup* dans les montagnes, sous terre avec des gloublins et tout le tremblement. Comment est-ce que cela est censé se produire ? Ça manque tout simplement de vraisemblance, voilà tout.

– Lâchez l'affaire ! au deuxième niveau, et jouez plutôt à un jeu de course auto.

« C'est le… bon… un… jeu… en toutes circonstances. » – *PlayGameBoxCube 2 Magazine.*

« Encore un jeu *hack'n slash errance.* 97 % » – *PlayGame-BoxCube 2 Mensuel,* « On ne donne jamais moins de 90 % à un jeu, même s'il craint sévère » – *Magazine.*

« Des centaines d'usages. Comme sous-bock, par exemple, ou comme accessoire intéressant pour portables. »
Recyclez vos vieux CD et DVD magazine.

Avec les voix de Vincent Casspoivre
et Monica Bellucchibre

Jouez-y avec un ami, ou jouez seul sous la douche.

Bill

AUTRES CLASSIQUES POUR ENFANTS, AUX ÉDITIONS BRAGELONNE

Le Vent dans les geôles
Par Cornélius Raoul Philippin Bronsard

« ... Apprend aux enfants à aimer les nuisibles... »
– *Le Monde*.

« ... Jusqu'ici inégalé, et pas poursuivi en justice. »
– *Le Monde diplomatique*.

Dans ce conte classique pour enfants, un Rat, un Crapaud, une Blatte, un Moineau-Mort-Qu'on-A-Laissé Flotter-Dans-Une-Citerne-Pendant-Deux-Semaines, un Virus de la Variole et un Député UMP vivent des aventures magiques et flatulentes dans le Bois Sauvage et par les Riantes Contrées de la Verte France, de Québec, du Poitou et du Rouergue. Avec le personnage de seigneur (« Appelez-moi M. Crapaud »), Bronsard a créé un des personnages les plus persistants de toute la fiction enfantine.

Selon les dires du professeur Roberts en personne : « Ma scène favorite est celle où l'on voit l'amphibien emprisonné et où il se déguise en travesti pour arranger son évasion. Ça fait si vrai. Je veux dire, si *vous*, vous voyiez un homme-crapaud transsexuel d'un mètre quatre-vingts à la peau verte pleine de bubons et propriétaire d'une pairie se tortiller pour passer à travers les barreaux d'une fenêtre, vous resteriez sur sa route ? Moi, je sais que je n'en ferai rien. Pas après cette malheureuse histoire de l'arrestation manquée du citoyen et celle du fils cadet du duc de Sarajevo, en tout cas. »

Larry Potsdam

Par J.K. « Je ne joue pas dans Jamiroquai » Rollinstone

Figurez-vous un petit enfant, maltraité et négligé dès ses plus jeunes années, qui découvre subitement, à l'âge sentimentalement instable de treize ans, qu'il jouit de facultés magiques incroyablement puissantes lui donnant pouvoir sur la vie ou la mort, et qui décide d'assouvir une terrible vengeance sur tous ceux qui l'ont giflé ou qui se sont moqués de lui, tous ceux qui l'ont humilié, qui lui ont dit qu'il ne vaudrait jamais rien, qui le faisaient dormir sous l'escalier, *lui*. Ils me traitaient comme de la crotte, c'est ça ? Eh bien ils ont pas cassé les c… au *bon bonhomme*. Ça je peux vous le *dire*. On va voir s'ils vont apprécier, quand ma force magique brisera tous leurs os et leur arrachera les membres un par un dans le centre commercial, tandis qu'ils cavaleront, recroquevillés et me suppliant – me *suppliant* ! – de les épargner hahahahaha ! C'est qui le morveux, maintenant ? Hein ? Hein ? Ha-ha-ha-ha-ha-ha, j'ai vu ça pendant une soirée vidéo chez Pete hi-hi, un mec hi-hi *un mec se faisait écrabouiller la tête* comme un raisin à grands coups de pouvoirs télépathiques, hi-hi. On va voir ce qui se passe dans la vraie vie, mes prétendus parents, ha ! Ha ! Flac ! Je suis vengeance ! JE SUIS VENGEANCE ! Toute la ville va PAYER – PAYER ! Oh, je suis sûr qu'ils regrettent, maintenant, moi, je vais leur faire regretter – HAHAHAHAHA ! À mort ! À mort ! À mort, tous !

Ce livre n'a rien à voir avec ça.

« Une avalanche de bons mots, de grossièretés et d'hilarité bon enfant à la Dorothy Parker ; oubliez toutes les autres prétendantes à la couronne, la tiare est décernée à… » – *Voici*. (Cette coupure de presse a pu apparaître dans des éditions antérieures d'un tout autre livre.)

3,99 € également disponible : exactement le même livre avec une couverture photo sombre en noir et blanc, 12,99 €.

Jamie Oliver Twist
Par Delia Dickings

Un galopin agaçant de l'est londonien traîne avec des gitans, des clochards et des voleurs. Inclut un supplément de quarante pages détaillant les Recettes des Quartiers Pauvres Victoriens, parmi lesquels « Tartine de saindoux », « Pain rassis *cuisine ironique*[1] », « Tartine de saindoux saupoudré de sucre non raffiné », « Gravier » et « Gland du Mississippi fait avec des Glands et non de la Crème Pâtissière ».

Inclus également les chansons : *Faut toujours se faire engueuler pour deux*, *Faites pas comme chez vous*, *Hé là, il est où l'saindoux ?* et le grand succès des cours de fermes : *Recettes, glorieuses recettes facilement commercialisables (saucisse chaude et crème renversée, pour une saveur aigre-douce).*

« *Réaction la plus probable* : "Papa, je suis vraiment obligé de lire ça ? Je peux pas lire le dernier *Hellboy* à la place ?" *Réaction la moins probable* : "S'il vous plaît, je peux en lire encore ?" » – *Libération*.

---

1. En français dans le texte. (*NdT*)

Mary Poppins
Par P.L. Travesty

Mary débarque comme fille au pair chez les Winsbury, dans la vieille ville de Londres, et transforme leurs vies en balayant bruyamment leur chambre, en téléphonant en Tchécoslovaquie pendant des heures, en mangeant toute la crème glacée du congélateur, en invitant son petit ami malodorant et truffé de piercings « zuste pour deux zours, z'il vous plaît ? Z'il vous plaît ? » – alors qu'il ne sera pas encore parti au bout de deux mois –, en donnant trois excuses séparées et franchement incompatibles pour tenter d'esquiver la garde d'Algernon et de Jasmine pour *un soir*, pour l'amour du ciel, et Van Morrison ne joue qu'un soir à Londres, ce n'est pas comme si on allait avoir la chance de le revoir, et – dans une conclusion émouvante – en menaçant de dire à sa femme qu'on lui a fait les yeux doux, écoutez, vraiment, c'est une méprise, une histoire de choc des cultures, c'est vraiment très drôle quand on y pense, non, vraiment, non, *vraiment*.

« Ce n'est pas vraiment un roman, c'est plus (la suite p. 17) » – *Femme Actuelle*.

Adhérez au Club du posstit

Vous êtes *di-ii-ingue* des posstits ?

Est-ce que vous vivez, respirez et rêvez des œuvres de A.R.R.R. Roberts, matin, midi, soir et le reste ? Est-ce que des membres de votre famille, préoccupés, vous ont gentiment fait part de leurs inquiétudes parce que vous négligiez vos devoirs, vos amis, vos repas et vos loisirs pour dédier tout votre temps libre à ce qu'ils appellent « ce drôle de petit livre » ? Êtes-vous prêts à sacrifier le corps agité de spasmes d'une des personnes que vous aimez le plus sur l'autel maculé de sang de la fascination que vous nourrissez à l'égard de l'œuvre de A.R.R.R Roberts ?

Aimeriez-vous rencontrer des gens aussi *di-iiin-gueuu* des posstits que vous ?

Rejoignez le robot-Roberts, le fan de Fantasy, le Cinglé de la Terre du Haut du Milieu et la schizophrénie des posstits dans le Club du posstit.

Pour la somme annuelle dérisoire de 95 € plus la TVA et une assurance sur les traumatismes, vous pouvez rejoindre les obèses, les tordus, ceux qui parlent tout seuls dans les toilettes et ceux qui sont rongés par les vers, pour venir discuter de la majesté de *Bingo le posstit*, et marmonner sinistrement sur l'incompréhension des *autres*.

Rencontrez vos amis MEMBRES DU CLUB DU Posstit tous les six mois et :

– Endossez les costumes inspirés par le Monde du Posstit de A.R.R.R Roberts.

– Répétez des phrases comme « C'est le livre que je préfère absolument de tous les temps », « Mon passage favori, c'est (*insérer votre passage favori*) », et « L'autre livre, là, sur les espèces de mercenaires au pays des fées, je ne l'ai pas autant apprécié ».

– Soupirez et regardez vos souliers.

Comme le Professeur Roberts lui-même l'a dit : « Nous savons que le mot *fan* dérive étymologiquement de « fanatique » – et, à ce jour, le « fan » est une personne affolante, des éclats de folie dans le regard, obsédé, possédé de démence, fondamentaliste, coupé de toute réalité, candidat à la psychiatrie – ou à l'emprisonnement si vous voulez mon avis, oh mon Dieu oui. » Il a oublié de dire : « Et c'est lui qui s'amuse le plus au monde ! »

Abandonnez le monde réel pour ce fantasme obsédant et incontournable AUJOURD'HUI !

NOUVEAU, AUX ÉDITIONS BRAGELONNE

Le Pruritt

Lisez cette **parodie** hilarante, légère, très respectueuse et pas du tout intéressée **du classique de A.R.R.R Roberts : *Bingo le posstit*.** Un rire à chaque phrase, ou on vous rembourse ! (*Offre non valide au Royaume-Uni, dans les pays du Commonwealth, en Amérique du Nord, en Amérique du Sud, dans les territoires situés au nord du Tropique du Capricorne, ou dans les pays signataires de la Charte des Libraires.*) C'est le Cadeau Idéal pour celui qui possède déjà un exemplaire de *Bingo le posstit*, et à qui vous désirez offrir un présent conçu comme s'il s'adressait à ses goûts particuliers, pas comme des chaussettes, des gants ou quelque chose de générique, mais comme un objet qu'il appréciera vraiment. Le seul problème, c'est que vous vous n'arrivez à penser à rien d'autre sur lui, excepté qu'il aime *Bingo le posstit* et qu'il l'a déjà.

Dans cette brillante et irrévérencieuse parodie, *tous les rôles de l'original sont joués par des pommes de terre* ! !

Bingo est… une *marin piper.*

Glandalf est… une *King Edward.*

Lori le Nain est… une patate sautée.

Elcarré est… une *Jersey royal.*

Snob *aura-t-il la frite* ? ? ! !

Un cadeau pour l'époque des *flocons* !

Chez tous les *bons libraires* – « bons » signifiant « qui déchirent » (argot jeune) ! !

« Je serais prêt à dire que j'ai effectivement usé de mes zygomatiques » – *Valery Giscard d'Estaing, ancien entraîneur des Bleus.*

Achevé d'imprimer en ocotbre 2012
Par CPI Brodard & Taupin - La Flèche (France)
N° d'impression : 70323
Dépôt légal : novembre 2012
Imprimé en France
81120863-1